风云人物

梁衡经典思想美文

梁衡 ◎ 著

东方出版社

图书在版编目（CIP）数据

风云人物：梁衡经典思想美文 / 梁衡著. — 北京：东方出版社，2025.5. — ISBN 978-7-5207-4153-8

I. I267

中国国家版本馆 CIP 数据核字第 2025S84N13 号

风云人物：梁衡经典思想美文
FENGYUN RENWU: LIANGHENG JINGDIAN SIXIANG MEIWEN

作　　　者：	梁　衡
策划编辑：	鲁艳芳
责任编辑：	金　琪　黎民子
出　　　版：	东方出版社
发　　　行：	人民东方出版传媒有限公司
地　　　址：	北京市东城区朝阳门内大街 166 号
邮政编码：	100010
印　　　刷：	北京联兴盛业印刷股份有限公司
版　　　次：	2025 年 5 月第 1 版
印　　　次：	2025 年 5 月北京第 1 次印刷
开　　　本：	710 毫米 ×1000 毫米　1/16
印　　　张：	18.5
字　　　数：	252 千字
书　　　号：	ISBN 978-7-5207-4153-8
定　　　价：	59.80 元

发行电话：（010）85924663　85924644　85924641

版权所有，违者必究

如有印装质量问题，我社负责调换，请拨打电话：（010）85924602

目 录

第一章　日出东方

- 002　韶山毛泽东图书馆记
- 007　一棵怀抱炸弹的老樟树
- 011　这思考的窑洞
- 017　假如毛泽东去骑马
- 033　文章大家毛泽东
- 051　毛泽东怎样写文章
- 109　一座小院和一条小路
- 116　邓小平的坚持
- 119　邓小平认错
- 121　广安真理宝鼎记
- 124　谁敢极言？谁能极言？

第二章　鞠躬尽瘁

- 128　大无大有周恩来
- 146　一个伟人生命的价值
- 150　周恩来让座
- 155　周恩来为什么不翻脸
- 166　周总理手植蜡梅赋

168	周恩来的大爱大德
184	二死其身的彭德怀
192	带伤的重阳木
200	麻田有座彭德怀峰

第三章　上下求索

208	觅渡，觅渡，渡何处？
214	特利尔的幽灵
222	一个大党和一只小船
226	红毛线，蓝毛线
233	西柏坡赋
235	张闻天：一个尘封垢埋却愈见光辉的灵魂
257	方志敏的最后七个月
266	将军几死却永生
274	百年革命　三封家书
280	四十年前开启国门的那一刻
284	朱镕基不修传
286	李瑞环的文风

第一章

日出东方

韶山毛泽东图书馆记

到韶山参加一个纪念毛泽东同志诞辰120周年的活动，我意外地发现在离毛泽东故居不远处的山坡上，有一座毛泽东图书馆。为伟人、名人建纪念图书馆，在国外几成风气，美国每个退休总统几乎都有一座，中国却极少见。以毛泽东之名命名的这座图书馆未能建在北京等大都市，而是建在他家乡的小山冲里。我很好奇，便进去一看。

图书馆不大，实用面积只有六百八十平方米。这里只收三类书：一是毛泽东写的书，各种选集、文集、单行本；二是毛泽东看过和评点过的书；三是写毛泽东的书，即各种研究毛泽东的书。图书馆的功能以收藏、陈列为主，兼有一点借阅，游人可免费参观。但因知道的人不多，来者寥寥，那天我去时馆内十分清静。

一般而言，无论是博物馆，还是图书馆，都有自己的镇馆之宝。我问接待我的刘馆长："能不能看看你们的宝贝？"他先戴上一副薄薄的白手套，又递给我一副，然后让管理员捧出一个盒子。打开，里面是一本蓝皮黄纸的书，小三十二开本，约有一寸之厚，他说："这就是我们的镇馆之宝，是已知的历史上出版的第一本《毛泽东选集》。"1942年延安整风时党中央成立了宣传教育委员会，毛泽东是主任，王稼祥是副主任。整风过后，为了推动干部的学习，晋察冀边区请示中央宣传教育委员会后决定编一本《毛泽东选集》，这个任务交给了时任《晋察冀日报》社社长的邓拓。邓拓是党内的才子，是一个好学习、好收藏、好研究问题，又很有政治眼光的知识分子，他平时尤好收集毛泽东的讲话、文章。边区党委于1944年1

月下发文件，邓拓三个月后就编出了这本书。现在我们看到版权页上写着：编印：晋察冀日报；发行：晋察冀新华书店；定价：三百元（边币）；一九四四年五月初版。

我俯下身子仔细观察这件宝物，虽然手上也戴了一副白手套，却不敢翻它一下，生怕碰碎那已经被岁月浸泡了七十年的薄纸。全书分为五卷，实际上是一个五卷本《毛泽东选集》合订本。

新中国成立后正式出版《毛泽东选集》合订本是"文化大革命"后期的事，当时是四卷合订。我记得刚看到这种合订装帧时，有一种莫名的兴奋。想不到在抗日的漫天烽火中就曾诞生过《毛泽东选集》合订本，而且还是五卷。看着这本小书，你会明白什么是思想的力量，什么是领袖的魅力，而书籍就是在收集思想，收藏历史。

以当时的条件，毛泽东的文章不可能收齐，比如《湖南农民运动考察报告》就只收了前两个部分。这本集子主要源于邓拓个人的剪报资料。当时纸张奇缺，从书的封口上可以看出，纸质和色度都不一致。印装也有失误，如一百二十四页后就找不到一百二十五页。但它却有一个惊人的装帧——蓝色缎面精装。这是从地主老财家找来的缎子被面，用手工制作的，这样的精装本只做了十本。我们现在看到的这个本子是三年前图书馆花了三十万元从河北一个收藏者手里买来的。现在社会上还流传着另一本，品相比这本还好一点，缎面上的一朵暗花正好在封面的中心，拍卖价已经出到一百六十万元，主人还不肯出手。

《毛泽东选集》的编辑出版过程中，有两个人发挥了极为重要的作用：一个是邓拓，在战火中编了第一本《毛泽东选集》；一个是田家英，精心保存了毛泽东的许多手稿，是新中国成立后编辑《毛泽东选集》的主力。

在珍品室还有这样几件藏品：一件是新中国成立前国统区正申书局出版的小册子，封面书名为《孙中山先生论地方自治》，打开后里面却是毛泽东的文章选编,这是为了躲避国民党的检查;还有一本《六大以前》,落款是"中共中央书记处印,一九四二"。当时为配合整风,中央编了《六大以前》《六大以后》《两条路线》等几本书。因为是作为高级干部学习之用,印数很少,又赶上胡宗南进攻延安,撤离时大都销毁了,所以流传极少。这本《六大以前》现在全国仅存两本。

馆内收藏的各种毛泽东著作版本有两千多种,1949年以前的有七百种。其中还有一些珍品。如1945年7月江南根据地在芦苇荡里用芦苇制纸印刷出版的《毛泽东选集》,有陆定一曾签名收藏的中共晋察冀中央局1947年3月编的《毛泽东选集》一到六卷,等等。最特别的是一种手抄本《毛泽东选集》,抄者大都是书法爱好者,且对毛泽东有特别的敬仰之情,做这件事时怀有一种僧人抄经式的虔诚。一位河北沧州的退休干部用行书在宣纸上手抄了全部《毛泽东选集》四卷,每个字如小核桃般大,然后手工装裱成书四十八册,在1998年12月26日毛泽东诞辰那天,他亲自将书送到韶山。还有一个手抄本更为奇特,也是毛笔宣纸手抄四卷本,但一色蝇头小楷,每个字与《毛泽东选集》里的铅字一样大,每一页无论页码、标点、版式、字数都与原书相同,抄完后也手工装订成一套《毛泽东选集》四卷。这简直是一件巧夺天工、以手工而夺现代印刷机器之工的稀世艺术珍品。这些手抄本都曾有人出天价收藏,但作者只捐赠这里,分文不取。

毛泽东一生酷爱读书,也许是一种巧合,他在中南海办公的地方就名"菊香书屋"。读书是毛泽东生活的一部分,生命的一部分。他平时睡一张大木板床,半张床上却堆满了书。他在延安时说:"我如果再过十年死了,那么就要学习九年零三百五十九天。"直到去世前七小时他还在阅读,真正是伴书食,伴书眠,伴书工作,伴书而终。

毛泽东去世后从菊香书屋清出九万多册书。这些书上有他大量的批注手迹，都一起移送中央档案馆了。而那张与书共眠的大木床则被乡亲们请回了韶山，现保存在离图书馆不远的毛泽东遗物馆。毛泽东晚年视力不好，阅读困难，他就用自己的稿费印了一批大字本的书，共一百一十九种。开始用三号、二号字印，后来视力再减退，干脆用标题字号来印。可想他当时想要读书的急迫之情和捧读之苦。

毛泽东的读书习惯是看一遍画一个圈，有的书上竟画了二十四个圈。他一生读过多少书，已经无法统计，从英文版的《共产党宣言》到《红楼梦》，甚至还有《安徒生童话》等，古今中外无所不包。九万册书啊，这是一个伟人为自己筑起的一座蜿蜒的知识长城。单凭这一点，毛泽东也该赢。当然他最喜欢读的还是中国的史书，馆内现收有一套线装本《毛泽东评点二十四史》复制本。

馆藏书中最多的还是第三类，即后人研究毛泽东的书，有三万多种。这些书研究他的生平、思想、战例、战法、著作、讲话、家事、家谱、生活习惯等。有身边工作人员的回忆，有长期追随他的将军、书记、部长的追述，有学者的研讨，还有近年兴起的借毛泽东思想对经商、处世、治学的研究。

毛泽东去世已近四十年，人们对他的研究热情并未消减。真是"才下眉头，又上心头"，没有办法，历史抹不去毛泽东。毛泽东走过了一个时代，创造了一个时代，也代表了一个时代。那个时代的人物事件，边边角角，时时处处，都折射着他的影子。

在书架的长阵间浏览，你会看到许多这样的书名：《毛泽东与周恩来》《毛泽东与蒋介石》《毛泽东与斯大林》，还有《毛泽东与佛教》《毛泽东与戏曲》，甚至《毛泽东与南阳》《毛泽东与城南庄》，从重大事件到生活点滴，似乎一草一木无不与他相关。这时，你会突然明白什么是领袖。领袖就是他的思想、意志、魅力摆在那里，你不得不随他前行，而他离开这个世界后却仍然定格在历史上。

从图书馆出来我重游了毛泽东的故居。真不敢想象，就是从这几间小土房子里走出了这样一位巨人。故居旁是毛泽东八岁时开始上的第一个私塾——南岸私塾。他八年换了七个私塾，总是不停地发问。小山冲已经放不下他，他便到长沙求学，到北京大学工作，去见李大钊，见蔡元培。

从南岸私塾到毛泽东图书馆，一个伟人就这样走过了一条读书之路。这两处的空间距离只有一里地，而时间跨度是八十年。八十年的读书、思考、奋斗造就了一个伟人；而八十年的血与火、情与泪、功与过又全部留在他的书里，藏在山坡上的这座图书馆中。

2013年11月6日记于韶山

原载于《人民日报》2013年12月25日

一棵怀抱炸弹的老樟树

一棵茂盛的古树用它的枝丫轻轻地托着一颗未爆的炸弹①,就像一个老人拉住了一个到处乱跑、莽撞闯祸的孩子。炸弹有一个老式暖水瓶那么大,高高地悬在半空,它是从千米多高的天空飞落下来后被这棵树轻轻接住的,就这样在浓密的绿叶间探出头来,瞪大眼睛审视人世,已经整整八十年。眼前是江西瑞金叶坪村的一棵老樟树。

樟树在江西、福建一带是常见树种,家家门前都有种植。民间习俗,女儿出生就种一棵樟树,到出嫁时伐木制箱盛嫁妆,三五百年的老树随处可见。

这一棵却非同寻常。一是它老得出奇,树龄已有一千一百多年,往上推算一下该是北宋时期了。透过历史的烟尘,我脑子里立即闪过范仲淹的"庆历改革"和他的《岳阳楼记》,以及后来徽宗误国、岳飞抗金等一连串的故事。在这个世界上什么东西才有资格称古呢?山、河、城堡、老房子等都可以称古,但它们没有生命,要找活着的东西唯有大树了。活人不能称古,兽不能,禽鱼不能,花草也不能,只有树能,动辄百千年,称之为古树。它用自己的年轮一圈一圈地记录着历史,与岁月俱长,与山川同在,却又常绿不衰,郁郁葱葱。一棵树就是一部站立着的历史,站在我面前的这棵古樟正在给我们静静地诉说历史。第二个不寻常处,是因为它和中国现代史上的一个伟人紧紧连在一起,这个人就是毛泽东。毛泽东也是

---

① 编者注:现为仿制品。

一棵参天大树,他有八十三圈的年轮,1931年,当他生命的年轮进入到第三十八圈时在这里与这棵古樟相遇。

那时中国大地如一锅开水,又恰似一团乱麻,两千年的封建社会已走到了尽头。地主与农民的矛盾,剥削与被剥削的矛盾,土地分配不均的矛盾已经到了非有个说法不可的时候。这之前的两千多年中,从陈胜、吴广到洪秀全,已经闹过无数次的革命,但总是推翻皇帝者做皇帝,周而复始,不能彻底。这时出现了中国共产党,要领导农民来一次彻底的土地革命。共产党的中央设在上海,其行动又受命于远在莫斯科的共产国际,而那些洋顾问对中国农村和农民革命知之甚少,又乱指挥,造成失误连连。毛泽东便自己拉起一支队伍上了井冈山,要学绿林好汉的样子劫富济贫,又参照列宁的路子搞了个"湘赣边界工农兵苏维埃"政权。他在六个县方圆五百里的范围内坚持了两年,后又不幸失利。

1931年,毛泽东率队下山准备到福建重整旗鼓再图发展,当路过瑞金时,邓小平正在这里任县委书记,就建议他在此扎根。于是1931年11月7日苏俄十月革命胜利14周年这一天,在瑞金叶坪村的一个大祠堂里召开了全国代表大会,第一个全国性的红色政权中华苏维埃共和国临时中央政府宣告成立,毛泽东当选为中央执行委员会主席,从此就有了"毛主席"这个称呼。

毛泽东虽然是主席,但是也只能借住在一户农民家里。这是一座南方常见的木结构土坯二层小楼,狭窄、阴暗、潮湿。小楼与祠堂之间是一个广场,是红军操练、阅兵的地方。这实在是一处革命圣地,是比延安资格还要老的圣地。共产党第一次尝试建立的中央政府就五脏俱全,有军事、财政、司法、教育、外交等九部一局,都设在那个大祠堂里。毛泽东等几个中央领导同志则住在广场南头的小楼上,楼后就是这棵巨大的樟树。

一走近大树,我就为之一震,肃然起敬。因为它实在太粗、太高、太大，我们已不能用"拔地而起"之类的词来形容，它简直就是火山喷出的岩浆到达地面后突然凝固的一座石山，盘龙卧虎，遮天盖地。树干直径约有四米，树身苔痕斑驳、黝黑铁青，树纹起伏奔腾如江河行地。树的一半曾遭雷劈，外皮炸裂，木质外露，如巨人向天狂呼疾喊，声若奔雷。而就在炸裂开的树身上又生出新的躯干，干又生枝，枝再长叶，一团绿云直向蓝天铺去。好一棵不朽的老树，就这样做着生命的轮回。因地势所限，树身沿东西方向略呈扁平，而墨绿的枝叶翻上天空后又如瀑布垂下，浓阴覆地，直将毛泽东住的后半座房子盖了个严实。

那天，毛泽东正在二楼看书，空中隐隐传来飞机的轰鸣。他并不在意，起身到窗前看了一眼，又回到桌前展纸濡毫准备写文章。突然一声凄厉的嘶鸣，飞机俯冲而下，铁翅几乎刮着屋顶，一颗炸弹从天而降。警卫员高喊"飞机"，冲上楼梯。毛泽东停笔抬头，看看窗外，半天没有什么动静，飞机已经远去，轰鸣声渐渐消失。这时房后已经乱作一团，早拥来了许多干部、群众。很明显，这架飞机是冲着临时中央政府，冲着毛泽东而来，只扔了一个炸弹就走了，但炸弹并没有爆炸。大家围着屋子到处寻找，地上没有，又仰头看天，突然有谁喊了一声："在树上！"只见一颗光溜溜的炸弹垂直向下卡在树缝里。好悬！没有爆炸。

这时，毛泽东已经走下楼来。人们早已惊出一身冷汗，齐向主席问安，天佑神人，大难不死。毛泽东笑了笑说："是天助人民，该我新生的苏维埃政权不亡。"

毛泽东戎马一生，不知几遇危难，但总能化险为夷。胡宗南进攻延安，炮声已响在窑畔上，毛泽东还是不走，他说要看看胡宗南的兵长什么样子。彭德怀没有办法，命令战士把他架出了窑洞。去西柏坡的途中，在城南庄又遇到一次空袭，他又不急，继续休息，是战士用被子卷起他抬进防空洞的。毛泽东的坚定、沉着，又有几分固执、浪漫，从不怕死。唯此才能成领袖，成伟人，成大事业，写得大文章。

历史的脚步已走过八十年，这棵老樟树依然伫立在那里，枝更密、叶更茂、干更壮。树皮上的青苔还是那样绿，满地的树荫还是那样浓。那颗未爆的炸弹还静静地挂在树上。现在这里早已被开发为旅游景点，人们都争着来到树下，仰望这定格在历史天空中的一瞬。古樟树像一个和蔼的老人正俯瞰大地，似有所言。一千年的岁月啊，它看过了改朝换代，看过了沧海桑田，看尽了滚滚红尘。远的不说，只从共产党闹革命开始它就站在这里看红军打仗，看中国第一个人民政府成立，看长征出发；又遥望北方，看延安抗日，看新中国成立。它的年轮里刻着一部党史，一部共和国的历史。它怀里一直轻轻地抱着那颗炸弹，这是一把现代版的"达摩克利斯之剑"，天将降大任于是人也，必先试其定力，然后又戒其权力。它告诫我们，革命时要敢于牺牲，临危不乱；掌权后要忧心为政，如履薄冰。

原载于《人民日报》2013年1月20日

这思考的窑洞

我从延安回来,印象最深的是那里的窑洞。

照理说我对窑洞并不陌生,我是在窑洞里生、窑洞里长的。我对窑洞的熟悉,就像对一件穿旧了的衣服,已经忘记了它的存在。但是,当三年前我初访延安时,这熟悉的土窑洞却让我的心猛然一颤,以至于三年来如魔在身,萦绕不绝。因为这普通的窑洞里曾住过一位伟大的人,而那些伟大的思想,也像土豆、小米的生长一样,在这黄土坡上的土洞洞里奇迹般地生长了出来。

延安是中国共产党领导全国人民进行民族革命和民主革命斗争的核心,更是那段艰苦岁月的生动象征。在大多数人的脑海里,延安似乎总是与战争、大生产、生死存亡的艰难抗争联系在一起。但是当我见到延安时,历史的硝烟早已经退去,眼前只有几排静静的窑洞,而每个窑洞门口又都钉有一块木牌,上面写明某年某月,毛泽东同志居住于此,著有哪几本著作。有时居住日期只有几十天,仍然有著作产生。这时,仿佛墙上的钉子不是钉着木牌,而是钉住了我的双脚,让我久久伫立,不能移步。

院子里扫得干干净净,几棵柳树轻轻地垂着枝条,不远处的延河水在静静地流。我几乎不能想象,当年边区敌伪封锁,无衣无食,每天都在流血牺牲,每天都十万火急,毛泽东却沉稳地在这里思考、写作,酿造他的思想,他的与中国实际相结合的马克思主义。

我看着这一排排敞开的窑洞,突然觉得它们就是一排思考的机器。在中国,有两种窑洞,一种是给人住的,一种是给神住的。你看敦煌、云冈、龙门、大足石窟存了多少佛祖,北岳恒山上的石洞里甚至还合供着孔子、老子和释迦牟尼。这实际上是老百姓在假托一个神贮存自己的思想、自己的信仰。

彻底的唯物主义者不需要偶像，眼前这土窑洞里甚至连一张毛泽东的画像也没有。但是五十年了，来这里的人络绎不绝，因为这窑洞里的每一粒空气分子中都充满着思想。我仿佛看见每个窑门上都刻着"实事求是"，耳边总是响着毛泽东在延安整风运动时讲的那句话："'实事'就是客观存在着的一切事物，'是'就是客观事物的内部联系，即规律性，'求'就是我们去研究。"

自党中央1937年1月由保安迁到延安，毛泽东在延安先后住过四处窑洞。这窑洞首先是一个指挥部，毛泽东和他的战友在这里运筹帷幄，决胜千里。为了这些决策的正确，为了能给宏伟的战略找到科学的理论根据，毛泽东在这里于敌机的轰炸声中，于会议的缝隙中，拼命地读书写作。所以更确切地说，这窑洞是毛泽东的书房。

当我在窑洞前漫步时，我无法掂量，是从这里发出的电报、文件的作用大，还是从这里写出的文章、著作的作用大。马克思当年献身工人运动，当他看到由于理论准备不足，工人运动裹足不前时，就宣布要退出会议，走进书斋，终于写出了《资本论》这本远远超出具体决定、跨越时空、震撼地球、推动历史的名著。

但是，当时的毛泽东无法退出会议，甚至无法退出战斗和生产，他在延安期间，每年还有三百斤公粮的生产任务。他的房子里也不能如马克思的房间一样有一张旧沙发，他只有一张旧木床；也没有咖啡，只有一杯苦茶。他只能将自己分身为二，用右手批文件，左手写文章。他是一个中国式的民族英雄，像古代小说里的那种武林高手，挥刀逼住对面的敌人，又侧耳辨听着背后射来的飞箭，再准备着下一步怎么出手。他是比一般人思考更深一层、行动更早一步的人。

毛泽东是领袖，更是思想家。随着时间的推移，他这些文章的力量已经大大超过了当时的文件、决定。像达摩面壁一样，这些窑洞确实是毛泽东和他的战友修炼"真功"的地方，是蒋介石把他们从秀丽的南方逼到这些土窑洞里。四壁黄土、一盏油灯，这里已经简陋到不能再简陋。但是唯物质生活的最简最陋，才能激励共产党的领袖们以最大的热忱、最坚忍的毅力、最谦虚的作风去做最切实际的思考。毛泽东从小就博览群书，但是为了救国救民，他还在不停地武装自己。

对艾思奇这个比他小十六岁的一介书生，毛泽东写信说："你的《哲学与生活》是你的著作中更深刻的书，我读了得益很多，抄录了一些，送请一看是否有抄错的。其中有一个问题略有疑点（不是基本的不同），请你再考虑一下，详情当面告诉。今日何时有暇，我来看你。"记得在艾思奇同志逝世20周年时，在中央党校的展柜里我还见到过毛泽东的另一封亲笔信，上有"与您晤谈，受益匪浅，现整理好笔记送上，请改"等字样。这不是对哪个人的谦虚，是对规律、对真理的认同。

中国历史上曾有许多礼贤下士的故事。比如：刘邦正在洗脚，听见有人来访，忙起来欢迎；还有我们耳熟能详的刘备三顾茅庐。他们只不过是为了成自己的大事，而毛泽东这时是真正地在穷究社会历史的规律，他将一切有志者引为同志，把一切有识者奉为老师。蒋介石，中国历史上最后一个地主阶级的最高统治者，他何曾想到，现时延安窑洞里这一批人的厉害之处。他以为这又是陈胜揭竿、刘邦斩蛇、朱元璋起事，他万万没有想到，毛泽东早就跳出了那个旧圈子，而直取历史唯物主义和辩证唯物主义。

我在窑洞里徘徊，看着这些绵软的黄土，感受着这暖融融、湿润润的空气，不觉勾起我一种遥远的回忆。我想起小时候躺在家乡的窑洞里，身下是暖乎乎的土炕，仰脸是厚墩墩的穹顶，炕边坐着做针线的母亲，一种说不出的安全和温馨。

窑洞首先是给人住的，它体现着人与大地的联系。希腊神话里的英雄安泰，只要脚不离地就力大无穷，任何敌人都休想战胜他。而在一次搏斗中，他的敌人就先设法使他脱离地面，然后击败了他，斯大林曾用这个故事来比喻党与人民的关系。延安岁月是毛泽东及我们党与土地、与人民联系最紧密的时期。他住在窑洞里，上下左右都是淳厚的黄土，大地紧紧地搂抱着他，四壁上下随时都在源源不断地向他输送着力量。他眼观六路，成竹在胸。

有一孔窑洞前的木牌上注明，毛泽东在这里完成了《论持久战》。依稀在孩童时，我就听父亲讲过这本书的传奇。那时他在边区，眼见河山沦陷，寇焰嚣张，愁云压心。一天，上级发了几本麻纸本的《论持久战》，几天后村内外便到处是歌声笑声，有如春风解冻一般。这个小册子在我家一直珍藏到"文化大革命"。后来读党史才知道，当时连蒋介石都喜得如获至宝，要求军中各高级将领人手一册，同时这本书很快又在美国出版。毛泽东为写这篇文章，在窑洞里伏案工作九个日夜，连炭火烧了棉鞋也全然不知。第九天早晨，当他推开窑门，让警卫员把稿子送往清凉山印刷厂时，我猜想他的心情，就像罗斯福签署了原子弹生产批准书一样激动，以后战局的发展果然都已呈现在他的书本之中。

一个伟人的思想是什么，是客观存在的规律，是事物间本来的联系，所以真理最朴素，伟人其实与我们最接近。一次在延安，雷电击死一头毛驴，驴主人说："老天无眼，咋不劈死毛泽东。"有人要逮捕这个农民，消息传到窑洞里，毛泽东说骂必有因。一了解，是群众公粮负担太重，于是他下令每年由二十万担减到十六万担，又听从李鼎铭的建议精兵简政。毛泽东在这窑洞里领导了著名的延安整风运动，他的许多深刻的论述挽救了党，挽救了多少干部，但是当他知道有人被伤害时，就到党校礼堂作报告说："今天我是特意来向大家检讨错误的，向大家赔个礼。"并恭恭敬敬地把手举到帽檐下。

　　1940年，华侨领袖陈嘉庚访问延安，他刚在重庆吃过八百元一桌的宴席，这时却在毛泽东的窑洞里吃两毛钱的客饭，但他回去后写文章说，中国的希望在延安。1945年黄炎培访问延安，他看到边区的兴旺，想到以后的中国，问一个政权怎样才能永葆活力。毛泽东说，办法就是讲民主，就是让人民来监督。我想他说这话时，一定仰头环视了一下厚实的黄土。中共七大前后很多人主张提毛泽东思想，他坚决不同意。他说："这不是我一个人的思想，是千百万先烈用鲜血写出来的，是党和人民的集体智慧。我个人的思想是发展的，我也会犯错误的。"作家萧三要为他写传，他说还是去多写群众。他是何等地清醒啊！政局、形势、作风、对策，都装在他清澈如水的思想里。

　　胡宗南进犯，他搬出了曾工作九年的延安窑洞，到米脂县的另一孔窑洞里设了一个沙家店战役指挥部。古今中外有哪一孔窑洞配得上这份殊荣啊，土墙上挂满地图，缸盖上摊着电报，土炕上几包烟、一个大茶缸，地上一把水壶，还有一把夜壶。中外军事史上哪有这样的司令部、这样的统帅？毛泽东三天两夜不出屋、不睡觉，不停地抽烟、喝茶、吃茶叶、签发电报，一仗俘敌六千余。他是有神助啊，这神就是默默的黄土，就是拱起高高的穹庐、瞪着眼睛思考的窑洞。大胜之后他别无奢求，推开窑门对警卫说，只要吃一碗红烧肉。

　　当你在窑洞前徘徊默想时，耳边会响起黄河的怒吼，眼前会飘过往日的硝烟。但是你一眨眼，面前仍只有这一排静静的窑洞。自古都是心胜于兵，智胜于力。中国革命的胜利实在是一种思想的胜利，是毛泽东思想的胜利，是毛泽东那几篇文章的胜利。

　　延安的这些窑洞真不愧为毛泽东思想的生产车间，延安时期是毛泽东展示才华、思考写作的辉煌时期，收入《毛泽东选集》（四卷本）的一百五十六篇文章，有一百一十二篇是在这个时期写成的。毛泽东离开延安在陕北又转战了一年，胡宗南丢盔弃甲，哪里是他的对手。1947年12月的一天，毛泽东在陕北米脂的一个窑洞里展纸研墨，他说："我好久没有写文章了，写完这一篇就要等打败蒋介石再写了。"他大笔一挥，写了《目前形势和我们的任务》，说我们要打正规战，要进攻大城市了。这是他在陕北窑洞里写的最后一篇文章，写罢掷笔，便挥师东渡黄河，直捣黄龙，为人民政权定都北京去了。

他再没有回延安，只是在宝塔山下留下了这一排永远思考的窑洞。思想这面铜镜总是靠岁月的擦磨来现其光亮，半个世纪过去了，作为政治家、军事家的毛泽东离我们渐走渐远，而作为思想家的毛泽东却离我们越来越近。

1996年10月12日

原载于《散文》1997年第1期

假如毛泽东去骑马

一、拟订的骑马走两河计划

毛泽东智慧超群，胆识过人，一生无论军事指挥还是政治建设方面都有出其不意的惊人的手笔，让人玩味无穷。但有一笔更为惊人，只可惜未能实现。

1959年4月5日在上海召开的党的八届七中全会上，毛泽东说："如有可能，我就游黄河、游长江，从黄河口子沿河而上，搞一班人，地质学家、生物学家、文学家，只准骑马，不准坐卡车，更不准坐火车，一天走六十里，骑马三十里，走路三十里，骑骑走走，一直往昆仑山去。然后到猪八戒去过的那个通天河，翻过长江上游，然后沿江而下，从金沙江到崇明岛。""国内国际的形势，我还可以搞，带个电台。开会还是可以搞，比如，从黄河入海口走到郑州，走了一个半月，要开会了，我就开会。""开了会，我又从郑州出发，搞它四五年，就可以完成任务。我很想学明朝的徐霞客。"

1960年，毛泽东的专列经过济南，他对上车向他汇报工作的舒同、杨得志等同志说："我就是想骑马沿着两条河走，一条黄河，一条长江。""如果你们赞成，帮我准备一匹马。"1961年3月23日，毛泽东在广州说："在下一次会议或者什么时候，我要做点典型调查，才能交账。我想恢复骑马的制度，不坐火车，不坐汽车，想跑两条江。从黄河的河口，沿河而上，到它的发源地，然后跨过山去，到扬子江的发源地，顺流而下。不要多少时间，有三年时间就可以横过去,顶多五年计划。"1962年,毛泽东的一个秘书调往陕西,毛泽东叮嘱他"你先打个前站",自己随后就去。1972年,毛泽东大病一场,刚好一点儿,他就说:"看来,我的一片真诚感动了马克思和列宁,去黄河还是有希望的。"可见他对两河之行向往的热切。

自从看到这几则史料,我就常想,要是毛泽东真的实现了骑马走两河,该是什么样子?

这个计划本已确定下来,大约准备1965年春成行。1964年夏天从骑兵部队调来的警卫人员也开始在北戴河训练,也已为毛泽东准备了一匹个头不太大的白马,很巧合,他转战陕北时骑的也是一匹白马。整个夏天,毛泽东的运动就是两项:游泳和骑马。

但是,1964年8月5日,突发"北部湾事件",美国入侵越南。6日晨,毛泽东遗憾地说:"要打仗了,我的行动得重新考虑。"

这实在是太遗憾了,是一个国家的遗憾、民族的遗憾,中国历史失去了一次改写的机会。按毛泽东的计划是走三到五年,就算四年吧,两河归来,已是1969年,那个对国家民族损毁至重的"文化大革命"至少可以推迟发生,甚至可能避免。试想一位最高领袖深入民间四年,将会有多少新东西涌入他的脑海,又该有什么新的政策出台,党史、国史将会有一个什么样的新版本?一个伟大的诗人,用双脚丈量祖国的河山,"目既往还,心亦吐纳",又该有多少气势磅礴的诗作?

我们再看一下1965年的形势,那是新中国成立后最好的年份。正是成绩已有不少,教训也有一些,党和国家走在更加成熟的十字路口。当时我们已犯过的几个大错误是:1957年的反右,1958年的"大跃进"运动、人民公社化运动,1959年的反右倾,还遇上1959年到1961年的三年困难时期。这时,全党已经开始心平气和地看问题,在1962年的"七千人大会"上,刘少奇承认了"三分天灾,七分人祸"的错误,毛泽东也做了自我批评。形势也有了明显好转,原子弹爆炸，全国农业学大寨、工业学大庆，学雷锋、学焦裕禄，国力增强，民心向上。但是从深层来看，这些错误的根源还没有从思想上彻底解决。就像遵义会议已从军事上和组织上停止了"左"倾错误在党内的领导地位，但真正从思想上和路线上解决问题，还得等到延安整风运动。急病先治标，症退再治本，1965年，党和国家正是"症"初退而"本"待治之时。

毛泽东本将在这样的背景下深入基层调查研究，骑马走两河的。

二、在黄河两岸目睹民生维艰

我们设想，当毛泽东骑马走两河成行，对他触动最深的是中国农业的落后和农村发展的缓慢。

毛泽东是农民的儿子，他与农民有着天然的血脉联系。他最初领导的秋收起义及十年土地革命是为农民翻身得解放。他穿草鞋，住窑洞，穿补丁衣服，大口吃茶叶叶子，捡食掉在桌子上的米粒，趴在水缸盖儿上指挥大战役，在延安时还和战士一起开荒，在西柏坡时还下田插秧。还有包括江青看不惯的大口吃红烧肉、吃辣椒。他就是一个农民，一个读了书、当了领袖的农民。毛泽东一生的思绪从没有离开过农民，只不过命运逼得他在新中国成立前的大部分时间还在研究战争。新中国成立后，又急于振兴工业，以致1953年发生了与梁漱溟的争吵，被梁漱溟误以为忘了农民。他在1958年发起的"大跃进"运动、人民公社化运动，也是为了提高工农业生产指标，有点儿空想，有点儿急躁，被彭德怀说成"小资产阶级狂热性"。那一句话真的刺伤了他的心，但没有人怀疑他不是为了农民。

我们设想他打马上路了，行行走走，一个半月后到达郑州。因为是马队，不能进城住宾馆，便找一个依岸傍河的村庄宿营，架好电台，摊开文件、书本。一如战争时期那样，有亲热的房东打水、烧炕，有调皮的儿童跑前跑后，饭后他就挑灯读书、办公。但我猜想毛泽东这天在郑州的黄河边肯定度过了一个不眠之夜。

河南这个地方是当年人民公社化运动的发祥地。这里诞生了全国第一个人民公社——信阳地区遂平县的"嵖岈山卫星人民公社"。七年前，1958年8月6日晚，他到郑州，7日晨就急着听汇报，当他看到《嵖岈山卫星人民公社试行简章（草稿）》时如获至宝，连说："这是个好东西！"便喜而携去。接着又去视察山东，8月底就在北戴河主持政治局扩大会议，正式通过了《关于在农村建立人民公社问题的决议》。公社遍行全国，河南首其功，信阳首其功。

假如，毛泽东沿途一路走来，看到了许多1958年"大跃进"留下的半截子工程，虽经调整后，农村情况大有好转，但社员还是出工不出力。房东悄悄地对他说："人哄地皮，地哄肚皮。"这或许会使他不得不思考"大跃进"和人民公社这种形式对农村生产力到底是起了解放作用还是破坏作用。为什么农民对土地的热情反倒下降了呢？想想解放战争时期，边打仗，边土改，农民一分到地就参军、支前，热情何等地高。

离开郑州之后，毛泽东大概会溯流而上，他很急切地想知道1960年完工的大工程三门峡水库现在怎么样了。这工程当时是何等地激动人心啊！诗人贺敬之的《三门峡·梳妆台》曾传唱全国："展我治黄河万里图，先扎黄河腰中带——……责令李白改诗句：'黄河之水手中来！'银河星光落天下，清水清风走东海。"毛泽东很想看看这万年的黄河，是不是已"清水清风走东海"，很想看看他日思夜想的黄河现在变成什么样子。

他立马高坡，极目一望时，这里却不是他想象中的高原明镜，而是一片湿地，但见水雾茫茫，芦花荡荡。原先本想借这座水库拦腰一斩，根治黄河水害，但是才过几年就已沙淤库满，下游未得其利，上游反受其害，关中平原的安全受到威胁。他眉头一皱，问黄河上游每年来沙多少，随行专家答："十六亿吨。"又问："现库内已淤沙多少？"答："五十亿吨。"就是再修十个水库也不够它淤填的啊！当初上上下下热情高涨，又相信苏联专家的话，匆匆上马。看来建设和打仗一样，也是要知己知彼啊。不，它比战争还要复杂，战场上可立见胜负，而一项大的经济建设决策，牵涉的面更广，显示出结果的周期更长。

毛泽东打马下山，一路无言。他或许想起了一个人，就是黄炎培的儿子黄万里，水利专家、清华大学教授。当年的三门峡工程，上下一片叫好声，只有一人坚决反对，就是黄万里。1955年4月周恩来主持七十多人的专家论证会，会开了七天，他一人舌战群儒大呼：不是怎么建坝，而是三门峡根本就不宜建坝！下游水清，上游必灾啊。果然，大坝建成第二年，上游受灾农田就达八十万亩。黄万里的意见没人听，他就写了一首小词，内有"春寒料峭，雨声凄切，静悄悄，微言绝"句。1957年6月19日的《人民日报》第六版登出了这首词，黄万里一夜之间就成了大右派。毛泽东记起自己说过的一句话："真理有时在少数人手里。"不觉长叹了一口气。

我猜想毛泽东若能重到西北，亲见水土流失，一定会重新考虑中国农业发展的大计。新中国成立后，毛泽东大多走江南，再没有到过黄河以西。但他阅读了大量史书，无时无刻不在做着西行考察的准备。1958年在成都会议上，山西省委书记陶鲁笳向他汇报引黄济晋的雄心壮志，他说："你这算什么雄心壮志，你们查一下《汉书》，那时就有人建议从包头引黄河过北京东注入海。当时水大，汉武帝还能坐楼船在汾河上航行呢，现在水都干了，我们愧对晋民啊。"这块中国西北角的红色根据地，当年曾支撑了中共领导的全民族抗战，支持了解放战争的胜利，但是自新中国成立以后就再也摆不脱黄风、黄沙、黄水的蹂躏。

晋陕之间的这一段黄河，毛泽东曾经两次东渡。第一次是1936

年由绥德过河东征抗日，留下了那首著名的《沁园春·雪》；第二次是由吴堡过河到临县，向西柏坡进发，定都北京。当时因木船太小，跟随他多年的那匹老白马只好留在河西。他登上东岸，回望滔滔黄水，激动地讲了那句名言："你可以藐视一切，但不能藐视黄河。"据他的护士长回忆，毛泽东进城后至少九次谈起黄河，他说："这条河与我共过患难。""每次看黄河回来心里就不好受。""我们欠了黄河的情。""我是个到了黄河也不死心的人。"

这次，假如毛泽东重访旧地，我猜想米脂县杨家沟是一定要去的。1947年11月22日到1948年3月21日他一直住在这里，这是他转战陕北期间住得最长的一个村子，并在这里召开了有里程碑意义的，准备打倒蒋介石、建立新中国的"十二月会议"。但现在这里还是沟深路窄，仅容一马，道路泥泞，一如二十年前。农民的住房，还没有一间能赶上过去村里地主的老房子。而当年毛泽东的指挥部，整个党中央机关就借住在杨家沟一个马姓地主的宅院里，他就是在这里胜利指挥了全国的战略大转折。我去看过，这处院子就是现在也十分完好，村里仍无其他民房能出其右。如果这次毛泽东重回杨家沟还住在当年他的那组三孔相连的窑洞里，心中将会感慨良多。当年撤出延安，被胡宗南追得居无定所，但借得窑洞一孔，弹指一挥，就横扫蒋家百万兵。

向最基层的普通人学习，是毛泽东一向所提倡的。调查研究成了毛泽东政治品德和工作方法中最鲜明的一条。斯诺在他的《西行漫记》里曾写道："我第二次看见他是傍晚的时候，毛泽东光着头在街上走，一边和两个年轻的农民谈着话，一边认真地在做手势。"毛泽东曾说："当年是一个监狱的小吏让我知道了旧中国的监狱如何黑暗。"毛泽东在1925年到1933年曾认真做过农村调查，1941年又将其结集出版，他在《农村调查》的序言和跋里写道："特殊地说，实际工作者须随时去了解变化着的情况，这是任何国家的共产党也不能依靠别人预备的。所以，一切实际工作者必须向下作调查。"那时他十分注意倾听基层呼声。有一个很有名的故事：延安的一个农民，一次天打雷劈死了他的毛驴，就说："咋不劈死毛泽东？"边区保卫部门要以反革命罪逮捕这个农民。毛泽东说，他这样说必有他的理由，一问是边区农民负担太重。毛泽东就让减税。所以，当时边区地域虽小，生活虽苦，但领袖胸如海，百姓口无忌，上下一条心，共产党终得天下。

这次，假如毛泽东一路或骑马或步行又重新回到百姓中间，通过所见所闻，隐隐感到民间积怨不少，他会不会想起1945年在延安与黄炎培的"窑洞对"谈话？那时虽还未得天下，但黄炎培已问到他将来怎样治天下。他说："只要坚持民主，让老百姓监督政府，政权就能永葆活力。"想到让人民监督，毛泽东忽然忆起一个人，此人就是陕西户县（今西安市鄠邑区）农民杨伟名。杨伟名是一个普通农民，在村里任大队会计，他关心政治，有一点儿私塾的文化底子，苦学好读，"处江湖之远则忧其君"。他在1962年曾向中央写万言书，系统分析农村形势，提出许多尖锐又中肯的意见，比如：允许单干；敞开自由市场；不要急于过渡，再坚持一段新民主主义；要防止报喜不报忧……现在看来，这些话全部言中。这篇文章的题目叫《一叶知秋》，意即从分析陕西情况即可知全国农村形势之危。其忠谏之情溢于言表。毛泽东对这些意见当然听不进去，便愤而批曰："什么一叶知秋，是一叶知冬。"

其时，党内也早有一部分同志看到了危机，并提出了对策，比较有名的就是邓小平的"白猫黑猫"论。杨伟名的这篇文章在1962年的北戴河会议上被毛泽东点名批评。从此，逆耳忠言渐少，继而鸦雀无声。而黄河之滨这个朴素的农民思想家杨伟名则被大会批、小会斗，后在"文化大革命"中自杀。（2002年，陕西曾开研讨会纪念杨伟名，并为他出版文集。2005年，我曾访其故居，秋风小院在，柿树叶正红。）

这次，假如毛泽东重走黄河，又到陕西，看到当年的许多问题依旧没有结果，就会想起这个躬耕于关中的奇才，便会着人把他接来，做彻夜之谈。毛泽东像当年向小狱吏请教狱情、在延安街头光着头向农民恭问政情一样，向这个农民思想家问计于国是。这是二十世纪六十年代党的领袖与一位普通农民的对话。这不是《三国演义》中卧龙岗的"隆中对"，也不是1945年延安的"窑洞对"，而是在黄河边的某一孔窑洞里的"河边对"。

杨伟名一定侃侃而谈，细算生产队的家底，纵论国家大势。毛泽东会暗暗点头，想起他自己常说的"群众是真正的英雄，而我们自己则往往是幼稚可笑的"，又想起1948年他为陕西佳县县委题的字"站在最大多数劳动人民的一面"。当时他转战到这里，部队要打佳县，仗要打三天，需十二万斤粮食，但粮食早让胡宗南抢掠一空。他问佳县县长张俊贤有没有办法，张俊贤说："把全县坚壁的粮挖出来，够部队吃上一天；把全县地里未成熟的玉米、谷子收割了，还可吃一天；剩下的一天，把全县的羊和驴都杀了！"战斗打响，群众拉着粮、驴、羊支前，自己吃树叶、树皮。战后很长时间，这个县见不到驴和羊。张俊贤当然也在这次"河边对"的延请之列。毛泽东是性情中人，他或许还会当场邀张俊贤到中央哪个政策研究部门去工作，就像后面要谈到的，他听完就三峡问题的辩论后，当场邀李锐做他的秘书。何况张俊贤本来就一直是西北局的特聘编外政策研究员。而以张俊贤的性格则会说，臣本布衣，只求尽心，不求闻达，还是躬耕关中，位卑不敢忘国，不时为政府上达一点实情。送走客人，毛泽东点燃一支烟，仰卧于土炕上，看着窑洞穹顶厚厚的黄土，想起自己1945年在延安说过的那两句话："我们共产党人好比种子，人民好比土地。我们到了一个地方，就要同那里的人民结合起来，在人民中间生根、开花。"现在早已生根开花，却将忘其土啊！

总之，还不等走完黄河全程，在晋、陕、宁、甘一线，毛泽东的心情就沉重复杂起来。在这里，当年的他曾是"六盘山上高峰，红旗漫卷西风""原驰蜡象，欲与天公试比高"。可现在，毛泽东无论如何也高兴不起来，他立马河边，面对滔滔黄河水，透过阵阵风沙，望着远处梁峁起伏、沟壑纵横的黄土地上那些俯身拉犁、弯腰点豆、背柴放羊的农民，不禁有一点儿心酸。"大跃进"、人民公社化运动这样轰轰烈烈，怎么就没能解放出更多的生产力，改善农民的生活，改变他们的境遇呢？

毛泽东继续沿黄河前行，北上河套，南取宁夏，绕了一个大弯后到兰州。在这里向北沿祁连山麓就是通往新疆的河西走廊，向南沿黄河就将进入上游的青海、四川，他决定在兰州休整一周。这兰州以西是历代流放钦犯和谪贬官员的地方，他想起林则徐虎门销烟之后就是经过这里而贬往新疆的。毛泽东出行，电台、文件、书籍三件宝，常读之书和沿途相关之书总要带足。现在韶山的毛泽东遗物馆里还存有他出行的书箱，足有一米见方。林则徐是他敬仰的人物，长夜难眠，他便命秘书找出林则徐的《云左山房诗钞》挑灯阅读，卷中有不少是林则徐在河南奉旨治完黄河后又一路继续戴罪西行，过兰州、出玉门的诗作，多抒发他的报国热情和记述西部的山川边情。林则徐的诗豪放而深沉，毛泽东性情刚烈而浪漫，把卷在手，戈壁古道长无尽，窗外黄河鸣有声。此时，两个人跨越时空，颇多共鸣。毛泽东有抄录名人诗作练字的习惯，他读得兴起，便再披衣下床，展纸挥毫，抄录了林则徐的一首《出嘉峪关感赋》：

东西尉侯往来通，博望星槎笑凿空。
塞下传笳歌敕勒，楼头倚剑接崆峒。
长城饮马寒宵月，古戍盘雕大漠风。
除是卢龙山海险，东南谁比此关雄。

这幅书法，借原诗的气势，浓墨酣情，神采飞扬，经放大后至今仍高高挂在人民大会堂甘肃厅的东墙上。书罢林诗，毛泽东推窗北望，想这次只能按原计划溯黄河而上，祁连山、嘉峪关一线是去不了啦，不觉有几分惆怅。新疆是他的胞弟毛泽民牺牲的地方，那个方向还有两件事让他心有所动。一是当年西路军在这里遭到极大损失，这是我军史上极悲惨的一页。二是1957年反右之后一大批右派被发配到西部，王震的兵团就安排了不少人，其中就有诗人艾青等不少文化人。现时已十年，这些人中似可起用一些，以示宽慰。他在这里休整一周，接见了一些仍流散在河西走廊的老红军，听取了右派改造工作的汇报，嘱咐地方调研后就这两件事提出相应的政策上报。

离开兰州，毛泽东一行会逆黄河而上，又经月余到达青、甘、川三省交界处的黄河第一弯。他登上南岸四川阿坝境内的一座小山，正是晚霞压山，残阳如血，但见黄河北来，蜿蜒九曲，明灭倏忽，如一道闪电划过高原，不禁诗兴大发，随即吟道：

九曲黄河第一弯，长河落日此处圆。
从来豪气看西北，涛声依旧五千年。

他想，我们一定要对得起黄河，对得起黄河儿女。

这里已近黄河源头，海拔四千米以上。他们放慢速度，缓缓而行，数十天后终于翻过巴颜喀拉山，到达长江的源头大通河，这便进入长江流域。

三、顺江而下反思"左"之错误

接下来，毛泽东走长江与走黄河的心境不同。在黄河流域，所到之处主要勾起了他对战争岁月的回忆和对老区人民的感念，深感现在民生建设不尽如人意，得赶快发展经济。而走长江一线更多的是政治反思，是关于在这里曾发生过的许多极左错误的思考。

顺沱沱河、通天河而下，入金沙江，便进入四川、贵州界。这里是中央部署的大三线基地。毛泽东不愧为伟大的战略家，他从战争中走来，居安思危，总担心国家遭到外敌入侵。在原子弹研制成功后，他又力主在长江、黄河的上游建设一个可以支持原子战争的大三线基地，还把自己的老战友彭德怀派去任基地三把手。

毛泽东与彭德怀的关系，可以说是合不来又离不开。历史上许多关系到党的命运和毛泽东威信的大战、硬战，都是彭德怀冲锋陷阵。最关键的有三次，红军长征出发过湘江、解放战争时的转战陕北和新中国刚成立时的抗美援朝战争。对于是否出兵朝鲜，中央议而不决，急调彭德怀从西北回京，他投了支持毛泽东的关键一票，而在林彪不愿挂帅出征的情况下，彭德怀又挺身而出，担起保家卫国的重任。但是自从进城之后，毛泽东与彭德怀之间渐渐生分。战争时期，大家都称毛泽东为"老毛"，进了北京，渐渐改称"主席"。有一天，彭德怀突然发现中南海里只有他一人还在叫"老毛"，便很不好意思，也悄悄改口。这最后一个称"老毛"的角色由彭德怀来扮演，从中也可以看出他们的交往之深和彭德怀性格的纯真率直。

但1959年在庐山上，两个战友终于翻脸。其时毛泽东正醉心于"大跃进"、人民公社化运动，雄心勃勃，自以为找到了迈向共产主义的好办法。彭德怀却发现农村公共食堂里农民吃不饱，老百姓饿肚子，"大跃进"破坏了生产力。"谷撒地，禾叶枯，青壮炼钢去，收禾童与姑，来年日子怎么过"，他要为民鼓与呼。这场争论其实是空想与实事求是之争。结果，彭德怀被错误地划为右倾机会主义分子，并被指责与黄克诚、张闻天、周小舟结成"反党集团"，全国大反右倾，株连五百多万人。后来黄克诚说："这件事对我国历史的发展影响巨大深远，从此党内失去了敢言之士，而迁就逢迎之风日盛。"但是，直到下山时毛泽东还说，我要写一篇大文章《人民公社万岁》，向全世界宣布中国的成就。而且他已让《人民日报》和新华社为他准备材料。但还不到年底，农村就败象渐露，这篇文章也就"胎死腹中"。1965年9月，毛泽东对彭德怀说："也许真理在你那边。"便派他到三线来工作。

未想，两位生死之交的战友，庐山翻脸，北京一别，今日可能相会在金沙江畔，在这个三十年前长征经过的地方，多少话真不知从哪里说起。明月夜，青灯旁，白头搔更短，往事情却长。毛泽东向来敢翻脸，也敢认错。他在延安整风运动时对"抢救运动"中被错整的人脱帽道歉；1959年感谢陈云、周恩来在经济工作方面的冷静，说"家贫思贤妻，国难识英雄"；1962年在"七千人大会"上承认"大跃进"的错误。毛泽东三年来的沿河考察，深入民间，所见所闻，许多争论已为历史所印证，他也许会说一声："老彭，看来是你对了！"

行至四川境内，毛泽东还会想起另一个人，即他的秘书田家英。庐山会议前，毛泽东提倡调查研究，便派身边的人下去了解情况，田家英被派到四川。田回京后给他带去一份农民吃不饱、农业衰退的实情报告，他心有不悦。加之四川省委投毛泽东之好又反告田家英一状，田家英在庐山上也受到了批评，从此就再不受信任。这时他一定会想起田家英为他拟的那篇著名的党的八大开幕词："虚心使人进步，骄傲使人落后。"不觉怅然若失。看来自己过去确实是有点儿好大喜功，下面也就报喜不报忧，造成许多失误。长夜静思，山风阵阵，江水隆隆。他推窗望月，金沙水拍云崖暖，惊忆往事心犹寒。

新中国成立后，毛泽东出京工作，少在北方，多在南方，所以许多作出重要决策的、在党史上有里程碑意义的会议多在长江一带召开。如 1958 年 3 月毛泽东坚持"大跃进",周恩来、陈云被迫做检讨的成都会议;4 月再次确立了"大跃进"思路的武汉会议;1959 年 4 月检讨"大跃进"的上海会议(就是在这次会议上,他第一次提出骑马走两河);1959 年 7 月反右倾的庐山会议;1961 年纠正"左"倾错误的第二次庐山会议等。总的来讲,这些会议上都是毛泽东说了算,反面意见听得很少。

但有一次毛泽东是认真听了不同意见,并听了进去。这就是关于建三峡水库的争论。自孙中山时,就有修三峡的设想,毛泽东也曾畅想"高峡出平湖",但对于到底是否可行,毛泽东十分慎重。1958 年 1 月,南宁会议召开,也就在这次会议上毛泽东很欣赏反对派李锐,当场点名要李锐做他的秘书。毛泽东曾在 1958 年 3 月 29 日自重庆上船,仔细考察了长江三峡,至 4 月 1 日到武汉上岸。他对修三峡一直持慎重态度,他说:"但是最后下决心确定修建及何时开始修建,要待各个重要方面的准备工作基本完成之后,才能作出决定。"这次毛泽东骑马从陆路过三峡一定会联想到那个当年轻易上马,现已沙淤库满的三门峡水库。幸亏当时听了不同意见,三峡才成为"大跃进"中唯一没有头脑发热、轻易上马的大工程。现在想来都有点后怕,看来科学来不得半点虚假。1992 年 4 月,七届全国人大五次会议通过兴建三峡工程的决议。在这个长过程中因为有反对意见,才有无数次的反复论证,人们说三峡工程上马,反对派的功劳比支持派还大。

毛泽东从四川入湖北,过宜昌到武汉。因这次是带着马队出行,当然不住上次住过的东湖宾馆,他大概会选依山靠水之处安营扎寨,这倒有了一点饮马长江的味道。毛泽东不禁想起他 1956 年在这里写的诗词《水调歌头·游泳》:"才饮长沙水,又食武昌鱼。万里长江横渡,极目楚天舒。不管风吹浪打,胜似闲庭信步,今日得宽余。"又想起 1958 年 4 月在这里召开的武汉会议,在鼓动"大跃进"的同时，毛泽东给那些很兴奋的省委书记也泼了一点冷水。但全党的狂热已被鼓动起来，想再压下去已不容易。他想，那时的心态要是"不管风吹浪打，胜似闲庭信步"，再从容一点，继续给他们降降温，结果也许会好一点。

离开湖北进入江西不久就到了庐山。这庐山堪称是中国现代政治史上的一个坐标点。1886年英国传教士李德立在这里首先买地盖房，开发庐山。从1928年到1947年，前后二十年间，蒋介石多次在这里指挥"剿共"、抗日。1927年，瞿秋白在这里起草八一起义提纲。1937年卢沟桥枪声骤响，正在山上举办的国民党庐山军官训练团提前结业，直接奔赴抗日前线。1948年蒋介石泪别庐山，败退台湾。

蒋介石离去十年后，1959年毛泽东第一次登上庐山，住在蒋介石和宋美龄住过的美庐别墅，看见工人正要凿掉"美庐"二字，忙上前制止，说这是历史。就是这一次在山上召开了庐山会议。1961年，毛泽东欲补前会之错，又上庐山召开第二次庐山会议。他借用《礼记》里的一句话"未有先学养子而后嫁者也"，痛感革命事业不可能有人先给你准备好成熟的经验。这一次毛泽东在山上说，他此生有三愿：一是要下放去搞一年工业，搞一年农业，搞半年商业；二是要骑马到黄河、长江两岸进行实地考察；三是写一本书，把自己的缺点、错误统统写进去，让世人评说。他认为自己好坏七三开就满足了。

1970年，毛泽东又上庐山召开党的九届二中全会，敲山震虎，与林彪已初显裂痕。还有一件事少有人知，蒋介石去台湾多年，自知反攻无望，愿意谈判回归。1965年7月已初步达成六项协议，其中有一条：蒋回大陆后所选的"汤沐之地"（封地）就是庐山。可惜"文化大革命"一起，此事告吹。

到了庐山，毛泽东的两河之行已完成四分之三。他决定在这里休整数日，一上山便放马林间，让小白马也自由自在地轻松几日。他还住美庐，饭后乘着月色散步在牯岭小街上，不远处就是当年庐山会议时彭德怀、黄克诚合住的176号别墅，往西三十米是张闻天的别墅，再远处是周小舟的别墅。在此方寸之地，却曾矗立过中共党史上的几位巨人。彭、黄、张都是井冈山时期和毛泽东一起的"绿林好汉"，想不到掌权之后他们又到这座山上来吵架。

毛泽东忆想那次论争，虽然剑拔弩张，却也热诚感人，大家讲的都是真话。他自己也实在有点盛气压人。现在人去楼空，唯余这些石头房子，门窗紧闭，苔痕满墙，好一种历史的空茫。如果当时这庐山之争也能像三峡工程之争一样，允许发表一点不同意见，后果也不会这样。后来虽有1961年第二次庐山会议的补救之举，但创痛实深，今天想来，他心中或许生起一种隐隐的自责。回到美庐，刚点燃一支烟，一抬头看见墙上挂着1959年他一上庐山时写的那首豪迈诗作：

一山飞峙大江边，跃上葱茏四百旋。
冷眼向洋看世界，热风吹雨洒江天。
云横九派浮黄鹤，浪下三吴起白烟。
陶令不知何处去，桃花源里可耕田？

两河之行结束，大约是1969年的9月，正是国庆20周年的前夕。毛泽东回顾整理了一下四年来两河调查的思绪，或许会将中央政治局的委员们召集到上海，召开一次扩大的中央工作会议，通过三项决议。

一是今后一段时间内要重点抓一下经济建设，暂不搞什么政治运动；二是转变党的作风，特别戒假话、空话，加强调查研究和党内民主；三是总结教训，对前几年的一些重大问题统一认识。

三个决议通过，局面一新，当然也就没有什么"文化大革命"，没有彭德怀等一批老干部的损失，也没有田家英等一批中年精英的夭折。如果再奢望一点，还可能通过一个关于党的领导干部退休的决议。因为到这年年底毛泽东就满七十六岁了，两河之行，四年岁月，一万里路云和月，风餐露宿，鞍马劳顿。他一定感到身体和精力大不比当年长征之时，毕竟年龄不饶人。而沿途，考察接谈，视事阅人，发现无数基层干部，有经验，有知识，朝气向上，正堪大任。要放手起用新人。这几个决议通过，全党欢呼，全民振奋。国家、民族又出现新的机遇。真如这样，历史何幸，国家何幸，民族何幸！

　　可惜时光不能倒流，历史不能重演。

　　　　原载于《学习时报》2010年4月26日、5月10日、17日、24日
　　　　《新华文摘》2010年第15期转载

文章大家毛泽东

今年是毛泽东同志诞辰120周年,他离开这个世界已三十七年。政声人去后,尘埃落定,对他的功过已有评说,以后也许还会争论下去。但对文章大家的他研究得还不够,这笔财富有待挖掘。毛泽东曾说过,革命要靠枪杆子和笔杆子。他手下有十名元帅以及包括十名大将在内的将军一千零四十人(1955年第一次授衔),从井冈山会师到定都北京,抗日、驱蒋,谈笑间强敌灰飞烟灭,何等潇洒。打仗,他靠的是指挥之能;驭将,他靠的是用兵之能。但笔杆子倒是一辈子须臾不离手,毛笔、钢笔、铅笔,笔走龙蛇惊风雨,白纸黑字写春秋。

虽然他身边也有几个秀才,但也只是伺候笔墨,实在不能为之捉刀。他那种风格、那种语言、那种做派,是浸到骨子里、溢于字表、穿透纸背的,只有他才会有。中国是个文章的国度,青史不绝,文章不绝。向来说文章有汉司马、唐韩柳、宋东坡、清康梁,群峰逶迤,连绵不绝。毛泽东算是一个,也是文章群山中一座巍峨的险峰。

思想与气势

毛泽东文章的特点首在磅礴凌厉的气势。毛泽东是政治家、思想家,不同于文人雕虫画景、对月说愁,他是将政见、思想发之于文章,又借文章来平天下的。

陆游说:"汝果欲学诗,工夫在诗外。"文章之势是文章之外的功夫，是作者的胸中之气、行事之势。势是不能强造假为的，得有大思想、真城府。我在《美文是怎样写成的》一文中曾说到古今文章大家有两种：一是纯文人，二是政治家。文人之文情胜于理，政治家之文理胜于情。理者，思想也。写文章，说到底是在拼思想。只有政治家才能总结社会规律，借历史交替、风云际会、群雄逐鹿之势，纳雷霆于文字，排山倒海，摧枯拉朽，宣扬自己的政见。毛泽东的文章属于这一类。这种文字不是用笔写出来的，是作者全身心社会实践的结晶。劳其心，履其险，砺其志，成其业，然后发之为文。文章只是他事业的一部分，如冰山之一角，是虎之须、凤之尾。我们可以随便举出一些段落来看毛泽东文章的气势：

我们中华民族原有伟大的能力！压迫愈深，反动愈大，蓄之既久，其发必速。我敢说一怪话，他日中华民族的改革，将较任何民族为彻底。中华民族的社会，将较任何民族为光明。中华民族的大联合，将较任何地域任何民族而先告成功。诸君！诸君！我们总要努力！我们总要拚命的向前！我们黄金的世界，光华灿烂的世界，就在前面！

《民众的大联合》

这还是他在中国共产党成立前的五四时期，刚要踏入"江湖"的文章，真是鸿鹄一飞便有千里之志。明显看出，这篇文章有梁启超《少年中国说》的影子。文章的气势源于对时代的把握，毛泽东在新中国成立前的每个历史时期都能高瞻远瞩，甚至力排众议地发出振聋发聩之声。

当党内外对农民运动有动摇和微词时，他大声说：

革命不是请客吃饭，不是做文章，不是绘画绣花，不能那样雅致，那样从容不迫，文质彬彬，那样温良恭俭让。革命是暴动，是一个阶级推翻一个阶级的暴烈的行动。

《湖南农民运动考察报告》

井冈山时期，革命处于低潮，他甚至用诗一样的浪漫语言预言革命高潮的到来：

它是站在海岸遥望海中已经看得见桅杆尖头了的一只航船，它是立于高山之巅远看东方已见光芒四射喷薄欲出的一轮朝日，它是躁动于母腹中的快要成熟了的一个婴儿。

《星星之火，可以燎原》

当抗日战争处在最艰苦的相持阶段，许多人苦闷、动摇时，他发表了著名的《论持久战》，指出：

武器是战争的重要的因素，但不是决定的因素，决定的因素是人不是物。力量对比不但是军力和经济力的对比，而且是人力和人心的对比。

抗日战争是持久战，最后胜利是中国的——这就是我们的结论。

再看解放战争中他为新华社写的新闻稿：

英勇的人民解放军二十一日已有大约三十万人渡过长江。渡江战斗于二十日午夜开始，地点在芜湖、安庆之间。国民党反动派经营了三个半月的长江防线，遇着人民解放军好似摧枯拉朽，军无斗志，纷纷溃退。长江风平浪静，我军万船齐放，直取对岸，不到二十四小时，三十万人民解放军即已突破敌阵，占领南岸广大地区，现正向繁昌、铜陵、青阳、荻港、鲁港诸城进击中。人民解放军正以自己的英雄式的战斗，坚决地执行毛主席和朱总司令的命令。

《我三十万大军胜利南渡长江》

我军"摧枯拉朽"，敌军"纷纷溃退"，"长江风平浪静"。你看这气势，是不是有《过秦论》中秦王振四海、制六合的味道？

再看他1949年在中国人民政治协商会议第一届全体会议上的开幕词：

诸位代表先生们，我们有一个共同的感觉，这就是我们的工作将写在人类的历史上，它将表明：占人类总数四分之一的中国人从此站立起来了。

让那些内外反动派在我们面前发抖吧，让他们去说我们这也不行那也不行吧，中国人民的不屈不挠的努力必将稳步地达到自己的目的。

这是一个胜利者的口吻，时代巨人的口吻。新中国成立后，美国搞核讹诈，他说："帝国主义和一切反动派都是纸老虎。"古今哪一个文章大家有这样的气势！

从上面所举毛泽东不同时期的文章能看出他对自己的事业充满信心。为文要有丹田之气，不可装腔作势。古人论文，讲气，气贯长虹，力透纸背。韩愈搞古文运动，就是要恢复两汉文章的质朴之气，他每为文前先读一遍司马迁的文章，为的是借一口气。以后人们又推崇韩文，再后又推崇苏东坡文，都有雄浑、汪洋之势。苏东坡说："吾文如万斛泉源，不择地皆可出。在平地滔滔汩汩，虽一日千里无难。及其与山石曲折，随物赋形，而不可知也。"他们的文章之所以有气势，是因为有思想，有个性的思想。

毛泽东的文章也有思想，而且是时代的思想，是一个先进的政党、一支战无不胜的队伍的思想。毛泽东也论文，他不以泉比，而是以黄河来比。1913年，毛泽东在《讲堂录》中说："文章须蓄势。河出龙门，一泻至潼关。东屈，又一泻至铜瓦。再东北屈，一泻斯入海。当其出伏而转注也，千里不止，是谓大屈折。行文亦然。""才不胜今人，不足以为才；学不胜古人，不足以为学。"无论才学，他都是立志要超今人和古人的。如果说苏文如泉之涌，他的文章就是海之波涛了。

说理与用典

毛泽东文章的第二个特点是知识渊博，用典丰富。

中国传统的治学方法重在继承，从小孩子入私塾那一天起就背书，先背了一车经典、宝贝入库，以后用时再一件一件拿出来。毛泽东青年时正当五四运动前后，新旧之交，是受过这种训练的。他自述其学问，从孔夫子、梁启超到拿破仑，什么都读。作为党的领袖，他的使命是从外国借来马克思主义，领导中国人民推翻一个旧中国。要让中国的民众和他领导的干部懂得他的思想，就需要用中国人熟悉的旧知识和人民的新实践去注解，就是他常说的马克思主义中国化。这是一件真本事、大本事，要革命理论、传统知识和革命实践三样皆通，缺一不可。不仅要对中国的传统典籍烂熟于心，还要能翻新改造，结合当前的实际。在毛泽东的书中我们几乎随处可见他恰到好处的用典。

这有三种情况。一是从典籍中找根据，证目前之理，比如在《为人民服务》中引司马迁的话：

人总是要死的，但死的意义有不同。中国古时候有个文学家叫做司马迁的说过："人固有一死，或重于泰山，或轻于鸿毛。"为人民利益而死，就比泰山还重；替法西斯卖力，替剥削人民和压迫人民的人去死，就比鸿毛还轻。张思德同志是为人民利益而死的，他的死是比泰山还要重的。

这是在一个战士的追悼会上的讲话，作为领袖，除表示哀悼，还要阐明当时为民族解放事业牺牲的意义。他一下拉回两千年前，解释我们这个民族怎样看待生死。你看，司马公有言，自古如此，你不能不信，一下子增加了文章的厚重感。司马迁的这句话也因毛泽东的引用而被赋予了新的含义，广为流传。忠、孝、仁、义，是中国传统的道德观，毛泽东却在延安党的活动分子会议上给出新的解释：

特别忠于大多数人民，孝于大多数人民，而不是忠孝于少数人。对大多数人有益处的，叫做仁；对大多数人利益有关的事情处理得当，叫义。对农民的土地问题、工人的吃饭问题处理得当，就是真正的行仁义者。

这就是政治领袖和文章大家的功力：能借力发力，翻新经典，为己所用；既弘扬了民族文化，又普及了经典知识。

二是到经典中找方法，以之来比喻阐述一种道理。

毛泽东的文章大部分是论说文，是说给中国的老百姓或中低层干部听的。所以搬出中国人熟悉的故事，以典证理成了他常用的方法。这个典不一定客观存在，但它的故事家喻户晓，蕴含的道理颠扑不破。如党的七大闭幕词这样重要的文章，不但行文简短，只有千数字，而且还讲了一个《愚公移山》的寓言故事，真是一典扛千斤。毛泽东将《水浒传》《西游记》《三国演义》这些文学作品当哲学、军事著作素材来用，深入浅出，生动活泼。他在《中国革命战争的战略问题》中这样来阐述战争中的战略战术：

谁人不知，两个拳师放对，聪明的拳师往往退让一步，而蠢人则其势汹汹，辟头就使出全副本领，结果却往往被退让者打倒。

《水浒传》上的洪教头，在柴进家中要打林冲，连唤几个"来""来""来"，结果是退让的林冲看出洪教头的破绽，一脚踢翻了洪教头。

孙悟空在他的笔下，一会儿比作智慧化身，钻入铁扇公主的肚子里；一会儿比作敌人，跑不出人民这个如来佛的手心。1938年4月在抗大的一次讲话中，他甚至还从唐僧的坚定、八戒的吃苦、孙悟空的灵活中概括出了八路军、新四军的"三大作风"。像这样重要的命题，这样大的方针，他都能从典故中轻松地信手拈来，从容化出。所以，他的报告总是听者云集，欢声笑语，毫无理论的枯涩感。他是真正把古典融入现实，把实践融进了理论。

三是为了增加文章的渲染效果，随手拿来一典，妙趣横生。

在《别了，司徒雷登》中，他这样来写美国对华政策的破产："总之是没有人去理他，使得他'茕茕孑立，形影相吊'，没有什么事做了，只好挟起皮包走路。"这里用了中国古典散文名篇《陈情表》里的句子。司徒雷登孤立、无奈、可怜的样子，永远定格在中国人的记忆中。就司氏本人来说，他对中国还是很有感情的，也为中国特别是为中国的教育事业做了不少好事。但阴差阳错，他在历史变革的关键时刻扮演了一个特殊角色，也就只好背上了这个形象。

毛泽东的用典是出于行文之必需的，绝不卖弄，不故作高深地掉书袋。他是认真地研究并消化了经典的，甚至认真到考据癖的程度。如1958年刘少奇谈到贺知章的《回乡偶书》："少小离家老大回，乡音无改鬓毛衰。儿童相见不相识，笑问客从何处来。"以此来说明唐代在外为官不带家眷。毛泽东为此翻了《旧唐书》《全唐诗话》，然后给刘少奇写信说：

> 唐朝未闻官吏禁带眷属事，整个历史也未闻此事。所以不可以"少小离家"一诗便作为断定古代官吏禁带眷属的充分证明。自从听了那次你谈到此事以后，总觉不甚妥当。请你再考一考，可能你是对的，我的想法不对。睡不着觉，偶触及此事，故写了这些，以供参考。

现在庐山图书馆还保存着毛泽东在庐山会议期间的借书单，从《庐山志》《昭明文选》《鲁迅全集》到《安徒生童话》，内容极广。这里引出一个问题：一个领袖首先是一个读书人，一个读了很多书的人，一个熟悉自己民族典籍的人。他应该是一个博学的杂家，只是一方面的专家不行，只读自然科学不行，要读社会科学，读历史，读哲学。因为领导一个政党、一场斗争、一个时代，靠的是战略思维、历史经验、斗争魄力和人格魅力。这些只有到历史典籍中去找，在数理化和单一科目中是找不到的。一个不会自己母语的公民不是合格的公民，一个不熟悉祖国典籍的领袖不是合格的领袖。

讽刺与幽默

毛泽东文章的第三个特点是充满辛辣的讽刺和轻松的幽默。不装不假，见真人性。

人一当官就易假，就要端个架子，这是官场的通病。越是大官，架子越大，越不会说话。毛泽东是在党政军都当过一把手的，仍然嬉笑怒骂，这不容易。当然他的身份让他有权这样，但许多人就是洒脱不起来。权力不等于才华。毛泽东的文章虽然都是严肃重要的指示、讲话、决定、社论等，又都是在残酷的战争环境中生成的，但是并不死板，并不压抑。透过硝烟，我们随处可见文章中对敌辛辣的讽刺和对自己人幽默的谈吐。讽刺和幽默都是轻松的表现，是举重若轻。我可以用十二分的力打倒你，但我不用，我只用一根银针轻刺你的穴道，你就疼痛难忍，哭笑不得，扑身倒地，这是讽刺；我可以用长篇大论来阐述明白一个问题，但我不用，我只用一个笑话就妙解其理，让你在轻松愉快中茅塞顿开，这是幽默。总之是四两拨千斤。这是一个领袖对自己的事业、力量和韬略有充分信心的表现。毛泽东曾自信地说："我们的事业是正义的。正义的事业是任何敌人也攻不破的。"

我们先看他的讽刺。对国民党不敢发动群众抗战，毛泽东在审阅《解放日报》社论稿《衡阳失守后国民党将如何？》时写道：

> 可是国民党先生们啊，这些大好河山，并不是你们的，它是中国人民生于斯、长于斯、聚族处于斯的可爱的家乡。你们国民党人把人民手足紧紧捆住，敌人来了，不让人民自己起来保卫，而你们却总是"虚晃一枪，回马便走"，据说这是"磁铁战术"，实际则是永远抛弃主动权，永远不要人民的战术，人民已经看穿你们这个"西洋景"了。
>
> 　　　　　　　　　　　　《一切政治的关键在民众》

辽沈战役敌军大败，毛泽东这样为新华社写消息：

从十五日至二十五日十一天内，蒋介石三至沈阳，救锦州，救长春，救廖兵团，并且决定了所谓"总退却"，自己住在北平，每天睁起眼睛向东北看着。他看着失锦州，他看着失长春，现在他又看着廖兵团覆灭。总之一条规则，蒋介石到什么地方，就是他的可耻事业的灭亡。

《东北解放军正举行全线进攻》

他讽刺党八股像"懒婆娘的裹脚，又长又臭"，是"只有死板板的几条筋，像瘪三一样，瘦得难看，不像一个健康的人"。真是个漫画高手。

我们再看他的幽默。毛泽东一生担军国之重任，不知经历了多少危急关头、艰难局面，但这些在他的笔下常常是付之一笑，用太极推手轻松化解，这不容易。长征是人类历史上少有的苦难历程，毛泽东却乐观地说："长征是宣言书，长征是宣传队，长征是播种机。自从盘古开天地，三皇五帝到于今，历史上曾经有过我们这样的长征吗？"在延安文艺座谈会上，讲到文化的重要性时他说："我们有两支军队，一支是朱（德）总司令的，一支是鲁（迅）总司令的。"（正式发表时改为"拿枪的军队"和"文化的军队"。）他在对斯诺讲到自己的童年时，风趣地说："我家分成两'党'。一个就是我的父亲，是执政'党'。反对'党'由我、我母亲和弟弟组成。"斯诺听得哈哈大笑。

关于社会主义经济这样大的理论问题，他说：

搞社会主义，不能使羊肉不好吃，也不能使南京板鸭、云南火腿不好吃，现在云南没有火腿了吗？不能使物质的花样少了，布匹少了，羊肉不一定照马克思主义做，在社会主义社会里，羊肉、鸭子应该更好吃，更进步，这才体现出社会主义比资本主义进步，否则我们在羊肉面前就没有威信了。

1956年1月20日在关于知识分子问题会议上的讲话

1939年7月9日，他对即将上前线的陕北公学（后来的华北联合大学）师生讲话，以《封神演义》故事作比：

姜子牙下昆仑山，元始天尊赠了他杏黄旗、四不像、打神鞭三样法宝。现在你们出发上前线，我也赠给你们三样法宝，这就是：统一战线、武装斗争、党的建设。

这是比兴手法，只借"三样法宝"的字面同一性。1957年，他在对我国留苏学生讲话时说："从今以后，西风压不倒东风，东风一定要压倒西风。"这也是借《红楼梦》里林黛玉的话，与原意无关，只借"东风""西风"的字意。文章有意荡开去，显得开阔、轻松，好似从远处往眼前要说的这个问题上搭了一座引桥。鲁迅先生也曾有这样的用法：

还有一种特别的丸药：败鼓皮丸。这"败鼓皮丸"就是用打破的旧鼓皮做成；水肿一名鼓胀，一用打破的鼓皮自然就可以克服它。清朝的刚毅因为憎恨"洋鬼子"，预备打他们，练了些兵称做"虎神营"，取虎能食羊，神能伏鬼的意思，也就是这道理。

《父亲的病》

毛泽东是很推崇鲁迅的，他深得其笔法。
尖锐的讽刺，见棱见角，说明他眼光不凡，总能看到要害；轻松幽默的谈吐，不慌不忙，说明他的度量和睿智，肚子里有货。毛泽东之后中国的领路人邓小平也是非常幽默的。1978年10月，邓小平访问日本，这是一次打破僵局、恢复邦交、学习先进的破冰之旅，任务很重。邓小平说，我来目的有三，一是互换条约；二是看看老朋友；三是像徐福一样，来寻"仙草"的。日本人听得笑了起来。他们给邓小平最好的接待，给他看最先进的技术和管理。苦难出人才，时势造英雄，这是一种多么拿得起、放得下的潇洒。我们常说，领袖也是人，但领袖必须是一个有个性、有魅力的真实的人，照葫芦画瓢是当不了领袖的。

通俗与典雅

毛泽东文章的第四个特点是通俗与典雅完美地结合。记得我第一次接触毛泽东的文章是在中学的历史课堂上，没耐心听课，就去翻书上的插图，看到《新民主主义论》的影印件，如蚂蚁那么小的字，一下子就被它的开头几句所吸引："抗战以来，全国人民有一种欣欣向荣的气象，大家以为有了出路，愁眉锁眼的姿态为之一扫。但是近来的妥协空气，反共声浪，忽又甚嚣尘上，又把全国人民打入闷葫芦里了。"我不觉眼前一亮，一种莫名的兴奋，这是一种从未见过的文字，说不清是雅，是俗，只觉得新鲜，很美。放学后回家，我就找来大人读的《毛泽东选集》读。我就是这样沿着山花烂漫的曲径小路，一步一步直到政治大山的深处。

毛泽东既是乡间成长起来的知识分子，又是战火中锻炼出来的领袖。在学生时期他就受过严格的古文训练，后来在长期的斗争生涯中，一方面和工农兵朝夕相处在一起，学习他们的语言；另一方面又手不释卷，和各种书，如小说、诗词、曲赋、笔记等文学书籍缠裹在一起，须臾不离。他写诗、写词、写赋、作对、写新闻稿和各种报告、拟电稿。如果抛开他的军事、政治活动，他完全够得上一个文人，就像党的早期领导人李大钊、陈独秀、瞿秋白一样。毛泽东与他们的不同之处是多了与工农更密切的接触。所以毛泽东的文章典雅与通俗共存，朴实与浪漫互见。时常有乡间农民的语言，又能见到唐诗、宋词里的句子。忽如老者炕头说古，娓娓道来；又如诗人江边行吟，感天撼地。

我们先看一段他早期的文字，这是他1916年在游学的路上写给友人的信：

今朝九钟抵岸，行七十里，宿银田市……一路景色，弥望青碧，池水清涟，田苗秀蔚，日隐烟斜之际，清露下洒，暖气上蒸，岚采舒发，云霞掩映，极目遐迩，有如画图。今夕书此，明日发邮……欲以取一笑为快，少慰关垂也。

《致萧子升信》

这封手书与王维的《山中与裴秀才迪书》、徐霞客的《三峡》相比如何？其文字清秀不分伯仲。我们再看他在抗战时期写的《祭黄帝陵》：

赫赫始祖，吾华肇造；胄衍祀绵，岳峨河浩。
聪明睿智，光被遐荒；建此伟业，雄立东方。
世变沧桑，中更蹉跌；越数千年，强邻蔑德。
琉台不守，三韩为墟；辽海燕冀，汉奸何多！
以地事敌，敌欲岂足；人执笞绳，我为奴辱。
懿维我祖，命世之英；涿鹿奋战，区宇以宁。
岂其苗裔，不武如斯；泱泱大国，让其沦胥。

东等不才,剑屦俱奋;万里崎岖,为国效命。
频年苦斗,备历险夷;匈奴未灭,何以家为?
各党各界,团结坚固;不论军民,不分贫富。
民族阵线,救国良方;四万万众,坚决抵抗。
民主共和,改革内政;亿兆一心,战则必胜。
还我河山,卫我国权;此物此志,永矢勿谖。
经武整军,昭告列祖;实鉴临之,皇天后土。
尚飨!

从此文我们可以看出他深厚的古文功底。毛泽东在延安接受斯诺采访时说,他学习韩愈文章是下过苦功的,如果需要,他还可以写出一手好古文。我们看他早期的文字何等地典雅。但是为了斗争的需要、时代的需要,他放弃了自己熟悉的文体,学会了使用最通俗的语言。他说讲话要让人懂,反对使用"霓裳"之类的生僻词。请看这一段:

我们都是来自五湖四海,为了一个共同的革命目标,走到一起来了。我们还要和全国大多数人民走这一条路。我们今天已经领导着有九千一百万人口的根据地,但是还不够,还要更大些,才能取得全民族的解放。

《为人民服务》

再看这一段:

此间首长们指示地方各界切勿惊慌,只要大家事前有充分准备,就有办法避开其破坏,诱敌深入,聚而歼之。今春敌扰河间,因我方事前毫无准备，受到部分损失，敌部亦被其逃去。此次务须全体动员对敌，不使敢于冒险的敌人有一兵一卒跑回其老巢。

《动员一切力量歼灭可能向石家庄进扰之敌》

你看"走到一起""还不够""切勿惊慌""就有办法"等，这完全是老百姓的语言，是一种面对面的告诫、谈心。虽然是大会讲话、新闻稿，但是通俗得明白如话。典雅也并没有丢掉，他也有许多端庄、严谨、气贯长虹的文章，如：

夺取全国胜利，这只是万里长征走完了第一步。如果这一步也值得骄傲，那是比较渺小的，更值得骄傲的还在后头。在过了几十年之后来看中国人民民主革命的胜利，就会使人们感觉那好像只是一出长剧的一个短小的序幕。剧是必须从序幕开始的，但序幕还不是高潮。中国的革命是伟大的，但革命以后的路程更长，工作更伟大，更艰苦。这一点现在就必须向党内讲明白，务必使同志们继续地保持谦虚、谨慎、不骄、不躁的作风，务必使同志们继续地保持艰苦奋斗的作风。我们有批评和自我批评这个马克思列宁主义的武器。我们能够去掉不良作风，保持优良作风。我们能够学会我们原来不懂的东西。我们不但善于破坏一个旧世界，我们还将善于建设一个新世界。中国人民不但可以不要向帝国主义者讨乞也能活下去，而且还将活得比帝国主义国家要好些。

《在中国共产党第七届中央委员会第二次全体会议上的报告》

而更多的时候却是"既上得厅堂，又下得厨房"，亦庄亦谐，轻松自如。如：

若说：何以对付敌人的庞大机构呢？那就有孙行者对付铁扇公主为例。铁扇公主虽然是一个厉害的妖精，孙行者却化为一个小虫钻进铁扇公主的心脏里去把她战败了。柳宗元曾经描写过的"黔驴之技"，也是一个很好的教训。一个庞然大物的驴子跑进贵州去了，贵州的小老虎见了很有些害怕。但到后来，大驴子还是被小老虎吃掉了。我们八路军新四军是孙行者和小老虎，是很有办法对付这个日本妖精或日本驴子的。目前我们须得变一变，把我们的身体变得小些，但是变得更加扎实些，我们就会变成无敌的了。

《一个极其重要的政策》

毛泽东的文章堪称"文章五诀"——形、事、情、理、典的典范。无论是政论文、讲话稿，还是电报稿等各类文体，他都能随手抓来一个形象，借典说理或借事言情，深入浅出。毛泽东的文章开创了政论文从未有的生动局面，工人、农民看了不觉为深，专家、教授读了不觉为浅。

毛泽东是有大志的人，他永远有追求不完的目标。其中一个目标就是放下身段，当一个行吟的诗人，当一个作家。他多次说过要学徐霞客，要顺着长江、黄河把祖国大地丈量一遍。他又是一个好斗争的人。他有一句名言："与天奋斗，其乐无穷；与地奋斗，其乐无穷；与人奋斗，其乐无穷。"

其实除了天、地、人，毛泽东的革命生涯中还有一个斗争对象，就是文风。毛泽东对群众语言、古典语言是那样地热爱，对教条主义的语言、官僚主义的语言是那样地憎恨。在延安整风运动中，他把文风与学风、党风并提，讨伐"党八股"，给它列了八大罪状，说它是对五四运动的反动，是不良党风的最后一个"防空洞"。

1951年6月6日，《人民日报》发表长篇社论，号召正确使用祖国语言，他在改稿时特别加了几句："我们的同志中，我们的党政军组织和人民团体的工作人员中，我们的文学家教育家和新闻记者中，有许多是精通语法、会写文章、会写报告的人。这些人既然能够做到这一步，为什么我们大家不能做到呢？当然是能够的。"

后来我们渐渐机关化了，文件假、大、空的语言多了，毛泽东对此极为反感，甚至是愤怒，他严厉要求领导干部亲自写文章，不要秘书代劳。他在1958年9月2日写的一封信中批评那些空洞的官样文字："讲了一万次了，依然纹风不动，灵台如花岗之岩，笔下若玄冰之冻。哪一年稍稍松动一点，使读者感觉有些春意，因而免于早上天堂，略为延长一年两年寿命呢！"他是一辈子都在和"党八股"的坏文风作斗争的。

功过与才艺

毛泽东的功过自有评说，我们这里要说的是勿让功过掩盖了他的才艺，勿因情感好恶忽略了他的文章。比如他的书法，大多数人都能认同。因为书法更偏重形式艺术，离内容较远。其实写文章也是一门艺术，也有许多形式方面的规律和技巧。毛泽东虽是职业政治家，但其文采却为后人敬仰。"文章千古事，纱帽一时新。君看青史上，官身有几人？"不像我们现在的一些干部，退休后一没有会开，就坐卧不宁，无所适从。

其实这也不是新问题。古代的皇帝、宰相也分两种：有的人一旦离世，其政治影响力随之消散，所谓人亡政息，而有些人即使离世，仍然活在自己的业余生活中或艺术成就里。这与他们的政绩没有多大关系。如魏武帝的诗、李后主的词、宋徽宗的画，还有范仲淹的《岳阳楼记》。艺术就是艺术。当年骆宾王起草了《代李敬业讨武曌檄》，武则天看后鼻子都气歪了，但还是忍不住夸奖是好文章。

文章的最后一句"请看今日之域中，竟是谁家之天下"名传后世，抗战时毛泽东还将它作了社论的标题。骆武之争，人们早已忘记，而这篇文章却成了檄文的样板。可见文章是一门独立的学问。

细读毛泽东的文章，特别是他独特的语言风格，足可自立为一门一派，只可惜常被政治所掩盖。今年是毛泽东同志诞辰 120 周年，红尘过后，斯人远去，还有必要静下心来研究一下他的文章。这至少有两个用处：一是专门搞写作的人可从中汲取一点营养，特别是注意补充一点文章外的功夫，好直起文章的腰杆；二是身在高位的人向他学一点写作，这也是工作的一部分，能增加领导的魅力。打天下靠笔杆子，治天下更要靠笔杆子。

2013 年 1 月 21 日写毕，2 月 10 日（正月初一）改定
《人民日报》2013 年 2 月 28 日整版刊发

毛泽东怎样写文章

毛泽东是政治领袖，不是一般的文人或专业作家。他的文章源于他的政治生活。一般来讲，政治家的文章天生高屋建瓴，有雄霸之气；又理多情少，易生枯燥之感。但毛泽东巧妙地扬长避短，其文章既标新立异，又光彩照人。毛泽东之后有许多人学他，不仅也写文章，还出书，但迄今还没有人能超过他。可知历史有自己的定位，万事有其理，文章本天成，不以哪个人的意志为转移。

历史上能写政治美文的大家不多。毛泽东说："在中国历史上，不乏建功立业之人，也不乏以思想品行影响后世的人，前者如诸葛亮、范仲淹，后者如孔、孟等人。但二者兼有，即'办事兼传教'之人，历史上只有两位，即宋代的范仲淹和清代的曾国藩。"这也可以看出毛泽东心中的文章观和伟人观。造就这种人大概有三个条件：一是有非凡的政治阅历和政治眼光；二是有严格的文章训练，特别是要有童子功的基础；三是能将政治转化为文学，有艺术的天赋。可见一个政治领袖的美文是时代铸就，天生其才。

由于毛泽东青年时正当新旧之交，他既有旧学的功底，又有新学的思想。他一生处于战争和政治的旋涡中，形格势逼，以文章打天下，不得不搜尽平生所学，拿出十八般武艺来应对复杂的局面。但正是这种实践造就了他文章的多样性。从大会的报告、讲话到新闻稿、评论、署名文章、电报、命令、公告、书信，再到祝词、祭文等，无所不包。这在古今作家、政治家中是绝无仅有的。检索中国政治文库，贵为皇帝，只用诏书、批奏；权臣重相也只有谏、表、书、奏之类；八大家文人也不过是记、赋、辞、说。就是近现代的中外政治家也不过再加上演讲、报告。而毛泽东几乎用尽了中国古今文库中的所有文体，信手拈来，指东打西，挥洒自如。

什么是文章？广义的定义是：有内容的单篇的文字。就是说它只要能传达一定的信息，以文字形式来表现，就是文章。如很多应用文。但如果文章篇幅很长，分出许多章节就变成书本了。因此，文章的狭义定义是：表达思想内容并能产生美感的单篇文字。这里就有了限制，就是说不只是有内容，还得有美感。我们常说的文章其实是这个狭义的定义，如唐宋八大家的文章。

文章不仅传播了一定的思想信息，还有美感、有艺术价值和审美价值。所以，文章是为思想和美而写的。如公文类文章属于前者，我们一般说写通知、写命令、写决定等，而不说写文章；散文、论文属于后者，我们可以说写文章；新闻类介乎二者之间，但是偏重应用类，属于消极修辞，主要是传播事实信息，我们说写消息、写通讯，或说写新闻稿，也不说写文章。而为新闻所写的评论既表达思想，又注意美感，所以称写文章。

为了研究的方便，我们可以把毛泽东常用的文体大概分为四大类，或者说四种文章，即讲话文章、公文文章、新闻文章和政论文章。从本质上讲，前两类文章都是广义的文章，是为某项具体工作而写的，是面对专门的工作对象，是"小众"，不是"大众"。第三类虽是面对"大众"，但并不强调美感。只有第四类是狭义上的文章，是真正意义上的文章。除以思想开导人，还要以情动人，以文美感人。毛泽东才高八斗，在可能的情况下，不管哪一类，他都一律写成美文。下面我们一一分析他怎样写这些文章。

一、毛泽东怎样写讲话文章

1. 领袖的讲话是民众智慧的结晶

讲话文章是从讲话、谈话、演说而来的文章。之所以独立成题拿来分析，有这样几个理由：一是讲话永远是工作的一部分，过去是，将来还是，是干部的必修课，不可回避；二是由讲话而来的文章比一开始就用笔写的文章别有一种味道，有独特的风格和规律；三是讲话文章在中国散文中是个新品种，诸子散文有谈话式，但还未形成完备的文章结构。到唐宋八大家、明清小品、梁启超等一路下来都是"写"文章，"说"文章的还没有。讲话、演说是进入近代社会特别是民主革命兴起后而大盛的。讲话而后又整理成文，携讲话之势，存讲话之风，又合文章规律，毛泽东是集大成者。所以研究毛泽东的讲话文章，无论从学术角度还是从指导现实角度都是有必要的。

讲话，向来是政治领袖生命的一部分，也是他们文章中的一个分支。一个一生没有精彩演说和讲话的领袖，就像一个跑龙套的演员。

毛泽东一生在各种大小会上有无数的讲话与报告，后来有不少形成了文字。在他的四卷《毛泽东选集》和八卷《毛泽东文集》中共收有约一百一十九篇。我们可以把这些称作"讲话文章"或"口头文章"，它们是从讲话而来，而且是从一个始终在一线领导火热斗争的领袖的口中而来，于是便有了它们的唯一性。天下官员何其多，讲话何其多，官员印发自己的文章何其多，但像毛泽东这样的讲话风格进而成文的却不多。

这类文章的特点是：一要主题鲜明，作者有鼓动家的本事，一席话就能使懦者勇，贪者廉，愚者悟，愤然图进；二要言语生动，作者有艺术家的本事，让人听得当场眉飞色舞、心花怒放。说到底就是思想性加艺术性。因为是面对面、现对现地交流，最考验讲话者的才华。讲话者既要肚子里有货，又要能临场发挥。

毛泽东的讲话文章又可分为两类：一类是大型会议的报告，另一类是各种专门会议的讲话或即席发言。

毛泽东在大型会议上的报告（包括开幕词、闭幕词）高屋建瓴，雍容大方，最见领袖风度。一般都是为阐述或解决某一个阶段性的关键课题，分析形势，提出任务，制订目标，总结号召。其结论常为历史发展所验证，成为时代的里程碑。如红军时期的《关于纠正党内的错误思想》（古田会议决议的一部分）、《中国的红色政权为什么能够存在？》（中共湘赣边界第二次代表大会决议的一部分）；抗战时期的《中国共产党在抗日时期的任务》（中国共产党全国代表会议上的报告）、《战争和战略问题》（第六届中央委员会扩大的第六次全体会议上所作结论的一部分）、《新民主主义论》（在陕甘宁边区文化协会第一次代表大会上的演讲）、《论联合政府》（中国共产党第七次全国代表大会上的政治报告）；解放战争时期的《关于重庆谈判》（在延安干部会上的报告）、《目前形势和我们的任务》（在陕北米脂县杨家沟召集的会议上的报告）、《在中国共产党第七届中央委员会第二次全体会议上的报告》（在中国人民革命全国胜利的前夜召开的会议）等。

第二类是毛泽东在各种专门会议、座谈会上的讲话、谈话，针对的是某一个问题。这类会议不像前面那种大型的、战略性的重要会议，要作较长准备，仔细论证。它们甚至是突然性、遭遇式的，所以总是有的放矢，击中要害，且常有现场感，即使半个世纪后读来仍如在眼前，有一种促膝谈心、拈花指月的灵动之情。这更见毛泽东的浪漫与风采。如《在延安文艺座谈会上的讲话》《改造我们的学习》《反对党八股》《对晋绥日报编辑人员的谈话》，还有出访苏联时与我国留苏学生的谈话，等等。

毛泽东的一生几乎不停地开会、讲话。我们现在的大小官员也还是在不停地开会、讲话。这里引出一个问题，讲话是干什么用的？人为了表达思想有两个手段：一是用嘴说，二是用手写，即语言和文字。说，又不只是简单地告诉，还会有相互的讨论、交流、集中，这就是会议，所以会议就成了工作的主要手段。一个重要的会议常常成了一个党派、政权甚至一个时代的标志点或里程碑。世界上不存在没有会议的运动，也不存在没有会议的事业。于是讲话、报告就成了一门专门的学问，一门解析、鼓动、号召的学问，特别是成了政治家的专利。

一场革命，一个大的群众实践活动，是靠一个个会议讨论、集中而推广开来的。而领袖在会议上的讲话则是这个团体和民众智慧的结晶。既做了领导者，履责、施政的第一关就是有口才、善总结、会分析、能鼓动。革命者、改革者所面对的总是一堆难题、一块坚冰、一团乌云，要靠它的领袖集大众之思、聚胸中之气，口吐长虹、破冰扫云。古今中外之革命、改革，特别是近代以来无不如此。像国外的华盛顿、丘吉尔、卡斯特罗，国内的孙中山、胡适、冯玉祥等都是演说好手，甚至演说成瘾。过去我们把开国皇帝称为"马上天子"，意即亲自打仗、开创基业。以后的太子们坐享其成，就大多无"马上"之能了。近现代的开国领袖则首先是"演说领袖"，因为革命的第一件事就是宣传、动员。

2. 领袖人物要讲新话，讲自己的话，而不是念秘书的稿子

我在政界的多年间不知接待过多少来自上面的视察和下面的汇报，生动者不多，可笑者不少。一次我们举办一个小型内部工作展览，请领导视察。看罢，在小会议室坐下，上茶，静候指示。不料领导从上衣西服口袋里掏出两页讲话稿，照读了一遍，全场愕然。

这讲稿一定是昨夜小楼又东风,秘书挑灯抄拼成。我百思不解,今日所看之事,怎能入得昨夜之稿?

又某次到某省采访,听各方汇报工作,一二十个厅局长一律低头念稿。会议室内,唯闻念经之声,只少一个木鱼。我无奈,只好提一个小小的要求:请发言者抬头看着我的眼睛。然而抬头不到一秒钟,又低头看稿找字,其局促、羞涩之态仿佛是第一次相亲见人。后来我曾为此在《人民日报》写了一篇文章《这些干部怎么不会说话》。无论大小干部已不能、不会正常使用讲话这个文体、这个最基本的工作手段,可知党内部分人作风僵化、能力退化已到多么可怕的程度。

讲话本来是一种交流,一个随机采集、同步加工的过程,是一种即席的创作。它必然伴随着一种活泼灵动的文风,而由此产生的文字也会更鲜明、更生动。好比树木的嫁接、美酒的勾兑,或者如长江与嘉陵江的汇合,在无形的交融中产生一个新的品系、新的风格。应该说自有文章以来,口头文学就是书面文章不断更新复壮的源泉,从古老的《诗经》到宋元平话、明清小说,直到今天的手机"段子",一刻也没有停止过。

胡适曾说,真正的文学史要到民间去找,上了书的都已经变味。而能保证让书面文字不变味、不变僵、不变空、不变假的,只有口语。而口语来自生活。对一个领袖人物来说就是要讲新话,讲自己的话,用自己的发现、自己的腔调讲出有思想、有个性的话,而不是念稿。就像毛泽东用湖南腔讲"中国人民从此站起来了",邓小平用四川话讲"不管白猫黑猫,抓住老鼠就是好猫"。没有个性的语言,就没有个性的领袖。

有的领导则全是念稿、背稿,甚至腔调也学播音员,几年也听不到一句属于他自己的话。肢有残,可为帅;不能言,毋为政。中国战国时期的军事家孙膑,髌骨被剜,坐在车上打败了仇敌庞涓。

美国出了一个著名的总统罗斯福，有点残疾，坐着轮椅照样在第二次世界大战中领导美国战胜法西斯。讲话实为领袖的第一素质，而许多著名的演说也作为文学名篇传之后世。如丘吉尔的《就职演说》、卡斯特罗的《历史将宣判我无罪》等。

毛泽东作为领袖，起码在讲话方面是称职的（当然他还有政治、军事、文学等更多方面的成就）。他有实践，有创造，把讲话艺术发挥到了极致，有自己的个性。

第一，他的讲话有王者之气，舍我其谁，气壮山河，是宋玉说的大王之风。不像有的领导一上台就紧张，一念稿子就出汗。

你看，他宣布："占人类总数四分之一的中国人从此站立起来了。"他说："中国人民将会看见，中国的命运一经操在人民自己的手里，中国就将如太阳升起在东方那样，以自己的辉煌的光焰普照大地，迅速地荡涤反动政府留下来的污泥浊水，治好战争的创伤，建设起一个崭新的强盛的名副其实的人民共和国。"真是气贯长虹。他到重庆谈判，讲了四十多天的话，会上讲，会下讲，与各种人谈。山城特务如林，暗夜如磐。戴笠甚至制订了以"便于随时咨询政务"为名扣留毛泽东的计划。但毛泽东的王者之气、潇洒之风，彻底打破了这种妄想。他的讲话气势磅礴、掷地有声，驱散了雾都的阴霾，朋友欢呼，顽敌止步，他胜利归来。

第二，他的讲话有灵动之美。尖锐、敏感、善交流、不木讷、不怯场，能始终把握现场，牵引听众。

中国有句古话叫"扶不起的天子"，不是给你个位置你就会演戏。位高之人讲话时常犯两个毛病：或者底气不足，声音发抖；或者爱装个样子，拿腔拿调，失去真我。这都是不自信的表现。毛泽东本来就是中国革命大舞台的总导演兼主角，何惧一场演说、一次谈话？相反，讲话、演说正是他与这个大舞台的有机融合。再看他在延安人民追悼平江惨案死难烈士大会上发表的演说：

今天是八月一日,我们在这里开追悼大会。为什么要开这样的追悼会呢?因为反动派杀死了革命的同志,杀死了抗日的战士。现在应该杀死什么人?应该杀死汉奸,杀死日本帝国主义者。但是,中国和日本帝国主义者打了两年仗,还没有分胜负。汉奸还是很活跃,杀死的也很少。革命的同志,抗日的战士,却被杀死了。

"限制",现在要限制什么人?要限制日本帝国主义者,要限制汪精卫,要限制反动派,要限制投降分子。(全场鼓掌)为什么要限制最抗日最革命最进步的共产党呢?

《必须制裁反动派》(1939年8月1日)

1957年他出访苏联,谈判紧张,难以抽身,但我国留学生求见心切,在学校礼堂一直等了七个小时,不见不走。毛泽东从外事活动现场赶来,发表了热情、风趣、理性的即席讲话。至今还传为美谈。这是真领袖,有魅力。古往今来有各种领袖,"扶不起的天子"与"真命天子"的区别之一就是敢不敢讲话。前者是时势牵着他的话语走,后者是他的讲话牵着时代走。

第三,言语通俗,善用修辞,讲话不但好懂,又很风趣。对于这个特点,在此不赘述,《文章大家毛泽东》中已有介绍。

第四,毛泽东虽是大知识分子,但不是经院派,始终和农民、工人、战士、干部生活在一起,他上接孔孟,下连工农,已做到集那个时代语言之大成。王明、康生由苏联乘飞机经新疆归来,他在延安的欢迎会上说,今天是喜从天降,我们在这里欢迎从昆仑山上下来的神仙。1939年他在延安讲:"我们要用延安作风打败西安作风。"在延安文艺座谈会上他说:"我们有两支军队,一支是朱(德)总司令的,一支是鲁(迅)总司令的。"在1956年1月中共中央召开的关于知识分子问题的会议上他讲,现在技术革命是革愚蠢同无知的命，靠我们老粗是不行的。现在打仗，飞机要飞到一万八千公尺的高空，超音速，不是过去骑着马了，没有高级知识分子是不行的。1956年4月在中共中央政治局扩大会议上，他说："艺术问题上的百花齐放，学术问题上的百家争鸣，我看应该成为我们的方针。""'百家争鸣'，这是两千年以前就有的事，春秋战国时代，百家争鸣。"

你看，说昆仑山下来神仙，是从《封神演义》而来；由朱总司令风趣地过渡到鲁总司令；由春秋战国百家争鸣到现在的"双百"方针；说到要用高级知识分子，就要高到一万八千公尺的高空。熟练地运用比喻、对称、拈连、借代、反差等修辞格，大幅度的时空调动，这样的演讲自然趣味横生。

第五，这也是最重要的，无论报告还是讲话，他总能上升到理性的高度，得出经得起实践和时间检验的结论，许多警句广为流传。

一首歌好听不好听，看它是不是能流传开来，能流传多少年；一个领导人的讲话好不好，看其中的句子能不能让人记住，让人引用，能存在多少年。好的句子是思想的结晶，是文章的名片，是文章传播的商标，能提升文章的品位和知名度。毛泽东的讲话是一个领袖在指导工作，不是一个官员在应付，更不是一个小学生在背书。他的许多讲话、报告就是他对时局、对某个理论的研究成果。即使延安窑洞里那样艰苦的条件，那样紧张的战斗，他还是坚持读书、写作，认真准备讲稿。

奠定了抗日战争战略思想的《论持久战》就是毛泽东于1938年5月26日至6月3日在延安抗日战争研究会上的长篇讲演。而即使是在一个普通战士追悼会上的讲话，也能谈及人生观、生死观，产生了"为人民服务"这样的名言。出访在外，接见留学生的即席谈话也有"世界是你们的，也是我们的，但是归根结底是你们的。你们青年人朝气蓬勃，正在兴旺时期，好像早晨八、九点钟的太阳。

希望寄托在你们身上"和"世界上怕就怕'认真'二字，共产党就最讲'认真'"这样的名言。这是真正的政治家、学问家的讲演，他胸有成竹，词从口出，既无政客式的作秀，也没有刻意去附庸什么风雅。虽然许多现场讲话在后来发表时做了一些修改，但那种轻松、自然、活泼、灵动的风格却留存下来，这是一种内功，单从字面上是永远学不来的。

现在收入《毛泽东选集》《毛泽东文集》中的约一百一十九篇"讲话文章"无不体现了毛泽东的这种风格。对一个干部来讲，会讲话，是能力的表现；对一个领袖来讲，会讲话，是领导力的表现。而全党上下讲真话、讲新话，不讲空话、套话，则是一个政党的生命力的表现。

二、毛泽东怎样写公文文章

公文者，因工作而行的文字。因为这是具体事务，通常由公务人员来做。在封建时代衙门里有专职的师爷，后来又叫书记、文案、幕僚、秘书之类。他们是专职的公文写作人员，精于此道，研究此道，时间长了这也就成了一门学问，出了不少人才，留下了一些名文。如原为李密义军书记，后成了唐太宗名臣的魏徵；徐敬业起兵反武则天，曾为徐幕僚起草了著名的《代李敬业讨武曌檄》的骆宾王；蒋介石的"文胆"陈布雷。总之，这些公文文章，作为一把手的领袖很少亲为。

但毛泽东与人不同，战争时期的他虎帐拟电文，依马草军书，撒豆成兵。进入建设时期，各种情况送达，案牍如山，他又批示、拟稿，甚至还亲自理稿子、写按语、编书。这确实是中外政治史和领袖丛中的一个特例。半是军情、政情所迫，他的亲政、勤政之习；半是才华横溢，文采自流。

1. 亲自动手,不要人代劳

毛泽东一生亲自起草了大量的公文,如决议、通知、指示、决定、命令、电报等。现收入四卷《毛泽东选集》和八卷《毛泽东文集》中的公文共三百四十八篇。毛泽东是把"亲自动手"作为一项指令、一种要求、一个规定,下发全党严格推行的。这也是他倡导的工作作风,并以身作则,率先垂范。他在1948年为党内起草的《关于建立报告制度》中要求:"各中央局和分局,由书记负责(自己动手,不要秘书代劳),每两个月,向中央和中央主席作一次综合报告。"1958年起草的《工作方法六十条》第三十八条规定"不可以一切依赖秘书""要以自己动手为主,别人辅助为辅"。

"亲自动手"事关勤政敬业,事关党风。草拟公文是一个领袖起码的素质。我们不是衙门里的老爷,是为民的公仆,况且所干之事大多为新情况、新问题,必须边调查研究,边行文试行,边总结提高。公文是工作的工具,是撬动难题的杠杆,草拟公文当然是领导人的工作。正如不能由别人代替吃饭一样,草拟公文也不能完全由部下代替。领导人的才干、水平在亲拟的公文中体现,也在这个过程中增长并不断提高。

毛泽东在西柏坡期间,一年中亲手拟电报四百零八封,指挥了三大战役,迎来了新中国的诞生。夺取政权靠枪杆子,更靠笔杆子。笔杆子是战略、策略、思想、方法;枪杆子是实力、武器、行动。毛泽东是用笔杆子指挥着枪杆子夺取政权的。中国革命的胜利靠的是毛泽东思想,而从一定程度上说,靠的是毛泽东的一支笔。他从不带枪,却须臾离不开笔,天天写字行文。在指导公文方面,毛泽东甚至殚精竭虑,不厌其烦,经常提醒工作人员:"校对清楚,勿使有错""打清样时校对勿错",还经常为公文改错。

1953年4月,毛泽东发现他的一个批示印错,便写信:

尚昆同志：

第一页上"讨论施行"是"付诸施行"之误，印错了，请发一更正通知。

毛泽东　四月七日

1958年6月《红旗》杂志第一期刊登毛泽东的《介绍一个合作社》，他发现多了一个"的"字，即写信：

陈伯达同志：

第四页第三行多了一个"的"字。其他各篇，可能也有错讹字，应列一个正误表，在下期刊出。

毛泽东　六月四日

1958年成都会议期间印了毛泽东主持选编的有关四川的古诗词，阅初稿时毛泽东指出十一页二行、十三页十三行各有一错。经查是李商隐《马嵬》中的"空闻虎旅传宵柝"错为"奉旅"；韦庄《荷叶杯》中的"花下见无期"错为"花不"。

这好像不可理解，不该是大人物去干的事。但毛泽东、周恩来、李大钊、陈独秀、他们常常这样做。周恩来就常为了文件上的用词戴着老花镜查字典。他们把这看得很有必要，又很平常。语言专家季羡林先生也常说不要羞于查字典。真是大音希声，深水不波。而我们现在的一些领导干部，不肯自己写公文，却爱寻词觅句，去做作秀文章。

2. 公文必须准确、平实，禁用空话、套话

公文属于应用文、实用文，首先应该实用，陈言务去，不要套话，直指核心。如果说毛泽东的讲话文章多偏重思想理论的务虚，这一类则是实打实、一对一的工作指导，直接办公。公文不是用嘴，是用笔，它遵循的既是文字写作的规律，又是指导工作的原则。所以一要准确，二要平实。准确，就是说出你的思想、你的要求，一针见血，到底要干什么。战争时期，形势瞬息万变，新中国成立初期，百废俱兴，都容不得半点含糊。平实，就是有什么说什么，想要解决什么问题就说什么，不要东拉西扯，穿靴戴帽。同样，那时的形势也容不得虚与委蛇。

毛泽东在1951年1月主持制定的《关于纠正电报、报告、指示、决定等文字缺点的指示》中特别加了一段："一切较长的文电，均应开门见山，首先提出要点，即于开端处，先用极简要文句，说明全文的目的或结论（现代新闻学上称为'导语'，亦即中国古人所谓'立片言以居要，乃一篇之警策'），唤起阅者的注意，使阅者脑子里先得一个总概念，不得不继续看下去。"这就是说公文的目的是要人知道你要干什么，你想解决什么问题。他在《反对党八股》中说："共产党员如果真想做宣传，就要看对象，就要想一想自己的文章、演说、谈话，写字是给什么人看、给什么人听的，否则就等于下决心不要人看，不要人听。"

以毛泽东草拟的《再克洛阳后给洛阳前线指挥部的电报》（1948年4月8日）为例：

此次再克洛阳，可能巩固。关于城市政策，应注意下列各点。

一、极谨慎地清理国民党统治机构，只逮捕其中主要反动分子，不要牵连太广。

二、对于官僚资本要有明确界限，不要将国民党人经营的工商业都叫作官僚资本而加以没收。对于那些查明确实是由国民党中央政府、省政府、县市政府经营的，即完全官办的工商业，应该确定归民主政府接管营业的原则。但如民主政府一时来不及接管或一时尚无能力接管,则应该暂时委托原管理人负责管理,照常开业,直至民主政府派人接管时为止。对于这些工商业,应该组织工人和技师参加管理,并且信任他们的管理能力。如国民党人已逃跑,企业处于停歇状态,则应该由工人和技师选出代表,组织管理委员会管理,然后由民主政府委任经理和厂长,同工人一起加以管理。对于著名的国民党大官僚所经营的企业,应该按照上述原则和办法处理。对于小官僚和地主所办的工商业,则不在没收之列。一切民族资产阶级经营的企业,严禁侵犯。

三、禁止农民团体进城捉拿和斗争地主。对于土地在乡村家在城里的地主,由民主市政府依法处理。其罪大恶极者,可根据乡村农民团体的请求送到乡村处理。

四、入城之初,不要轻易提出增加工资减少工时的口号。在战争时期,能够继续生产,能够不减工时,维持原有工资水平,就是好事。将来是否酌量减少工时增加工资,要依据经济情况即企业是否向上发展来决定。

五、不要忙于组织城市人民进行民主改革和生活改善的斗争。要等市政管理有了头绪,人心已经安定,经过周密调查,弄清情况和筹有妥善解决办法的时候,才可以按情况酌量处理。

六、大城市目前的中心问题是粮食和燃料问题,必须有计划地加以处理。城市一经由我们管理,就必须有计划地逐步解决贫民的生活问题。不要提"开仓济贫"的口号。不要使他们养成依赖政府救济的心理。

七、国民党员和三青团员,必须妥善地予以清理和登记。

八、一切作长期打算。严禁破坏任何公私生产资料和浪费生活资料,禁止大吃大喝,注意节约。

九、市委书记和市长必须委派懂政策有能力的人担任。市委书记和市长应该对所属一切工作人员加以训练，讲明各项城市政策和策略。城市已经属于人民，一切应该以城市由人民自己负责管理的精神为出发点。如果应用对待国民党管理的城市的政策和策略，来对待人民自己管理的城市，那就是完全错误的。

全文九百多个字，条分缕析，将中国共产党进入城市后遇到的新问题、新政策说得一清二楚，既好理解，又便于执行。

不要以为准确、平实是起码、简单的要求，人人都能做到。而实际情况是平实最难，正如真人难做。官场的通病是官一当大、当久了就有了架子。这"架子"一是为掩饰自己的空虚、低能；二是有意形成一个框子、套子，既能套住别人，自己又可偷懒，照葫芦画瓢。无论是一个团体、政党还是政府，当上下都已形成老一套时，领导者是最好驾驭的，但这个团体、政党、政府也就老了。与这个"老"相配套的就是空话、老话、套话，写文章就拿腔拿调。韩愈、欧阳修反对的时文是这样，明清的八股文是这样，延安整风运动反对的党八股也是这样。党老则僵，政老则虚，师老兵疲，文走形式，这是政治规律也是文章规律。

3. 文章、文件尽量要短

毛泽东在《反对党八股》中说："我们有些同志欢喜写长文章，但是没有什么内容，真是'懒婆娘的裹脚，又长又臭'。""现在是在战争的时期，我们应该研究一下文章怎样写得短些，写得精粹些。延安虽然还没有战争，但军队天天在前方打仗，后方也唤工作忙，文章太长了，有谁来看呢？有些同志在前方也喜欢写长报告。他们辛辛苦苦地写了，送来了，其目的是要我们看的。可是怎么敢看呢？长而空不好，短而空就好吗？也不好。我们应当禁绝一切空话。但是主要的和首先的任务，是把那些又长又臭的懒婆娘的裹脚，赶快扔到垃圾桶里去。"

毛泽东说的长文之风，现在已是见怪不怪。一个不管什么活动的通知，也要"指导思想""宗旨""目的""内容""组织领导"等，一段一段地套。好像长江大桥，前后引桥很长，而就是一步可跨的小河，也要修这么长的引桥。我们看毛泽东指挥三大战役的电文，最长的一篇《关于平津战役的作战方针》不过八百字；党中央撤出延安、转战陕北这么大的事，只发了两个文件：一个指示，一个通知，加起来七百多个字。再看他为人民英雄纪念碑拟的碑文：

三年以来，在人民解放战争和人民革命中牺牲的人民英雄们永垂不朽！

三十年以来，在人民解放战争和人民革命中牺牲的人民英雄们永垂不朽！

由此上溯到一千八百四十年，从那时起，为了反对内外敌人，争取民族独立和人民自由幸福，在历次斗争中牺牲的人民英雄们永垂不朽！

碑文只有一百二十三个字，英雄不朽，文字不朽。"文化大革命"后期，知青问题成了一大社会难题，这是毛泽东当初号召知青上山下乡所始料不及的。为推动解决问题，也是一种表态，毛泽东给反映问题的人回了一封信，并公开发表，信只有三十四个字："李庆霖同志：寄上三百元，聊补无米之炊。全国此类事甚多，容当统筹解决。"就是这三十四个字的信，开始了知青运动的转折。

现在是和平时期，祖国大地上已没有枪声，我们就更喜欢喝着茶开会，摆开架子念报告，传达一个文件，动辄上万字。这在当年是不可想象的。真正有权威的上级机关或个人是从来不须多言的。

只有无权威时才拉旗扯皮，虚造声势，才要长文。而文章一长，人们不读不看等于没有写。明知无用为什么还要写、要发呢？因为是公文，是权力文章，可以滥用职权，而滥用职权的结果是脱离群众，脱离实际，政治腐败。什么是政治？孙中山说是治理众人之事，毛泽东说是把我们的人搞得多多的。失去了人众（听公文、执行公文的人），失去了人心，追随者愈来愈少，就党亡政息。历史从来都是如此。又长又空的文风是亡党毁政之兆。魏晋的清谈、明清的八股就是例证。

4. 尽可能生动，多一点美感

文字写作是一个庞大的体系。公文在修辞上以消极修辞为主，核心是平实，往往很枯燥，但毛泽东写公文也力求生动。他的审美追求无处不在，于鲜明、准确、实用之余，居然还有几分潇洒，这又见出他文人气质的一面。

一般来讲，公文写作要求明白、简洁，不一定求美，但是不能折磨人。这就像吃饭，不一定是多么好的美味，但你不能总往饭里掺沙子，这谁受得了？作为领袖，毛泽东每天要看多少公文，你老折磨他，他也是要发脾气的。

1958年9月2日，他震怒了，在《对北戴河会议工业类文件的意见》中说："我读了两遍，不大懂，读后脑中无印象。将一些观点凑合起来，聚沙成堆，缺乏逻辑，准确性、鲜明性都看不见，文字又不通顺，更无高屋建瓴、势如破竹之态。"

在毛泽东眼里，公文要起调动情绪、统一思想、指导工作的作用。怎样才起作用？除了内容，还靠语言的生动和美的感召。他说"修正文件，字斟句酌，逻辑清楚，文字兴致勃勃"，使人看了"解决问题，百倍信心，千钧干劲，行动起来"。公文主要是说事、说理，但也不完全排斥形、情、典，用得好事半功倍。

中国是个文章的国度，自古实行文官政治，先过科举再当官，到当上官时文章大都过关，所以许多公文亦是美文，被传为佳话。李密的《陈情表》是一封写给皇上的拒绝当官的信，丘迟的《与陈伯之书》是一封两军阵前的劝降书，魏徵的《谏太宗十思疏》是一份议政的奏折。这些都是常选不衰、留存于文学史的。

现存于《毛泽东选集》《毛泽东文集》中毛泽东的约三百四十八篇公文中亦有不少美文，如《祭黄帝陵》《中国人民解放军宣言》等。毛泽东在《中国人民解放军宣言》中说："总而言之，蒋介石二十年的统治，就是卖国独裁反人民的统治。到了今天，全国绝大多数人民，地无分南北，年无分老幼，都认识了蒋介石的滔天罪恶，盼望本军从速反攻，打倒蒋介石，解放全中国。"这是绝妙的用典，用蒋介石在抗日声明中的名言来打蒋介石的耳光。再如这样的句子："本军全体指挥员、战斗员同志们！我们现在担负了我国革命历史上最重要最光荣的任务，我们应当积极努力，完成自己的任务。我伟大祖国哪一天能由黑暗转入光明，我亲爱同胞哪一天能过人的生活，能按自己的愿望选择自己的政府，依靠我们的努力来决定。"这是号召，是动员，也是抒时代之情。

三、毛泽东怎样写新闻文章

什么是新闻？新闻是受众关心的新近发生的事实的信息传递。

毛泽东领导中国人民进行伟大的解放事业，重大事件无时无刻不在发生，又无时无刻不受到国内外受众的关注。就连斯诺这样的西方记者，也要突破千重阻隔来报道毛泽东和他的伟大事业。写新闻本来不该是毛泽东或政治领袖们干的事情，他们是新闻的主体，是创造时势的英雄，是被采访的对象，各国领袖亲自上阵写新闻的也确实少见。但毛泽东要亲自操刀，而且还留下了五十二篇写作和修改的新闻作品（见《毛泽东新闻工作文选》，新华出版社1983年12月版）。这在中外政治史和新闻史上也是罕见的。

可能有一个原因，中国革命是农民革命，队伍中的文化人不多，人手不够，毛泽东急而无奈，只好亲自上阵。当然还有一个理由，毛泽东未当领袖时就在北大旁听一些课程，参加了学校的哲学会、新闻学会，又回湖南创办刊物。他身怀绝技，技痒难熬，关键时刻别人撰的稿又不合他意，便拨开众人，亲自拍马上阵。他也确实技高一筹，留下了不朽的新闻名篇和几段新闻佳话。

毛泽东怎样写新闻？有两个鲜明的特点：一是讲政治，有高度，有气势，留下了时代印痕；二是语言生动、简洁，有个性。说到底是杀鸡用牛刀，冰山露一角，这是一个政治家、文学家在借媒体的一角来做文章。本来新闻这个行当有两个重要的助手：政治和文学。汝欲学新闻，功夫新闻外，政治制高点，文学为翅膀。毛泽东政治引领，文学润色，这种新闻以外的功夫，不是普通记者、报人所能比的。

1. 用政治家的眼光写新闻

毛泽东是大政治家，在他眼里，新闻不是新闻，是名为新闻，而实质是政治（新闻有四个属性：信息、政治、文化、商品）。他是把新闻当作政治，当作军事棋盘上的棋子来用的。在著名的《对晋绥日报编辑人员的谈话》中，开篇第一句就是："我们的政策，不光要使领导者知道，干部知道，还要使广大的群众知道。"他在《〈政治周报〉发刊理由》中说，反攻敌人的方法就是"忠实地报告我们革命工作的事实"。他亲自动笔，用新闻稿、评论、发言人谈话、按语等多种形式来向群众宣传，反击敌人。

1945年，蒋介石要破坏和平，挑起内战。胡宗南欲进攻陕甘边区，毛泽东立即写了《爷台山战事扩大》揭其阴谋，制敌于未动。

1948年，蒋介石、傅作义欲偷袭石家庄，威胁已进驻西柏坡的党中央。毛泽东写了《华北各首长号召保石沿线人民准备迎击蒋傅军进扰》，将蒋军之兵力、部署公之于报端，敌虽出兵，见我有备，只好撤回。其实当时我之守备实在空虚，这是一出名副其实的空城计。而当我军进入反攻阶段后，毛泽东的新闻稿《中原我军占领南阳》《我三十万大军胜利南渡长江》《人民解放军百万大军横渡长江》《南京国民党反动政府宣告灭亡》，又是一声声进军的号角。这些新闻稿都是政治炸弹。

虽然是从政治上着眼，为战略服务，但是毛泽东的新闻稿仍然写得有板有眼，时间、地点、人物、现场等新闻要素一应俱全。他是用新闻来翻译政治。下面仅举一例：

[新华社辽西前线二十七日十七时急电]由沈阳进至辽西的蒋军五个军，已全部被我包围和击溃。我军俘敌数万，现正猛烈扩张战果中。此五个军，即新一军、新三军、新六军、七十一军、四十九军，全部美械装备，由廖耀湘统率，锦州作战时即由沈阳进至新民、彰武、新立屯地区。锦州攻克，长春解放，该敌走投无路，全部猬集黑山、北镇、打虎山①地区，企图逃跑。我军迅移锦州得胜之师回头围歼，飞将军从天而降，使该敌逃跑也来不及。蒋军尚有五十二军、五十三军、青年军整编二〇七师（辖三个旅）及各特种部队、杂色部队，在沈阳、铁岭、抚顺、本溪、辽阳、新民、台安等处，一部占我海城、营口，连廖兵团在内，共有二十二个正规师，加上其他各部，共二十万至三十万人，为蒋军在东北的主力。廖兵团五个军，则为其主力中的主力。从十五日至二十五日十一天内，蒋介石三至沈阳，救锦州，救长春，救廖兵团，并且决定了所谓

---

① 打虎山，今名大虎山，位于辽宁省锦州市黑山县南部。

"总退却"，自己住在北平，每天睁起眼睛向东北看着。他看着失锦州，他看着失长春，现在他又看着廖兵团覆灭。总之一条规则，蒋介石到什么地方，就是他的可耻事业的灭亡。我东北人民解放军全军现正举行全线进攻，为歼灭全部蒋军而战。

《东北解放军正举行全线进攻》

这条四百六十五个字的消息又是一颗政治炸弹，是对战场形势和国共两党斗争态势的深刻剖析。

开始一句导语"蒋军五个军，已全部被我包围和击溃"之后，就不厌其烦地将战事的时间、地点、过程、结果反复交代，甚至敌军的番号、位置、路线也说得极详细具体。因为是决战的关键时刻，受众（包括敌我双方）对战场上每时每刻的势态、军力变化都极为关注。不要小看这一点，我们现在的许多记者、通讯员经常在稿件中丢掉重要细节，读者最想知道的要素他们就是不说。究其原因是受众意识淡漠。

1917年，徐宝璜在北京大学首开新闻学课程时就强调"新闻是阅者所关心之最近之事实"。可惜新中国成立后半个多世纪，新闻教科书中关于新闻的定义都不提"受众"（阅者）。特别是长期以来机关报一统天下，形成了"我说你听"的坏文风，更忽视了这个最基本的新闻规律。平时记者写稿经常以我为主，忘了读者是上帝。没有人看的新闻，说了没用，构不成新闻；受众关心的新闻，你说不全，等于白说，也构不成新闻。没有受众，就没有新闻，就这么简单。学术中许多最基本的原理并不高深，只是自然的存在，只要到实践中一悟就知。

毛泽东的军事新闻稿都是用来长我志气、瓦解敌军、扭转形势的，有极强的指向性，在这里他使用新闻要素（军情）如同用兵。

相信每读到新闻稿中一个被歼灭的敌军番号,我军民都为之一振,而蒋介石则心中一阵剧痛。用事实说话,这就是新闻的力量,也正如毛泽东在《〈政治周报〉发刊理由》中连说的四个"请看事实"。

2. 用个性的语言写新闻

长期以来,我们的报纸、广播所刊发的新闻,读来、听来都是一个味儿,谓之"新华体",没有了个性。我们常说"文如其人",语言就是作者的镜子,能照见他的风采。毛泽东的新闻语言简练、通俗。这也是新闻写作最基本的要求,但又是最难的,难在出新,难在简练、通俗,共性之中的个性。

新闻语言有两个源头。一是电报语,要求简而明。因为当初报纸的消息都是电文,以字算钱,不能奢侈,逼你精短。二是口语,新闻要被阅读和传播,要求通俗易懂,尽可能口语化。可惜"经院派""新华体"都做不到这一点。毛泽东古文底子深,长期以电文指导战争和工作,惜墨如金,字字珠玑;又长期与工农民朝夕相处,声息相通,言语交融。他能将这二者完美地结合,很难得。

如"锦州攻克,长春解放,该敌走投无路,全部猬集黑山、北镇、打虎山地区,企图逃跑。我军迅移锦州得胜之师回头围歼,飞将军从天而降,使该敌逃跑也来不及",这两句基本上是古文、电文的味道,特别如"猬集黑山""迅移锦州""飞将军从天而降"更有书卷气,但到最后一句"该敌逃跑也来不及"则完全是口语,真是大俗大雅。类似的句式在其他新闻稿中还有不少,如"敌亦纷纷溃退,毫无斗志,我军所遇之抵抗,甚为微弱。此种情况,一方面由于人民解放军英勇善战,锐不可当;另一方面,这和国民党反动派拒绝签订和平协定,有很大关系。国民党的广大官兵一致希望和平,不想再打了,听见南京拒绝和平,都很泄气"(《人民解放军百万大军横渡长江》)。这就是毛泽东文章,也是毛泽东新闻稿的魅力,严肃时如宣言，平易处像说话，以叙述为主，却贮满感情，工人、农民读了不觉为深，专家、教授读了不觉为浅，这种语言的功夫有几人能够达到？

3. 新闻之外的功夫，叙事之外的"情"与"理"

按常规，消息就是客观事实的报道，就是客观叙述，作者不能抒情，不能评论，如实在有话要说，再另写言论。但毛泽东不管这一套，写稿如用兵，不循常规，想说就说，舍我其谁。如《东北解放军正举行全线进攻》的结尾处："从十五日至二十五日十一天内，蒋介石三至沈阳，救锦州，救长春，救廖兵团，并且决定了所谓'总退却'，自己住在北平，每天睁起眼睛向东北看着。他看着失锦州，他看着失长春，现在他又看着廖兵团覆灭。总之一条规则，蒋介石到什么地方，就是他的可耻事业的灭亡。我东北人民解放军全军现正举行全线进攻，为歼灭全部蒋军而战。"应该说这已超出本消息的事实，可以不要，但毛泽东意犹未尽，随手一笔点评，辛辣地讽刺、调侃、嘲弄，更有一种必胜的豪情。

如《中原我军占领南阳》除开头一句导语说最新事实，整篇都是对形势的叙述评论，结尾一句调侃加幽默"王凌云到襄阳，大概是接替宋希濂当司令官。但是从南阳到襄阳，并没有走得多远，襄阳还是一个孤立据点，王凌云如不再逃，康泽的命运是在等着他的"。这种笔法后人是学也学不来的，只有欣赏的份儿了。他是在写新闻，但这是一个政治家笔下的新闻，是"名新闻"，实政治。杀鸡用牛刀，冰山露一角。所谓经典就是空前绝后，因为你再也不可能重回那个时代，不可能有毛泽东那样的经历，那样的气势，那样的修养。大道无形，许多艺术领域都是只可意会。如梁启超说不要去学苏东坡的书法，因为你是学不到的。

在政治家、文章家毛泽东的眼里，新闻不只是"名新闻"，更是政治、更是文学。当年在湖南第一师范时，毛泽东热心读报，细心研究模仿梁启超的报章文字，在北京大学旁听新闻理论，在长沙办《湘江评论》，在广州办《政治周报》，他借新闻的外衣来裹滚烫的政治，来吹起响亮的战斗号角。他的新闻稿一有新闻之规，二有政治之势，三有文学之美。呜呼，唯其人才有其文，又唯其时才得其文，这恐怕也只能是绝唱了。

除了新闻消息，毛泽东还为媒体写了许多社论、时评、声明、按语、发言人谈话等，都尖锐泼辣，生动活泼，在中国人民解放的大潮中，犹如风助火势，起到摧枯拉朽的作用。新中国成立后，毛泽东通过新闻工作指导实践，主要体现在对社论文章的修改。可惜时势已异，尽管毛泽东的新闻思想仍具有深远意义，但新闻工作难以再现过去的高峰。

四、毛泽东怎样写政论文

1. 政论文就是政治加文学

毛泽东写得最多的是政论文，而且大多都写成了美文。本来政论文就是由两个部分组成：政治加文学。这是两个基本点。可惜近年来，文学因素常被忽视，政论文也成了枯燥、生硬的代名词而被异化出散文领域。殊不知，中国古代散文中，政论文一直占据着重要地位，有许多优秀的篇章恰恰出自政论题材和政治家之手。

政论就是论政，是在进行政治斗争、政治建设，写作之前心中有论敌，有靶子，言必中的；写作中笔下有论点、论据，以理服人。论文是政治家最常用的武器，一个政治领袖不会写论文，犹如一个战士不会打枪。政论文是中国文章史的脊梁，从贾谊到梁启超，代代相续，玉树常青。一部政治文章史就是一部政治发展史，与中国的朝代更替、时代变革相缠相绕，绵延不绝。

政论文是以文论政，是用文学谈政治，是笑谈真理。一个政治家开会、谈话、制定策略、领导战争和建设等，是搞政治。此外，还有一个重要的目的就是宣传自己的思想，这要用到文字，要借助文学之美，不仅要入理，还要动情。

毛泽东是熟读并仔细研究过前人的政论文的，汲取了他们的营养，也学习了他们的技法。毛泽东最佩服贾谊，说他是两汉最好的政论家。毛泽东还推崇范仲淹、曾国藩，说他们既能做事，又会写文章。他又曾有一段时间模仿梁启超的文章，说梁启超是他写作的老师。他最推崇鲁迅，说："他用他那一支又泼辣，又幽默，又有力的笔，画出了黑暗势力的鬼脸，画出了丑恶的帝国主义的鬼脸，他简直是一个高等的画家。"他说朱自清的文章也好，但不如鲁迅有战斗性。毛泽东是仔细研究过怎样把政治写得更文学一些的。

毛泽东的文章是典型的政治家文章。一是有强烈的战斗性，不离政纲，旗帜鲜明，指向明确，绝无呻吟之作。毛泽东说："与天奋斗，其乐无穷；与地奋斗，其乐无穷；与人奋斗，其乐无穷。"在他的文章里能体会到他与政敌搏斗的无穷乐趣。他把笔杆子当作战斗的武器，而毫无文人吟风弄月，玩弄文字之习。这是时代使然，一代领袖占据着空前的政治高度，在用文章指挥队伍冲锋陷阵。

二是思想深刻，犀利尖锐，有理有据，绝无空话、套话。他说要用"马克思主义的方法观察问题，提出问题，分析问题和解决问题"，他是从理论的高度解决实践中的问题。

三是学识丰富，用典贴切，是从中国文化、民族传统的角度出发创造性地运用和丰富马克思主义，反过来又发展了中国文化。毛泽东的文章极富有中国特色、中国气魄。这已超出政治范畴而具有了文化意义。

四是有自己个性的语言，虽然是在说政治但并不枯燥，既典雅又通俗，既庄重又幽默，既古典又现代。这语言来自古典文学语言、群众语言、报告讲话语、新闻报章语、公文用语，是熔多种语言于一炉冶炼成的"高强合金"。掷地有声，闪闪发光，斑斓多姿。只有他这样饱读诗书、揭竿起事、信仰马列、历经战火、终成领袖的人，才可能造就这种特别的语言。

依其公务之身和领袖之责，毛泽东文章的内容总脱不了谈工作，谈政治，但是毛泽东骨子里有文人的一面，有追求文章审美的情怀。毛泽东是把政论当文学来做的。毛泽东身上至少有四重身份：政治家、军事家、哲学家、文章家。他是借文学之手来行政治之责，在工作之时不自觉地创作政治美文。这种手写的文章与讲话文章相比，多了书面的讲究；与行政公文相比，脱去了具体事务的枯燥；与新闻稿相比，又跳出了叙事的体例，不受时空环境的限制，常嬉笑怒骂，更见情见理。每篇文章虽都负有专门的指导任务，但从审美角度看，则都已进入了文学领域。或者作者习以为常，竟未察觉，而后人读来益觉其美。

文学与政治的区别在哪里？政治是理，文学是情；政治是权力，是斗争、夺权、掌权，是硬实力，文学是艺术，是审美、怡情，是软实力；政治文章可以强迫人接受（如布告、命令），文学作品只靠情与理来吸引人阅读；政治是要服从遵守的，文学是可以欣赏的。

一篇文章美不美有三个标准：描述的美、抒情的美和哲理的美。在一般专业文人的作品中大都止于前两个层次的美，而一般政治家的文章大都没有前两个层次的美，哲理倒是有一点儿，但又常常表达笨拙、枯燥，也不甚美。我们在毛泽东的文章中除了可以读到深刻的思想，经常能同时欣赏到描述的、抒情的和哲理的美（这在后面有专门介绍）。这是毛泽东文章的一大特点，是毛泽东的过人之处。

中国共产党自成立以来经历过众多领袖，特别是早期领袖大多能文，新中国成立后的领袖又有大量的写作班子与之为文，但为什么唯有毛泽东文章独领风骚呢？奥妙就在这一点：毛泽东不仅精通政治，还跨越到文学领域，对古典文学、民间文学、诗词赋等抒情文学、小说笔记等叙事文学，无所不通。

政治美文要能写出美感，能将政治理念表达为美好的可欣赏的东西，这是一门学问，是一门跨界的综合艺术。纯文人或单纯的政治家都干不了。毛泽东是既占有好料又能做出好菜的"大厨"，是空前绝后的散文大家。

除了政论文，同样是服从于政治斗争，毛泽东还熟练地运用了其他文体，如书信体（致宋庆龄、蔡元培、徐特立等的信）、悼亡体（《为人民服务》《纪念白求恩》等）、通电体（类似古代的檄文，如讨汪精卫电）、考察报告（如《湖南农民运动考察报告》）等。对毛泽东来说已分不清是挟着政治风雷在文学领域振聋发聩，标新立异；还是乘着文学的春风，在政治领域移花接木，植松栽柳。他亦文亦政，亦古亦新，古今领袖唯此一人。

2. 关键是有自己的思想：高屋建瓴，唯求出新

如前所述，既然政论文是政治加文学，那么研究政论文的写法就可以简化为两个问题：一是如何表达思想，即它的内容；二是如何提升美感，即它的形式。

思想即文章的观点、主题、立意。这是政论文的灵魂。一篇文章总要给人一点儿新的思想，读了才有用。我们都知道是科学推动着社会的进步，科学又分自然科学和社会科学。前者是靠新的发现、发明，具有杰出成就的科技工作者被称为科学家；后者是靠新的思想，具有政治远见和独特思想的人被称为政治家、思想家。在自然科学界，如果没有新的发现就会被淘汰。在政界，如果没有新的思想，也要被淘汰。

写政论文就像科学家搞科研一样严肃，是靠成果说话的。社会、

革命、建设、改革就是他的实验室。政论文是他的实验成果报告。所以政论文好不好第一条看他有没有新思想，看立意的高度、深度。这本来也是政论文所遵从的规律。如贾谊的《过秦论》，讲一个政权为什么覆灭的道理；魏徵的《谏太宗十思疏》，讲一个政权怎样巩固的道理；梁启超的《少年中国说》，讲复兴中华的道理。他们讲得对，讲得好，文章就流传下来了。

毛泽东是二十世纪以来最具影响力的伟人之一，是中国处于从封建、半封建社会向新民主主义、社会主义社会过渡之时的领袖人物，他站在以往所有巨人的肩膀上，讲二十世纪的中国怎样革命、进步。他讲历史唯物主义，讲社会历史的演进之理；讲马克思主义怎样与中国的实际相结合，改造旧中国；讲中国共产党成立和中国革命之理；讲人民战争、民族战争取胜之理；讲群众路线之理；讲辩证唯物主义的哲学之理；等等。这些道理都是可以放到每一本政治、哲学、军事专业书里去讲的，但是毛泽东却用文学的语言，结合当时当地的情况，把它们表达出来。他是用文学讲政治的高手。毛泽东是政治家，他写文章的目的是宣传、解释党的方针、路线，团结人民向一个目标奋斗，所以无一文章不在说理。高屋建瓴，唯求一新，毛泽东的文章好看，首先是因为他说出了许多新鲜的、深刻的道理。

你看他这样讲革命斗争：

斗争，失败，再斗争，再失败，再斗争，直至胜利——这就是人民的逻辑，他们也是决不会违背这个逻辑的。

《丢掉幻想，准备斗争》

夺取全国胜利，这只是万里长征走完了第一步。如果这一步也值得骄傲，那是比较渺小的，更值得骄傲的还在后头。

中国的革命是伟大的，但革命以后的路程更长，工作更伟大，更艰苦。这一点现在就必须向党内讲明白，务必使同志们继续地保持谦虚、谨慎、不骄、不躁的作风，务必使同志们继续地保持艰苦奋斗的作风。

《在中国共产党第七届中央委员会第二次全体会议上的报告》

这样讲战略战术：

外表很强，实际上不可怕，纸老虎。外表是个老虎，但是，是纸的，经不起风吹雨打。

比如它有十个牙齿，第一次敲掉一个，它还有九个，再敲掉一个，它还有八个。牙齿敲完了，它还有爪子。一步一步地认真做，最后总能成功。

《美帝国主义是纸老虎》

这样讲批评与自我批评：

要注意听人家的话，就是要像房子一样，经常打开窗户让新鲜空气进来。为什么我们的新鲜空气不够？是怪空气还是怪我们？空气是经常流动的，我们没有打开窗户，新鲜空气就不够，打开了我们的窗户，空气便会进房子里来。

《在中国共产党第七次全国代表大会上的口头政治报告》

这样讲认识论：

什么叫问题？问题就是事物的矛盾。哪里有没有解决的矛盾，哪里就有问题。

《反对党八股》

什么叫工作，工作就是斗争。那些地方有困难、有问题，需要我们去解决。我们是为着解决困难去工作、去斗争的。

《关于重庆谈判》

规律是在事物的运动中反复出现的东西，不是偶然出现的东西。规律既然反复出现，因此就能够被认识。

《读苏联〈政治经济学教科书〉的谈话》

我们要使错误小一些，这是可能的。但否认我们会有错误，那是不现实的，那就不是世界，不是地球，而是火星了。

《不要迷信在社会主义国家里一切都是好的》

在毛泽东之前中国的政治家、文学家的作品中没有讲过这些道理，更没有人用亲身经历来诠释这些道理。我们读毛泽东的文章总是新风扑面，不烦不厌，就是因为他总能说出一点儿新道理，总能把问题说清、说透，让我们茅塞顿开。

政论文最怕没完没了地重复老调。中国历史发展缓慢，与重复旧思想有密切的关系。中国到封建社会的末期因总在重复"子曰"而走向末路；"文化大革命"就是因为总在重复阶级斗争那些老调，再也搞不下去；到1978年真理标准问题讨论前，就是因为推行"两个凡是"，党走向僵化。现在最可怕的是这个报告抄那个报告，这个报纸抄那个报纸，层层重复，天天重复，美其名曰"步调一致，形成合力",结果味同嚼蜡,没有人看。我们看《毛泽东选集》,每一篇文章都是何等鲜活。

3. 永不脱离实践:理从事出,片言成典

依托实践,从实际出发写作,借事说理,是毛泽东文章的一大特点。理论本来就源于实践又高于实践,并最终指导实践。政论文就是论政、议政,它既是工作的过程,完成任务的工具,又是工作的结果,是工作这棵大树上的花朵。它虽然也是文学,但它不是叙事文、抒情文,更不是诗词歌赋,它是政治,是真理,在文章诸兄弟中是最秉性严肃而作风实在的一个。它主要不是用来抒情、审美,而是用来工作,或者是战斗的。

这就带出一个基本问题,政论文的写作必须事出有因,通过具体的事来说理,然后上升到理论。也就是我们常说的理论来自实践,指导实践。这在文学创作中体现为源于生活,高于生活。正如文学与生活不可分,政论文也需要生活——政治生活,单纯在书房里是写不出来的。毛泽东的文章总是自然地从生活中的某件事说起,然后抽出理性的结论。不要小看这一点,这就是为什么政治家、领袖的文章总是比专业作家的文章更有力、更好看。

毛泽东的文章都是依据他所经历的中国革命的大事而成的。从1921年中国共产党成立到1949年新中国成立,凡中国人民、中华民族经历的大事,毛泽东的文章中都写到了,而且往往是直取核心,如大革命时期的农民运动(《湖南农民运动考察报告》),土地革命战争时期的根据地斗争(《中国的红色政权为什么能够存在?》),抗日战争时期的对日斗争(《论持久战》),解放战争时期的战略、策略(《将革命进行到底》)。甚至一些重要的事件都有专门文章,如西安事变、皖南事变、重庆谈判。我们看毛泽东是怎样从实际斗争中酿造思想的。

重庆谈判，无疑是抗日战争胜利后全国的一件大事。反侵略战争刚刚胜利，国共矛盾又上升为主要矛盾。两党十多年打打停停，怨深似海，蒋介石对共产党言必称"匪"，这时却突然邀毛泽东去谈判，不知葫芦里卖的什么药。毛泽东慨然前往，并达成协议，全党上下疑问不少。他就写了《关于重庆谈判》。他先讲了重庆谈判这件事：

这一次，国共两党在重庆谈判，谈了四十三天。谈判的结果，已经在报上公布了。现在两党的代表，还在继续谈判。这次谈判是有收获的。国民党承认了和平团结的方针和人民的某些民主权利，承认了避免内战，两党和平合作建设新中国。这是达成了协议的。还有没有达成协议的。解放区的问题没有解决，军队的问题实际上也没有解决。

当时国民党并无诚意，不断制造摩擦，党内外最担心的是毛泽东的安全。毛泽东在重庆说不要怕摩擦，你们狠狠打，你们那里打得越好，我这里越安全。他又讲了谈判会场外面的形势：

国民党一方面同我们谈判，另一方面又在积极进攻解放区。包围陕甘宁边区的军队不算，直接进攻解放区的国民党军队已经有八十万人。现在一切有解放区的地方，都在打仗，或者在准备打仗……现在有些地方的仗打得相当大，例如在山西的上党区。太行山、太岳山、中条山的中间，有一个脚盆，就是上党区。在那个脚盆里，有鱼有肉，阎锡山派了十三个师去抢。我们的方针也是老早定了的，就是针锋相对，寸土必争。这一回，我们"对"了，"争"了，而且"对"得很好，"争"得很好。就是说，把他们的十三个师全部消灭。他们进攻的军队共计三万八千人，我们出动三万一千人。

他们的三万八千被消灭了三万五千,逃掉两千,散掉一千。这样的仗,还要打下去。

然后他得出结论,我们的方针,就是"针锋相对",他要谈,我们就去谈;他要打,我们就打。

事情就是这样,他来进攻,我们把他消灭了,他就舒服了。消灭一点,舒服一点;消灭得多,舒服得多;彻底消灭,彻底舒服。中国的问题是复杂的,我们的脑子也要复杂一点。

中学课堂上的作文课,老师就开始教"夹叙夹议"。毛泽东这里就是夹叙夹议,但他是这样地举重若轻,把谈判和时局说得清清楚楚,而且不乏文学叙述的美感。

你看"太行山、太岳山、中条山的中间,有一个脚盆,就是上党区。在那个脚盆里,有鱼有肉,阎锡山派了十三个师去抢"。这种轻松与幽默的叙事,哪里像政论文?最后推出一个大结论,一个中国革命的真理:"他来进攻,我们把他消灭了,他就舒服了。消灭一点,舒服一点;消灭得多,舒服得多;彻底消灭,彻底舒服。"这段话已经深入人心,以后在许多地方经常被引用,甚至人们已经不大注意最初的出处。这就叫"理从事出,片言为典",从一件具体的事出发总结出普遍的真理,浓缩成一句话,而成为经典。

青出于蓝而胜于蓝,理论就是这样,它一旦从实践中破壳而出,就有了独立的指导意义。类似的例子我们还可以举出很多,比如著名的"为人民服务"思想就是在一个普通战士的追悼会上说的,而《纪念白求恩》一文中则产生了关于做人标准的名言:

我们大家要学习他毫无自私自利之心的精神。从这点出发,就可以变为大有利于人民的人。一个人能力有大小,但只要有这点精神,就是一个高尚的人,一个纯粹的人,一个有道德的人,一个脱离了低级趣味的人,一个有益于人民的人。

什么是经典?常念为经,常说为典。经典要经得起后人不断地重复,不停地使用。理从事出,片言为典,这是毛泽东的本事,也是毛泽东文章的魅力。

时下政界、新闻界有一个误区,以为只要组织一个写作班子,起一个响亮的笔名,在报上占一大块版面,就能有轰动的文章。其实这种"空中楼阁",没有人看。2012年12月,中共中央政治局召开会议审议通过了关于改进工作作风、密切联系群众的八项规定。其主要内容就包括"要精简文件简报,切实改进文风"。"长、空、假"是当前文风的主要毛病。为什么是"长、空、假"呢?主要不是写作技巧问题,而是思想作风层面上的问题,是私心作怪。这又有两个原因。

一是私心所起之虚荣心、功利心。小则把发表文章看成一种荣誉、成绩、才华,用来作秀,从来不想解决实际问题;大则把文章当作升官的阶梯,企图引起领导重视,造成社会舆论,为提拔重用铺路。

二是私心所起之懒惰心。懒得深入调查研究、读书思考、加工创造。按照上面的调子套下来,把常用的口号填进去,剪贴拼凑一点社论、评论、领导讲话。这就是我们常说的"套话"文章。或者两种心理都有,既想偷懒,又想升官、作秀。这种作风已经脱离了工作的宗旨。

毛泽东讲:"什么叫工作,工作就是斗争。那些地方有困难、有问题,需要我们去解决。"既然是为了私利,选择偷懒,不愿意去斗争、解决问题、解决困难,那么又怎能期待文风出新、文章出新呢？我在报社工作多年，深为编读"长、空、假"的稿件所苦（如毛泽东所说："哪一年稍稍松动一点，使读者感觉有些春意，因而免于早上天堂，略为延长一年两年寿命呢！"）；深为干部、领导干部争上版面所苦。连头版二版都要争，字多字少都要比，何谈什么无私、牺牲、创新呢？可见文风之败是因党风、世风之衰。一个干部如果工作能创新，文章也就有新意；如果工作平平，却望借文章出名，那真是欺世盗名。汝欲学文章，功夫在文外，先正人心，再谈技巧。

说到技巧，我这里试"号脉"并开一个"药方"。依我多年编稿所见，干部写作投稿常犯这样几个毛病。一是居高临下，发号施令。训话式写作，与读者不平等。二是太长太空，没有内容。应酬式、作秀式的写作，没有明确的目标、靶子。本来也不准备解决问题。三是枯燥干瘪，没有细节。公文式写作，不会运用形象思维。四是语言不准确，糊涂为文。基本的概念、逻辑关系都没有搞清。五是语言不美，动不起来。读书太少，没有经过修辞训练。

当然，最根本的解决方法是多读书，提高修养，但这不是一天就可以做到的。只要心诚，不要自欺欺人，真想写作可以试一试"五步写作法"——虽然笨点儿，但比较好操作：一是能提出一个新问题（证明你是在思考，有的放矢），二是有一个自己悟到的新思想（可看出你对理论的理解），三是有一个自己精心挑选的例子（证明你经过了调查研究，已能理论结合实际），四是有一个合适的比喻或典故（这说明你已吃透了原理，能深入浅出），五是有与文件不同的语言（说明你不是抄文件、抄社论、抄讲话）。这个办法是比较笨，但只要上了这个线，你就从党八股中解放出来了。这种方法不是文件语、秘书语，是你自己在说话了。

不脱离实践，强调理从事出，这有点像作家不脱离生活，其实是一个道理，只不过文学作品产生的主要是审美效果，政论文产生的主要是思想效果。

4. 善于综合运用：一字立骨，五彩斑斓

我曾有专文《文章五诀》，谈作文方法。文章之法就是杂糅之法，出奇之法，反差映衬之法，反串互换之法。文者，纹也，五色花纹交错成锦绣文章。古人云：文无定法，行云流水。是取行云流水总在交错、运动、变化之意，没有模式，没有重样。多色彩、能变化就是美文。怎么变呢？主要是综合运用形、事、情、理、典这五种手段，变化出描述的美、意境的美、哲理的美三个层次。我们姑且叫"三层五诀法"。

因为文章的基本文体是描写、叙述、抒情、说理，所以再复杂的文章总不脱形、事、情、理、典这五个元素。不过因文章的体裁不同，内容、对象不同，则各有侧重。毛泽东的文章几乎是清一色的政论文，内容都是宣传政治道理，以理为主，属说理文。而平庸与杰出的区别也正在这里。一般的政治家总是一"理"到底反复地说教、动员，甚至耳提面命，强迫灌输。而毛泽东的文章却用杂糅之法，"理"字立骨，形、事、情、理、典穿插组合，五彩斑斓。毛泽东是善用兵的，他对各种文体的熟练运用犹如大兵团、多兵种战略作战；"五诀"之用则是战术层面的用兵了。

为了说明"文章五诀"的用法，我们不妨先列举一个专业作家的例子。朱自清是五四运动之后现代散文作家的代表，毛泽东对他也是喜欢的。他的代表作《荷塘月色》是抒情文，以"情"字立骨，其余四字围绕穿插，编织为文。你看文中有"事"：静夜一人出游；有"形"：荷塘月下的美景；有"典"：《采莲赋》《西洲曲》；有"理"：讲独处的妙处。全篇都洋溢着情感，字里行间都是"情"。

再举范仲淹的古文名篇《岳阳楼记》。毛泽东对范仲淹也是很崇

拜的。范仲淹在这篇文章中是想说一个为政的道理，以"理"字立骨，但是他开头先说"事"：滕子京修楼；再写"形"：湖上的景色；又抒"情"：或满目萧然，感极而悲，或把酒临风，其喜洋洋；最后才推出一个"理"："先天下之忧而忧，后天下之乐而乐"。

毛泽东不是专业作家，更不是虚构故事的小说家。他做政治文章目的在说理，但是他不直说、干说、空说，而是借形、事、情、典来辅助地说，如彩云托月，绿叶扶花。就如你是一个善画高山峻岭的山水画家，但只画山不行，你也得辅以石、树、竹、村庄、人物等，并且要有机地组合。虽然毛泽东的文章以理为主，但他善用形、事、情、典去表现、烘托、突出理。

（1）借形说理

形，就是有画面感的形象，包括人物、山水、场景等。形在叙述文、抒情文中是基本要素，在小说中更是不能少，政论文中却几乎不见，因为它不能直接阐述道理，但是用得好可起烘托作用。毛泽东熟读中国古典小说，懂得塑造形象、刻画场景，他将其在政论文中偶一穿插使用便妙趣横生。如：

我们脸上有灰尘，就要天天洗脸，地上有灰尘，就要天天扫地。尽管我们在地方工作中的官僚主义倾向，在军队工作中的军阀主义倾向，已经根本上克服了，但是这些恶劣倾向又可以生长起来的。我们是处在日本帝国主义和中国反动势力的层层包围之中，我们是处在散漫的小资产阶级的包围之中，极端恶浊的官僚主义灰尘和军阀主义灰尘天天都向我们的脸上大批地扑来。因此，我们决不能一见成绩就自满自足起来。我们应该抑制自满，时时批评自己的缺点，好像我们为了清洁，为了去掉灰尘，天天要洗脸，天天要扫地一样。

《组织起来》

这里用了"洗脸"这个形象来喻批评。

我们再看他的人物形象的使用。

他们举起他们那粗黑的手,加在绅士们头上了。他们用绳子捆绑了劣绅,给他戴上高帽子,牵着游乡。他们那粗重无情的斥责声,每天都有些送进绅士们的耳朵里去。

这是《湖南农民运动考察报告》里造反农民的形象。我们知道报告的主题是讲造反有理,驳斥对农民运动的攻击,所以文中有多处这样的形象。

当着国民党军队的将军们都像一些死狗,咬不动人民解放军一根毫毛,而被人民解放军赶打得走投无路的时候,白崇禧、傅作义似乎还有一点生命力,就被美国帝国主义者所选中,成了国民党的宝贝了。

《评蒋傅军梦想偷袭石家庄》

这是国民党军败将的形象,用在评论中长我志气,灭敌威风。

政治是概念,是逻辑思维;文学是形象艺术,是形象思维。对于一般人,肯定是愿意看小说而不愿意读论文的。为了克服逻辑思维的艰涩枯燥,就要借用形象说话,毛泽东的政论文中随时会跳出一个形象,冲淡理性的沉闷。特别是对所要批驳的靶子,常常用形象说话。

如:"因为大规模的内战还没有到来,内战还不普遍、不公开、不大量,就有许多人认为:'不一定吧!'"这里本可说"许多人有麻痹情绪",但这是用概念,他宁肯换成"许多人认为:'不一定吧!'"还有"我们在南面扫、北面扫,都不行,后来把扫帚搞到里面去扫,他才说:'啊哟!我不干了。'世界上的事情,都是这样。钟不敲是不响的。桌子不搬是不走的。"(以上见《抗日战争胜利后的时局和我们的方针》)这段话的本意是敌人很顽固,你不打,他不走。毛泽东却把它转化为一个文学形象,就调动了读者的视觉,从而也强化了作者的论点。有时候他并不是专门去塑造,而是随口说出便也十分形象生动。如:

我们这一代吃了亏,大人不照顾孩子。大人吃饭有桌子,小人没有。娃娃在家里没有发言权,哭了就是一巴掌。现在新中国要把方针改一改,要为青少年设想。

有"小广播",是因为"大广播"不发达。只要民主生活充分,当面揭了疮疤,让人家"小广播",他还会说没时间,要休息了。

《青年团的工作要照顾青年的特点》

有趣的是毛泽东与蒋介石针锋相对斗了几十年,中国最大的两个政治派别,两个政治人物,不知互相"政论"了多少文章。蒋介石文中常骂"共匪""毛匪",而毛泽东文中则不忘幽默,为蒋介石画了一幅又一幅漫画像,这在《毛泽东选集》中随处可见:

从十五日至二十五日十一天内,蒋介石三至沈阳,救锦州,救长春,救廖兵团,并且决定了所谓"总退却",自己住在北平,每天睁起眼睛向东北看着。他看着失锦州,他看着失长春,现在他又看着廖兵团覆灭。总之一条规则,蒋介石到什么地方,就是他的可耻事业的灭亡。

《东北解放军正举行全线进攻》

在中国，有这样一个人，他叛变了孙中山的三民主义和一九二七年的大革命。他将中国人民推入了十年内战的血海，因而引来了日本帝国主义的侵略。然后，他失魂落魄地拔步便跑，率领一群人，从黑龙江一直退到贵州省。他袖手旁观，坐待胜利。果然，胜利到来了，他叫人民军队"驻防待命"，他叫敌人汉奸"维持治安"，以便他摇摇摆摆地回南京。只要提到这些，中国人民就知道是蒋介石。

《评蒋介石发言人谈话》

抗战胜利的果实应该属谁？这是很明白的。比如一棵桃树，树上结了桃子，这桃子就是胜利果实。桃子该由谁摘？这要问桃树是谁栽的，谁挑水浇的。蒋介石蹲在山上一担水也不挑，现在他却把手伸得老长老长地要摘桃子。他说，此桃子的所有权属于我蒋介石，我是地主，你们是农奴，我不准你们摘。

《抗日战争胜利后的时局和我们的方针》

这些都是借形说理，强化了议论效果。

（2）借事明理

事，指过程、情节、故事，是叙述的方法；形是描写的方法。事与形不同，形是静止的画面，事是动态的过程；形是停留、定格的表面形象，事却有内容、情节。前面已经专门谈过"理从事出，片言成典"，是从文章的宏观立意上说毛泽东的文章总是从大事出发，从实际出发，求真理。这里是从具体方法上谈在文中说理时怎样穿插叙事，借事明理。叙事多用于纪实、新闻、小说，现代论说文中几乎见不到了。毛泽东却常借它来以事见理，以事带理，以事证理。这与毛泽东大量阅读中国史籍文献、古典小说，又常亲自撰写新闻作品有关。如：

> 红军远涉万里，急驱而前，所求者救中国，所事者打日寇。今春渡河东进，原以冀察为目的地，以日寇为正面敌，不幸不见谅于阎蒋两先生，是以引军西还，从事各方统一战线之促进。
>
> 《给傅作义的信》

这是《史记》手法，简明的叙述，以证我方的立场。

> 乡农民协会的办事人（多属所谓"痞子"之类），拿了农会的册子，跨进富农的大门，对富农说："请你进农民协会。"富农怎样回答呢？"农民协会吗？我在这里住了几十年，种了几十年田，没有见过什么农民协会，也吃饭。我劝你们不办的好！"富农中态度好点的这样说。"什么农民协会，砍脑壳会，莫害人！"富农中态度恶劣的这样说。
>
> 《湖南农民运动考察报告》

这已是小说手法，有对话，有情节，说明不同阶层对农民运动的态度。

下面更是一大段叙事，讲"我"遇到的真实的事，讲共产党不会上当、不怕威胁、人民必胜的道理：

我们要有清醒的头脑，这里包括不相信帝国主义的"好话"和不害怕帝国主义的恐吓。曾经有个美国人向我说："你们要听一听赫尔利的话，派几个人到国民党政府里去做官。"我说："捆住手脚的官不好做，我们不做。要做，就得放开手放开脚，自由自在地做，这就是在民主的基础上成立联合政府。"他说："不做不好。"我问："为什么不好？"他说："第一，美国人会骂你们；第二，美国人要给蒋介石撑腰。"我说："你们吃饱了面包，睡足了觉，要骂人，要撑蒋介石的腰，这是你们美国人的事，我不干涉。现在我们有的是小米加步枪，你们有的是面包加大炮。你们爱撑蒋介石的腰就撑，愿撑多久就撑多久。不过要记住一条，中国是什么人的中国？中国绝不是蒋介石的，中国是中国人民的。总有一天你们会撑不下去！"

《抗日战争胜利后的时局和我们的方针》

除了举出具体事实，毛泽东还经常引用小说、寓言里的故事说明自己讲的道理，这也是借事明理。如他说：

在野兽面前，不可以表示丝毫的怯懦。我们要学景阳冈上的武松。在武松看来，景阳冈上的老虎，刺激它也是那样，不刺激它也是那样，总之是要吃人的。或者把老虎打死，或者被老虎吃掉，二者必居其一。

《论人民民主专政》

（3）借情助理

情感之美，常常是文学作品的标志。恩格斯在马克思墓前的演说中说："马克思可能有过许多敌人，但未必有一个私敌。"政治家无私敌、少私情，却有大情。文学史上向来以写大情之作最为珍贵，如诸葛亮的《出师表》、林觉民的《与妻书》、胡铨的《戊午上高宗封事》，还有方志敏的《可爱的中国》、丘吉尔的就职演说等。毛泽东文章中流露出来的感情都是时代之情、人民之情。他的一生，是战争、苦难、理想和胜利交织的一生。毛泽东的性格有诗人气质，好激动，执着、坚定、浪漫，甚至有时走极端。这种性格在工作上有利有弊，有革命胜利和新中国的成立，也有"大跃进""文化大革命"的失误。这在文学方面却是好事，文学需要想象，需要浪漫。毛泽东就很喜欢屈原、宋玉、李白、李商隐这一类的作家。他即使在作严肃的政论文时也掩饰不住他的文学情怀。我们不妨抽取几段：

中国革命高潮快要到来……它是站在海岸遥望海中已经看得见桅杆尖头了的一只航船，它是立于高山之巅远看东方已见光芒四射喷薄欲出的一轮朝日，它是躁动于母腹中的快要成熟了的一个婴儿。

《星星之火，可以燎原》

中国共产党依据马克思列宁主义的科学，清醒地估计了国际和国内的形势，知道一切内外反动派的进攻，不但是必须打败的，而且是能够打败的。当着天空中出现乌云的时候，我们就指出：这不过是暂时的现象，黑暗即将过去，曙光即在前头。

《目前形势和我们的任务》

这是在革命低潮时或遇到困难时对胜利充满信心的憧憬之情。

我们中华民族有同自己的敌人血战到底的气概，有在自力更生的基础上光复旧物的决心，有自立于世界民族之林的能力。

《论反对日本帝国主义的策略》

诸位代表先生们，我们有一个共同的感觉，这就是我们的工作将写在人类的历史上，它将表明：占人类总数四分之一的中国人从此站立起来了。

让那些内外反动派在我们面前发抖吧，让他们去说我们这也不行那也不行吧，中国人民的不屈不挠的努力必将稳步地达到自己的目的。

《中国人从此站立起来了》

这是革命英雄主义的豪情。

我们共产党人好比种子，人民好比土地。我们到了一个地方，就要同那里的人民结合起来，在人民中间生根、开花。

《关于重庆谈判》

这是对人民的眷恋之情。

以上这些都是从他的政论文中抽出的片段，完全是诗的语言。任何一个诗人、散文家都不可能有这样大的情感和豪放的语言，在他之前及与他同时代的政治家中也没有过这样的情感与语言。这种革命家的豪情贯穿于毛泽东作品的始终，它为毛泽东的政论文配上了一种明亮的底色和嘹亮的背景音乐。虽然都是严肃的政论文，但有感情无感情大不一样，用什么样的口气说出也大不一样，这一个"情"字里有力量、态度、决心、方向，领袖情动，群众动情，千军万马，海啸雷鸣。

《论联合政府》是毛泽东在党的七大上所作的政治报告，主要是阐述党的当前任务。这是一个最后打败日寇、建立新中国的总动员；是共产党在战争时期的最后一次党代会。报告分五大部分，阐述形势、任务、政策，是一个典型的、严肃的、庄重的政治报告，但是其中有多处大段的抒情文字以情助理，不但没有冲淡报告的严肃性，反而增强了报告的战斗性和豪迈感。如：

> 在这种情况下，我们应该怎样做呢？毫无疑义，中国急需把各党各派和无党无派的代表人物团结在一起，成立民主的临时的联合政府，以便实行民主的改革，克服目前的危机，动员和统一全中国的抗日力量，有力地和同盟国配合作战，打败日本侵略者……领导解放后的全国人民，将中国建设成为一个独立、自由、民主、统一和富强的新国家。一句话，走团结和民主的路线，打败侵略者，建设新中国。
>
> 我们共产党人从来不隐瞒自己的政治主张。我们的将来纲领或最高纲领，是要将中国推进到社会主义社会和共产主义社会去的，这是确定的和毫无疑义的。我们的党的名称和我们的马克思主义的宇宙观，明确地指明了这个将来的、无限光明的、无限美妙的最高理想。每个共产党员入党的时候，心目中就悬着为现在的新民主主义革命而奋斗和为将来的社会主义和共产主义而奋斗这样两个明确的目标，而不顾那些共产主义敌人的无知的和卑劣的敌视、污蔑、谩骂或讥笑；对于这些，我们必须给以坚决的排击。
>
> 以中国最广大人民的最大利益为出发点的中国共产党人，相信自己的事业是完全合乎正义的，不惜牺牲自己个人的一切，随时准备拿出自己的生命去殉我们的事业，难道还有什么不适合人民需要的思想、观点、意见、办法，舍不得丢掉的吗？难道我们还欢迎任何政治的灰尘、政治的微生物来玷污我们的清洁的面貌和侵蚀我们的健全的肌体吗？无数革命先烈为了人民的利益牺牲了他们的生命，使我们每个活着的人想起他们就心里难过，难道我们还有什么个人利益不能牺牲，还有什么错误不能抛弃吗？
>
> 成千成万的先烈，为着人民的利益，在我们的前头英勇地牺牲

了，让我们高举起他们的旗帜，踏着他们的血迹前进吧！

《论联合政府》

（4）借典证理

领袖必须是学问家。他要懂社会规律，要知道它过去的轨迹，要用这些知识改造社会、管理社会，引导社会前行。政治领袖起码是一个爱读书、多读书、通历史、懂哲学、爱文学的人。因为文学不只是艺术，还是人学、社会学。只读自然科学的人不能当政治领袖，第二次世界大战后以色列建国，请爱因斯坦出任总统，他有自知之明，坚决不干。毛泽东熟悉中国的文史典籍，在文章中随手拈来，十分贴切，借过去说明现在。

毛泽东文章中的用典有三种情况。

一是直接从典籍中找根据，证目前之理，就是常说的"引经"。比如在《为人民服务》中引司马迁的话：

人总是要死的，但死的意义有不同。中国古时候有个文学家叫做司马迁的说过："人固有一死，或重于泰山，或轻于鸿毛。"为人民利益而死，就比泰山还重；替法西斯卖力，替剥削人民和压迫人民的人去死，就比鸿毛还轻。

他在《论人民民主专政》一文中，引用了朱熹的一句名言。

宋朝的哲学家朱熹，写了许多书，说了许多话，大家都忘记了，但有一句还没有忘记："即以其人之道，还治其人之身。"我们就是这样做的，即以帝国主义及其走狗蒋介石反动派之道，还治帝国主义及其走狗蒋介石反动派之身。如此而已，岂有他哉！

这就是政治领袖和文章大家的功力：能借力发力，翻新经典，为己所用；既弘扬了民族文化，又普及了经典知识。

二是借经典事例来比喻阐述一种道理。有时用史料，有时用文学故事，就是常说的"据典"。如他借东周列国的故事说"庆父不死，鲁难未已。战犯不除，国无宁日"。借李密的《陈情表》说司徒雷登"总之是没有人去理他，使得他'茕茕孑立，形影相吊'，没有什么事做了，只好挟起皮包走路"。

毛泽东的文章大部分是说给中国的老百姓或中低层干部听的，所以他常搬出中国人熟悉的故事，如他在党的七大闭幕词中引用了《愚公移山》的故事。毛泽东常将《水浒传》《西游记》《三国演义》这些文学作品当哲学、军事著作素材来用，深入浅出，生动活泼。他用《水浒传》中的故事来阐述战争的战略战术：

> 谁人不知，两个拳师放对，聪明的拳师往往退让一步，而蠢人则其势汹汹，辟头就使出全副本领，结果却往往被退让者打倒。《水浒传》上的洪教头，在柴进家中要打林冲，连唤几个"来""来""来"，结果是退让的林冲看出洪教头的破绽，一脚踢翻了洪教头。
>
> 《中国革命战争的战略问题》

孙悟空在他的笔下，一会儿比作智慧化身，钻入铁扇公主的肚子里；一会儿比作敌人，跑不出人民这个如来佛的手心。所以他的报告总是听者云集，欢声笑语，毫无理论的枯涩感。他真正把古典融于现实，把实践融进了理论。

1949年新年到来之际，解放战争眼看就要胜利。蒋介石又要搞假和谈的把戏。毛泽东立即以新华社名义发表了一篇新年献词《将

革命进行到底》,巧妙地用了一个伊索寓言典故:

这里用得着古代希腊的一段寓言:"一个农夫在冬天看见一条蛇冻僵着。他很可怜它,便拿来放在自己的胸口上。那蛇受了暖气就苏醒了,等到回复了它的天性,便把它的恩人咬了一口,使他受了致命的伤。农夫临死的时候说:我怜惜恶人,应该受这个恶报!"外国和中国的毒蛇们希望中国人民还像这个农夫一样地死去,希望中国共产党,中国的一切革命民主派,都像这个农夫一样地怀有对于毒蛇的好心肠。但是中国人民、中国共产党和中国真正的革命民主派,却听见了并且记住了这个劳动者的遗嘱。况且盘踞在大部分中国土地上的大蛇和小蛇,黑蛇和白蛇,露出毒牙的蛇和化成美女的蛇,虽然它们已经感觉到冬天的威胁,但是还没有冻僵呢!

三是用典来"起兴",与典的内容无关,但可增加文章的效果,妙趣横生。

"起兴"是诗歌,特别是民歌常用的手法。如"山丹丹开花红姣姣,香香人材长得好。玉米开花半中腰,王贵早把香香看中了"(李季《王贵与李香香》)。我们现在手机上调侃的段子也常用这种形式。如"曾经沧海难为水,大锅萝卜炖猪腿""在天愿做比翼鸟,相约今天吃虾饺""君问归期未有期,去吃新疆大盘鸡"等都很幽默。

毛泽东懂文学,爱诗,写诗,知道怎样让文章更美一些。他这时用典并不直接为"证理",或者并不主要是"证理",而是为美,借典"起兴",引出下面的道理,形成一种幽默,加深印象,是"借典助理"。

如1939年7月9日,他对即将上前线的陕北公学(后来的华北联合大学）师生讲话，以《封神演义》故事作比：

姜子牙下昆仑山，元始天尊赠了他杏黄旗、四不像、打神鞭三样法宝。现在你们出发上前线，我也赠给你们三样法宝，这就是：统一战线、武装斗争、党的建设。

这里只是要从"法宝"的字面引出下文。

他在《别了，司徒雷登》中说：

唐朝的韩愈写过《伯夷颂》，颂的是一个对自己国家的人民不负责任、开小差逃跑、又反对武王领导的当时的人民解放战争、颇有些'民主个人主义'思想的伯夷，那是颂错了。我们应当写闻一多颂，写朱自清颂，他们表现了我们民族的英雄气概。

这里也是只为从"颂"字引出下文。

总之，毛泽东在政论文中大量用典、灵活用典是空前绝后的。《毛泽东选集》四卷中共引用成语、典故三百四十二条。

（5）综合运用

下面我们以两篇文章为例，看一看毛泽东的文章是怎样"一字立骨，五彩斑斓"，综合运用形、事、情、理、典的。

《愚公移山》是毛泽东于1945年6月11日在党的七大上的闭幕词。党的七大是很重要的一个会议。这是中国共产党自成立以来第一次在自己的政权范围内堂堂正正地开党代会。这之前，或者是秘密召开地下大会，或者跑到境外去开（党的六大在莫斯科召开）。当时抗日战争将要胜利又面临国共大决战——中国之命运的决战。这么重要的大会，毛泽东的闭幕词只用了一千二百多个字。他响亮地提出"要下定决心，不怕牺牲，排除万难，去争取胜利"，这是大会的路线，也是文章的立论，是文章要讲的"理"。但是毛泽东没有以理说理，像有些政治报告那样没完没了、原地踏步式地说教，而是以"事"说理，以"典"证理，以"情"助理。总体来讲，全文的风格是平静地叙说，寓说理于叙事，再助以形象、情感。

文章开门见山，一叙开了一个大会，讲大会路线；二叙一个寓言故事，下定决心，争取胜利；三叙为美国人送行，讲对美政策；四叙这几天国共都在开会，但是结果将会不同。叙述中有具体的事件、人物、情节、形象，跳出了政治报告的老套，拉近了与读者的距离，充分地展示了作者的自信，谈笑间，大局一目了然，前途就在眼前。最后，是一句带感情色彩的结尾。这也说明文章的力量并不只是文字本身，而主要是时势的力量、作者的权威。如果换一个人，同样来讲这一席话，未必有此效果。

愚公移山

〔事〕我们开了一个很好的大会。我们做了三件事：第一，决定了党的路线，这就是放手发动群众，壮大人民力量，在我党的领导下，打败日本侵略者，解放全国人民，建立一个新民主主义的中国。第二，通过了新的党章。第三，选举了党的领导机关——中央委员会。今后的任务就是领导全党实现党的路线。我们开了一个胜利的大会，一个团结的大会。代表们对三个报告发表了很好的意见。许多同志作了自我批评，从团结的目标出发，经过自我批评，达到了团结。这次大会是团结的模范，是自我批评的模范，又是党内民主的模范。

大会闭幕以后，很多同志将要回到自己的工作岗位上去，将要分赴各个战场。同志们到各地去，要宣传大会的路线，并经过全党同志向人民作广泛的解释。

〔理〕我们宣传大会的路线,就是要使全党和全国人民建立起一个信心,即革命一定要胜利。首先要使先锋队觉悟,下定决心,不怕牺牲,排除万难,去争取胜利。但这还不够,还必须使全国广大人民群众觉悟,甘心情愿和我们一起奋斗,去争取胜利。要使全国人民有这样的信心:中国是中国人民的,不是反动派的。

〔典〕中国古代有个寓言,叫做"愚公移山"。说的是古代有一位老人,住在华北,名叫北山愚公。他的家门南面有两座大山挡住他家的出路,一座叫做太行山,一座叫做王屋山。愚公下决心率领他的儿子们要用锄头挖去这两座大山。有个老头子名叫智叟的看了发笑,说是你们这样干未免太愚蠢了,你们父子数人要挖掉这样两座大山是完全不可能的。愚公回答说:我死了以后有我的儿子,儿子死了,又有孙子,子子孙孙是没有穷尽的。这两座山虽然很高,却是不会再增高了,挖一点就会少一点,为什么挖不平呢?愚公批驳了智叟的错误思想,毫不动摇,每天挖山不止。这件事感动了上帝,他就派了两个神仙下凡,把两座山背走了。

〔理〕现在也有两座压在中国人民头上的大山,一座叫做帝国主义,一座叫做封建主义。中国共产党早就下了决心,要挖掉这两座山。我们一定要坚持下去,一定要不断地工作,我们也会感动上帝的。这个上帝不是别人,就是全中国的人民大众。全国人民大众一齐起来和我们一道挖这两座山,有什么挖不平呢?

〔形、事〕昨天有两个美国人要回美国去,我对他们讲了,美国政府要破坏我们,这是不允许的。我们反对美国政府扶蒋反共的政策。但是我们第一要把美国人民和他们的政府相区别,第二要把美国政府中决定政策的人们和下面的普通工作人员相区别。我对这两个美国人说:告诉你们美国政府中决定政策的人们,我们解放区禁止你们到那里去,因为你们的政策是扶蒋反共,我们不放心。假如你们是为了打日本,要到解放区是可以去的,但要订一个条约。

倘若你们偷偷摸摸到处乱跑，那是不许可的。赫尔利已经公开宣言不同中国共产党合作，既然如此，为什么还要到我们解放区去乱跑呢？

〔理〕美国政府的扶蒋反共政策，说明了美国反动派的猖狂。但是一切中外反动派的阻止中国人民胜利的企图，都是注定要失败的。现在的世界潮流，民主是主流，反民主的反动只是一股逆流。目前反动的逆流企图压倒民族独立和人民民主的主流，但反动的逆流终究不会变为主流。现在依然如斯大林很早就说过的一样，旧世界有三个大矛盾：第一个是帝国主义国家中的无产阶级和资产阶级的矛盾，第二个是帝国主义国家之间的矛盾，第三个是殖民地半殖民地国家和帝国主义宗主国之间的矛盾。这三种矛盾不但依然存在，而且发展得更尖锐了，更扩大了。由于这些矛盾的存在和发展，所以虽有反苏反共反民主的逆流存在，但是这种反动逆流总有一天会要被克服下去。

〔事〕现在中国正在开着两个大会，一个是国民党的第六次代表大会，一个是共产党的第七次代表大会。

〔理〕两个大会有完全不同的目的：一个要消灭共产党和中国民主势力，把中国引向黑暗；一个要打倒日本帝国主义和它的走狗中国封建势力，建设一个新民主主义的中国，把中国引向光明。这两条路线在互相斗争着。

〔情〕我们坚决相信，中国人民将要在中国共产党领导之下，在中国共产党第七次大会的路线的领导之下，得到完全的胜利，而国民党的反革命路线必然要失败。

这里顺便说一下细节在议论文写作中的运用。《愚公移山》中有一处："昨天有两个美国人要回美国去，我对他们讲了……"一般来讲，这样的句式不用在政论文中。这是描述句，而描写、叙述的句式多用在写景、叙事文中，求形象，要细节，是为调动读者的形象思维；议论文主要用逻辑思维，多用概念、推理。毛泽东的文章大胆地借用形象思维，使读者于沉闷、枯燥的推理中突然眼前一亮，心中一振。

此外，形象思维是管记忆的，细节正是为了强化形象、调动记忆。文中这一句话与文章内容关系不大，与阅读效果关系极大。一是拉近距离，营造气氛；二是加深记忆。这叫"起棱"，我们看木器家具，比如一个小桌、一个首饰盒，如果四面平光就显得一般，很普通，如果起一点棱，做出点花纹立即就不一样了，人们更爱把玩。文章也是这样，不能是一块平板玻璃。我在报社工作时见到编辑编稿，总爱把人家文章的"棱"磨掉，这是图省事，不懂读者心理。为此，我曾写了一篇《编稿要多用刻刀，少用锉刀》，专讲改稿留棱，不要把文章锉平。

比如"毛泽东在接见英国元帅蒙哥马利时说，中国底子薄，要赶上西方先进国家，我看要一百年"，"在接见英国元帅蒙哥马利时"，就是文章中起的一个棱，是在借用"形"和"事"说理。而编辑却以为无用，勾掉了，只留"毛泽东说"。殊不知这样一来，文章少了生动，多了平淡，少了一些可记忆的符号。假如我们把"昨天有两个美国人要回美国去，我对他们讲了……"这样的句子都勾掉，《愚公移山》也就不是这个味道了。一篇稿子能否成功不只是作者、记者的事，也是编辑的事。这种"磨棱改稿法"实在太普遍了。这也是报纸不好看、无人看的主要原因之一。这里也借用毛泽东1958年批评文件中的坏文风的话再说一遍："讲了一万次了，依然纹风不动，灵台如花岗之岩，笔下若玄冰之冻。哪一年稍稍松动一点，使读者感觉有些春意，因而免于早上天堂，略为延长一年两年寿命呢！"

再以《别了，司徒雷登》为例，兼谈一下文章中意象的运用。

这篇文章的主题是揭露美国"扶蒋反共"的对华政策。这是政治，是观点和立场。但只有正确的观点、敏锐的目光、深刻的理论还不行，如果只有这些，你去当你的政治家、理论家好了。你现在是要用文章宣传政治、普及政治，要借助文学的外衣产生美感，好让人亲近政治。欲为政治，先学文学。作为文学作品，要讲形象、生动、含蓄、凝练，要有景、有情。所以政治家为文，或者文学家写政治，要能从政治之理中翻出情，翻出美。这是真功夫。

《别了，司徒雷登》是毛泽东政论文章中最具文学性的一篇。之所以这样说，是因为文中除了"形、事、情、理、典"各要素，毛泽东还罕见地使用了一个典型的散文手法："意象"。而这正是散文写作的高难动作，就是在一般散文中也不常用。这里涉及一个创作理论，容我多说几句。

意象是什么？就是最能体现文章立意的形象，是一种象征，是还魂的躯壳，是诗化了的典型，是文章意境的定格。意象是拿一个景物、一个镜头或一个形象来象征一种情感或阐述一种道理，是借实写虚。此法是纯文学手法，是行家里手的标志。犹如高音歌唱家之花腔，足球射手之倒钩，篮球之背投。

但要注意，意象与其他手法的不同。意象不同于形象，形象侧重视觉效果，意象侧重心理效应，就是说比形象更深了一步，这形象里必得能变出点耐人寻味的东西。意象不是比喻，比喻是两个事物，意象就是从一件物生发开去，是从一颗茧里抽丝。意象与咏物、寓言相近，但也不同。咏物、寓言是通过对景物或故事的描写，直接引出情感或道理，而意象是间接表达情感或思想，与所描绘的物或事无直接关联。

如《爱莲说》是以莲说理，《愚公移山》是以愚公挖山这个故事说理。莲的形象与品质高洁，《愚公移山》的故事与坚持奋斗的道理都有直接关联。而《别了，司徒雷登》的政治主题与"别了"这个意象却没有直接的表面的联系。它只取其曲折、隐晦之一点，曲径通幽，自圆其说，写出一篇大文章。所以说意象是集形象、比喻、咏物、寓言于一身。这个"高难动作"在诗歌中会用到（如徐志摩的《再别康桥》），在抒情文中也只是偶一为之（如朱自清的《背影》），政论文中几乎不见。文似看山不喜平，东边日出西边雨。毛泽东是军事高手，当然懂得暗度陈仓，出奇制胜。

下面我们结合"文章五诀"来看他怎样做这篇文章。

文章开头还是从"事"说起，"白皮书来了，司徒雷登走了"，很具体，很形象。毛泽东就从这个小口切入，慢慢道来。中间的文字可以分为两大部分：前一部分从美国的角度讲它的侵略政策和所作所为，包括白皮书的内容；后一部分从中国人的角度，谈如何不要受骗，对白皮书进行驳斥解剖；最后两段是收尾部分，却用了一个非常形象的镜头，是"形"字诀。

人民解放军横渡长江，南京的美国殖民政府如鸟兽散。司徒雷登大使老爷却坐着不动，睁起眼睛看着，希望开设新店，捞一把。司徒雷登看见了什么呢？除了看见人民解放军一队一队地走过，工人、农民、学生一群一群地起来之外，他还看见了一种现象，就是中国的自由主义者或民主个人主义者们也大群地和工农兵学生等人一道喊口号，讲革命。总之是没有人去理他，使得他"茕茕孑立，形影相吊"，没有什么事做了，只好挟起皮包走路。

中国还有一部分知识分子和其他人等存有糊涂思想，对美国存有幻想，因此应当对他们进行说服、争取、教育和团结的工作，使他们站到人民方面来，不上帝国主义的当。但是整个美帝国主义在中国人民中的威信已经破产了，美国的白皮书，就是一部破产的记录。先进的人们，应当很好地利用白皮书对中国人民进行教育工作。

司徒雷登走了，白皮书来了，很好，很好。这两件事都是值得庆祝的。

你看，首尾呼应，形象生动。这哪里是政论文，更像小说、杂文、电影，嬉笑怒骂，冷嘲热讽。国际形势、中美关系、国共之战，这么大的题材全被他压进"别了"这个小葫芦里，把玩于手心。司徒雷登，一个曾创办了燕京大学的文化名人，在最不合适的时候当了驻华使节，也只好代主子挨骂受过了。别了，美国的侵华野心；别了，腐败的国民党政权；别了，中国人曾经受骗上当；别了，一个旧中国、旧时代。"别了"这个意象在毛泽东手里抽出了无尽的诗意。

文中还有不少生动的写"形"之处：

美国出钱出枪，蒋介石出人，替美国打仗杀中国人。

美国人在北平，在天津，在上海，都洒了些救济粉，看一看什么人愿意弯腰拾起来。

闻一多拍案而起，横眉怒对国民党的手枪，宁可倒下去，不愿屈服。

文中带有感情色彩的句子也不少：

多少一点困难怕什么。封锁吧，封锁十年八年，中国的一切问题都解决了。中国人死都不怕，还怕困难吗？

现在这种情况已近尾声了，他们打了败仗了，不是他们杀过来而是我们杀过去了，他们快要完蛋了。留给我们多少一点困难，封锁、失业、灾荒、通货膨胀、物价上升之类，确实是困难，但是比起过去三年来已经松了一口气了。过去三年的一关也闯过了，难道不能克服现在这点困难吗？没有美国就不能活命吗？

我们中国人是有骨气的。许多曾经是自由主义者或民主个人主义者的人们，在美国帝国主义者及其走狗国民党反动派面前站起来了。

至于用典就更多了：

太公钓鱼，愿者上钩。
嗟来之食，吃下去肚子要痛的。
民不畏死，奈何以死惧之。
茕茕孑立，形影相吊。

文章五诀，随手拈来，一字立骨，五彩斑斓。

5. 毛泽东，不可复制的经典

总之，在文章写作方面，毛泽东是一个高峰，一个历史长河绕不开的高峰。中国共产党从成立以来，只说名义上的领导人就有陈独秀、瞿秋白、李立三、向忠发、张闻天，毛泽东是第六位，还不说同期的许多大人物，如周恩来、刘少奇、朱德，还有王明、张国焘等。这里除向忠发是工人，其余的都是知识分子，他们或为大学教授，或为留洋归来的马列理论家，或为工人运动、军事斗争的领袖。总之是群雄际会，各有资本。毛泽东之所以能脱颖而出，一是脚踏实地，从中国的实际出发，在第一线、在群众中踏踏实实做事；二是饱读诗书，包括马列理论，特别是中国各种典籍；三是独立思考，必求创新。他是既虚心好学又雄才大略、睥睨一切的，唯此才铸就他的事业与文章。所以毛泽东的文章有雄霸之气、王者之风、汪洋之姿、阳刚之美、幽默之趣。唯其人，唯其文。

毛泽东的文章是一个经典，一个不可复制的经典。我在《说经典》一文中说，凡经典一是空前绝后，二是上升到了理性，有指导意义，三是经得起重复使用。毛泽东的文章堪称空前绝后，他之前没有，他之后也不可能有。毛泽东的文章所诞生的时代已经过去，其指导的工作任务也随时代的变迁而完成，但是为什么人们还在读它、用它？一有事就想起它？这就是经典的意义，它早已退去了有形的外壳而上升到理性的高度，成为永远悬在天空、时刻启迪我们的星辰。我们至今在做文章时还不得不时时想起它，借鉴它。中国政治史和文学史上有许多经典，都是不断吸收前人的成果，然后自己创造生成一座座的高峰，毛泽东就是这样一座离我们最近的高峰。

时下党风、文风弊端丛生，假、大、长、空、媚，泛滥成灾，因此，2012年12月中共中央政治局会议审议通过中央八项规定，强调要整顿党风、文风。在这样的背景下再看看毛泽东的文章，实在是一面绝好的镜子。在毛泽东诞辰120周年之际，研究一下毛泽东怎样写文章，再检点一下现在的文风，这是我们对他最好的纪念。

2013年10月8日

一座小院和一条小路

作为伟人的邓小平，一生不知住过多少宅院宾馆，但唯有这座小院最珍贵，这是"文化大革命"中他突然被打倒、被管制时住的地方。作为伟人的邓小平，一生转战南北，不知走过多少路，唯有这条小路最宝贵，这是他从中央总书记、国务院副总理任上突然被安排到一个县里当钳工时，上班走的路。在小平同志去世后两个月，我有缘到江西新建县拜谒这座小院和轻踏这条小路。

这是一座有六七百平方米的院子，原本是一所军校校长的住宅，"文化大革命"中军校停办。1967年8月小平同志在中南海被软禁，两年之后和卓琳还有他的继母又被转到江西，三个平均年龄近七十岁的老人守着这座孤楼小院。仿佛是一场梦，他从中南海的红墙内，从总书记的高位上被甩到了这里，开始过普通百姓的生活，不，比普通百姓还要低一等的生活。他没有自由，要受监视，要被强制劳动。我以崇敬之心，轻轻地踏进院门。

现在单看这座院子，应该说是一处不错的地方。楼前两棵桂花树簇拥着浓绿的枝叶，似有一层浮动的暗香，地上的草坪透出油油的新绿。此时人去楼空，二层的窗户静静地垂着窗帘，储存着一段珍贵的历史。整个院子庄严肃穆，甚至还有几分高贵。但是当我绕行到楼后时，心就不由得一阵紧缩，只见在青草秀木之间斜立着一个发黑的柴棚和一个破旧的鸡窝，稍远处还有一块菜地，这一下子破坏了小院的秀丽与平静，将军楼也无法昂起它高贵的头。小院的主人曾经受到了一种怎样的屈辱啊！

当时三个老人中，六十五岁的邓小平成了唯一的壮劳力，因此劈柴烧火之类的粗活就落在他的身上。他曾经是指挥过淮海战役的直接统帅啊，当年巨手一挥收敌六十五万，接着又挥师过江，再收半壁河山。可是现在，他这双手只能在烟熏火燎的煤炉旁劈柴，只能弯下腰去，到鸡窝里去捡那枚还微微发热的鸡蛋，到菜地里去泼一瓢大粪，好收获几苗青菜，聊补菜金的不足。要知道，这时他早已停发工资，只有少许生活费。就这样，还得节余一些捎给那一双在乡下插队的小儿女。

这不亚于韩信的胯下之辱，但是他忍住了。士可杀而不可辱，名重于命固然可贵，但仍然是为一己之名。士之明大义者，命与名外更有责，是以责为重，名为轻，命又次之。有责未尽时，命不可轻抛，名不敢虚求。司马迁所谓："耻辱者，勇之决也。"自古能担大辱而成大事者是为真士，大智大勇，真情真理。人生有苦就有乐，有得意就有落魄。共产党人既然自许只有解放全人类才能最后解放自己，就能忍得人间所有的苦，受得世上所有的气，共产党从诞生那一天起就开始受挤压、受煎熬。有时一个国家都难逃国耻，何况一个人呢？世事沧桑不由己，唯有静观待变时。

一年后，他的长子，"文化大革命"中被迫害致残的邓朴方也被送到这里。多么壮实的儿子啊，现在却只能躺在床上了。他给儿子翻身，背儿子到外面去晒太阳。他将澡盆里倒满热水，为儿子一把一把地搓澡。热气和着泪水一起模糊了老父亲的双眼，水滴顺着颤抖的手指轻轻滑落，父爱在指间轻轻地流淌，隐痛却在他的心间阵阵发作。这时他抚着的不只是儿子摔坏的脊柱，他摸到了国家民族的伤口，他心痛欲绝，老泪纵横。我们刚刚站立不久的国家，我们正如日中天的党，突然遭此拦腰一击，其伤何重，元气何存啊！后来邓小平说，"文化大革命"是他一生最痛苦的时期。痛苦也能产生灵感，伟人的痛苦是和国家的命运连在一起的。作家的灵感能产生一部作品，伟人的灵感却可以产生一个时代。小平在这种痛苦的灵感中看到历史又到了一个拐弯处。

我在院子里漫步,在楼上楼下寻觅,觉得身前身后总有一双忧郁的眼睛。二楼的书橱里,至今还摆着小平同志研读过的《列宁全集》。楼前楼后的草坪,早已让他踩出一道浅痕,每天晚饭后他就这样一圈一圈地踱步,他在思索,在等待。他戎马一生,奔波一生,从未在一个地方闲处过一年以上。现在却虎落平阳,闲踏青草,暗落泪花。如今沿着这一圈踩倒的草痕已经铺上了方砖,后人踏上小径可以细细体味一位伟人落难时的心情。我轻轻踏着砖路行走,前面总像有一个敦实的身影。"居庙堂之高则忧其民,处江湖之远则忧其君",贬臣无己身,唯有忧国心。当年屈原在汨罗江边大概就是这个样子。现在,赣江边又出现了一个痛苦的灵魂。

但上面绝不会满足于只让邓小平在这座院子里种菜、喂鸡、散步,也不能让他有太多的时间去遐想。按照当时的逻辑,"走资派"的改造,是重新到劳动中去还原。邓小平又被安排到住地附近的一个农机厂去劳动。开始,工厂想让他去洗零件,活儿轻,但人老了,腿蹲不下去;想让他去看图纸,眼又花了,太费力。这时小平自己提出去当钳工,工厂不可理解。不想,几天下来,老师傅伸出大拇指说:"想不到,你这活儿够四级水平。"邓小平脸上静静的,没有任何表情。他的报国之心,他的治国水平,该是几级水平呢?这时全国所有报纸上的大标题称他是中国二号"走资派"(但是奇怪,"文化大革命"后查遍所有的党内外文件,却找不到任何一个对他处分的决定)。金戈铁马东流水,治国安邦付西风,现在他只剩下了钳工这个老手艺了。钳工是他十六岁刚到法国勤工俭学时学的那个工种,时隔半个世纪,恍兮,惚兮,历史竟绕了这么大一个圈子。

工厂照顾邓小平年纪大,就在篱笆墙上开了一个口子,这样他就可以抄近路上班,大约走二十分钟。当时决定撕开篱笆墙的人决没有想到,这一举措竟为我们留下一件重要文物,现在这条路已被当地人称为"小平小道"。工厂和住地之间有浅沟、农田,"小平小道"蜿蜒其间,青青的草丛中袒露出一条红土飘带。

我从工厂围墙(现已改成砖墙)的小门里钻出来,放眼这条小路,禁不住一阵激动。这是一条再普通不过的乡间小路,我在儿时,就在这种路上摘酸枣、抓蚂蚱,看着父辈背着牛腰粗的柴草,腰弯如弓,在路上来去。路上走过牧归的羊群,羊群荡起尘土,模糊了天边如血的夕阳,中国乡间有多少条这样的路啊!有三年时间,小平每天要在这条小路上走两趟。他前后跟着两个负监视之责的士兵,他不能随便和士兵说话,而且也无法诉说自己的心曲。他低头走路时只有默想,想自己过去走的路,想以后将要走的路。他肚里已经装了太多太多的东西,他有许多许多的想法。他是与中国现代史、与中国共产党党史同步的人。

五四运动爆发那年,他十五岁就考入留法预备学校,中国共产党成立的第二年,他就在法国加入少年共产党。以后到苏联学习,回国领导百色起义,参加长征、太行抗日、淮海决战、新中国成立,当总书记、副总理。党和国家走过的每一步,都有他的脚印。但是他想走的路,并没有能全部走成,相反,还因此受打击、被贬抑。他像一只带头羊,有时刚想领群羊走一条捷径,背后却突然飞来一块石头,砸在后脖颈上。他一惊,只好作罢,再低头走老路。

第一次是1933年,"左"倾的临时中央搞军事冒险主义,他说这不行,挨了一石头,从省委宣传部长任上一下被贬到苏区乐安县属的南村区委当巡视员。第二次是1962年,"大跃进"、人民公社化严重破坏了农村生产力,他说要让群众自己选择生产方式,还借用刘伯承的话说,"不管白猫黑猫,抓住老鼠就是好猫",结果党内大抓阶级斗争,大批"单干风""翻案风",上面也没有接受他的建议。第三次就是"文化大革命"了,他不同意林彪、江青一伙胡来,就被彻底贬了下来，贬到了江西老区，他第一次就曾被贬至的地方，也是他当年开始长征的地方。历史又转了一个圈，他又重新踏到了这块红土地上。

这里地处郊县，还算安静。但是报纸、广播还有串联的人群不断传递着全国的躁动。到处是大字报的海洋，到处在喊"砸烂党委闹革命"，在喊"宁要社会主义的草，不要资本主义的苗"。疯了，全国都疯了！这条路再走下去，国将不国，党将不党了啊。难道我们从江西苏区走出去的路，从南到北长征万里，又从北到南铁流千里，现在却要走向断崖，走入死胡同了吗？他在想着历史开的这个玩笑。

他在小路上走着，细细地捋着党的七大、八大、九大，我们到底出了什么问题？曾作为国家领导人，一位惯常思考大事的伟人，他的办公桌没有了，会议室没有了，文件没有了，用来思考和加工思想的机器全被打碎了，现在只剩下这条他自己踩出来的小路。

他每天循环往复地走在这条远离京城的小路上，来时二十分钟，去时还是二十分钟。秋风乍起，衰草连天，田园将芜，他一定想到了当年被发配到西伯利亚的列宁。海天寂寂，列宁在湖畔的那间草棚里反复就俄国革命的理论问题做着痛苦的思考，写成了《俄国社会民主党人的任务》，提出了一个著名的原理："没有革命的理论就不会有革命的运动。"那么，我们现在正遵从着一个什么样的理论呢？他一定也想到了当年的毛泽东，也是在江西，毛泽东被"左"倾的党中央排挤之后，静心思考写作了《中国的红色政权为什么能够存在？》。那是从这红土地的石隙沙缝间汲取养分而成长起来的思想之苗啊。

实践出理论，但是实践需要总结，需要拉开一定的距离进行观察和反思。就像一个画家挥笔作画时，常常要退后两步，重新审视一番,才能把握自己的作品一样,革命家有时要离开运动的旋涡,才能看清自己事业的脉络。他从十五岁起就寻找社会主义,从法国到苏联,再到江西苏区。直到后来掌了权,他又参与搞社会主义,搞合作化、"大跃进"、公社化。后来发生了"文化大革命"。现在离开了运动,他由领袖降成了平民,他突然问自己到底什么是社会主义?中国需要什么样的社会主义?

整整有两年多的时间,小平就在这条路上来来回回地思索,他脑子里闪过一个题目,渐渐有了一个轮廓。就像毛泽东当年设计一条有中国特色的武装斗争道路一样,他在构思一个有中国特色的社会主义。这思想种子的发芽破土,是在十年后党的十二大上,他终于发出一声振聋发聩的呼喊:"走自己的道路,建设有中国特色的社会主义,这就是我们总结长期历史经验得出的基本结论。"

伟人落难和常人受困是不一样的。常人者急衣食之缺,号饥寒之苦;而伟人却默穷兴衰之理,暗运回天之力。所谓西伯拘而演《周易》,孔子厄而著《春秋》,屈原赋《骚》,孙子论《兵》,置己身于度外,担国家于肩上,不名一文,甚至生死未卜,仍忧天下。整整三年时间,邓小平种他的菜,喂他的鸡,在乡间小路上日出而作,日入而歇。但是世纪的大潮在他的胸中风起云涌,湍流激荡,如长江在峡,如黄河在壶,正在觅一条出路,正要撞开一个口子。可是他的脸上静静的,一如这春风中的田园。只有那双眼睛透着忧郁,透着明亮。

1971年秋季的一天,当他又这样带着沉重的思考步入车间,正准备摇动台钳时,厂领导突然通知大家到礼堂去集合。军代表宣布一份文件:林彪仓皇出逃,自我爆炸。全场都惊呆了,空气像凝固了一样。邓小平脸上没有表情,只是努力侧起耳朵。军代表破例请他坐到前面来,下班时又允许他将文件借回家中。当晚,人们看到小院二楼上那间房里的灯光一直亮到很晚。一年多后邓小平奉召回京，江西新建县就永远留下了这座静静的院子和这条红土小路。而这之后中国又开始了新的长征，走出了一条改革开放、为全世界所震惊的大道。

原载于《人民文学》1997年第10期

邓小平的坚持

被称为"新时期"的中国改革开放三十年,无疑将作为共和国的"中兴"史载入史册。相信以后许多史家会来研究这一特殊历史时期。其中原因诸多,"文化大革命"教训,时势使然;人民意志,时代潮流;时势造英雄,邓小平来掌舵……所有这一切,当然都是多难之后兴邦的因素。但像一切领袖的成功一样,邓小平性格、意志因素不容忽视,这就是他坚定果断,敢于坚持己见。

改革就是一场革命。既要能提出新思想、新方针,还要能力排众议,坚持这个新思想、新方针。二者缺一不可。历史上提出方案、未能坚持、虎头蛇尾而流产的改革实在不少。邓小平是中国改革开放的总设计师,其高瞻远瞩的战略设计思路已为人所熟知,而在战术实施中的坚定不移,则还不大为人注意。近读史料,发现其例甚多。

1977 年 8 月,邓小平主持科学和教育工作座谈会。大家主张恢复高考,但又觉得今年来不及,希望从明年开始,而且教育部的原招生方案报告也已送出。小平说,就从今年改!打破常规,冬季招生。让教育部追回发出的报告,他亲自修改。这一步棋改写了中国"文化大革命"十年的教育史。人才兴,国运兴。

《百科全书》向来被称为"没有围墙的大学",是提高民族素质和国家文化建设的基本工程。法国新兴资产阶级最早就是通过编译百科全书(史称百科全书派)进行思想启蒙,普及新知识,从而影响了 1789 年的法国资产阶级大革命,资产阶级登上历史舞台。以后《百科全书》随时增改,渐成一部世界性的知识总汇著作。

十一届三中全会后,小平指示翻译出版美国《不列颠百科全书》

(1768年英国初版，二十世纪初转让给美国，1974年出到第十五版）。消息传出，社会上议论纷纷，我们怎么能出版美帝国主义的书？邓小平不为所动，他接见美方人员说："几乎全世界都知道《不列颠百科全书》在学术领域内具有权威性的地位。我们中国的科学工作者把你们的百科全书翻译过来，从中得到教益，这是很好的一件事情。"在邓小平的坚持下，中美双方组成联合编审委员会，历时十年，全书终于出版。

香港回归是一件大事，政策性强，处理起来较复杂。1983年5月某香港记者故意设套，问：回归后我方可否不驻军？我国一高级官员含糊答道：也可不驻。港报纷纷登于头条。邓小平大怒。在一次招待香港记者的会上，本已散场，邓小平说，请你们回来，给我发一条消息，说可以不在香港驻军，这是胡说八道！英国人能驻，我们自己怎么反而不能驻？他给外交部批示：在港驻军一条必须坚持，不能让步！

1992年，邓小平视察南方，下面汇报时说："我们一定贯彻您的指示。"他说："我的话可能有点用，但我的作用就是不动摇。"

敢坚持、不动摇是领袖的基本素质。领袖一身而系天下，稍有犹豫就地动山摇。轻者是一件事的失败，重者影响民族命运、历史方向。我们常说时势造英雄，而特殊时刻竟是英雄一念铸就历史。朱可夫在回忆苏联艰难的卫国战争时说，许多时候我们实在顶不住了，就是由于斯大林坚强的意志让我们转败为胜。

坚持真理是政客与政治家的根本区别。政客是从私利出发，看着风向走。政治家是从国家民族利益出发，向着理想前进，他认准的事，就是再难、再险、杀头牺牲也不改变。毛泽东敢于坚持的典型例子是在井冈山革命低潮时，他敢说革命高潮就如一轮喷薄欲出的红日，这信念一直坚持到二十多年后终于建国。邓小平坚持最久的例子是他在1962年就提出，让农民自己选择生产关系，"不管白猫黑猫，抓住老鼠就是好猫"。一直坚持到十六年后，1978年中国开始全面的农村土地制度改革。坚持是意志力的表现，但意志力的背后是思想的穿透力。

两个摔跤手的坚持是谁压倒谁，两军对阵的坚持是谁吃掉谁，而一个领袖对正确方针的坚持则是一个民族的崛起，一个新时代的到来。

邓小平认错

一个时代的转型和国家的进步，是以其领袖的思想转变为标志的。当我们欢呼中国改革开放三十年的成就时，不能不追溯到三十年前的一个思想细节。

1978年10月邓小平访问新加坡，而这之前中国在极"左"时期一直称新加坡为"美帝国主义的走狗"。当邓小平吃惊地看到新加坡的成就时，他承认对方实行的对外开放、引进外资的方针是对的。当谈到中国的对外方针时，李光耀说，中国必须停止革命输出。邓小平停顿片刻后突然问："你要我怎么做？"这倒让李光耀吃了一惊。他就大胆地说："停止帮马共和印尼共在华南设电台广播，停止对游击队的支持。"李光耀后来回忆："我从未见过一位共产党领袖，在现实面前会愿意放弃一己之见，甚至还问我要他怎么做。尽管邓小平当时已七十四岁，但当他面对不愉快的现实时，他还是随时准备改变自己的想法。"

这次新加坡之行，邓小平以他惊人的谦虚代表中国共产党和政府承认并改正了两个错误。一是改变保守自闭，对外开放，引进外资；二是接受建议，不再搞革命输出，大大改善了中国的对外关系。这是多么难能可贵的自我批评精神啊。

人孰能无错？但并不是人人都能事后认错。普通人认错难，有光环笼罩和鲜花托举的名人、伟人认错就更难。但也正是这一点考验出一个人的品格与能力。纵观历史，名人喜功、贪功的多，自责、担责的少。像邓小平这样，大功不自喜，大德不掩错，是真伟人。

平时，我们看一个人的成功，总是说他发现了什么、创造了什么。其实同样重要的另一面是他承认了什么、改正了什么。当一个人承认并改正了前一个错误时，就为他的下一个创造准备了条件，铺平了道路。而当一个伟人这样做时，他就为国家民族的复兴铺平了道路。延安时期搞"抢救运动"，伤害了革命同志，毛泽东亲自到会道歉，脱帽鞠躬。1958年犯了"大跃进"错误，第二年在庐山会议上毛泽东认错说："去年犯了错误，每个人都有责任，首先是我。"

"文化大革命"之后，邓小平主政，总结历史教训，他没有委过于人，而是代毛泽东认错，说："讲错误，不应该只讲毛泽东同志。""'大跃进'，毛泽东同志头脑发热，我们不发热？""在这些问题上要公正。""中央犯错误，不是一个人负责，是集体负责。"后来他又多次讲，不争论，团结一致向前看。正是这种谦虚的实事求是的科学态度，保证了大转折时期的平稳过渡。一个领袖的英明，包括他的智慧、魄力，也包括他的谦虚、诚实。一个民族的幸福不只是有领袖带领他们取得了什么成就，更是带领他们绕开了什么灾难。领袖一念，国家十年，伟人多一点谦虚，国家就少一次失误，多一次复兴的机会。

认错是痛苦的，一个伟人面向全体人民和全世界认错，更要经受巨大的心灵痛苦。党犯了错误，总得有人出来担其责，重启新航；一个时代的失误，总得有人来画个句号，另开新篇。这不是喜气洋洋的剪彩，是痛定思痛、发愤图强的誓言。只有那些敢于担起世纪责任的人，才会有超时代的思考；只有那些出以公心为民造福的人，才能不图虚名，面对现实，实事求是。当我们今天沉浸在改革开放的喜悦中时，请不要忘记当年一代伟人痛苦的思考和艰难的抉择。

原载于《党建》2008年第10期

广安真理宝鼎记

2004年是邓小平诞辰100周年。家乡广安有感于小平于国功大，于民恩深，遂略修旧居，以供凭吊。又新铸宝鼎，是为纪念。鼎为青铜所铸，传统式样，圆形、三足，周身饰以夔龙、扉棱之图，高十米，重四十一点八吨。庄若苍岩，稳如泰山，立于渠江之畔，城东高岸之地，仰对青天，俯视大江。

想当年，正当五四潮起，马列初兴，时代变革，风起云涌，十六岁的邓小平胸怀寻求真理之大志，肩负救国救民的理想，就是从现宝鼎脚下的渡口出发，毅然告别家乡，买舟东下，经渠江，入嘉陵，假长江，东出太平洋，漂泊月余抵达法国，勤工俭学求教于异邦，又转而东行，研习马列取经于苏俄。后应召回国，先受命南下领导百色起义；又东赴江西，追随毛泽东创建红色政权；之后北上长征，立马太行，逐鹿中原，决胜淮海，挥师渡江，问鼎金陵，直至横扫西南，底定江山，功莫大焉。遇"文化大革命"遭难，再困于江西。后得复出，绵里藏针，勇斗四凶；举重若轻，收拾残局。高举解放思想、实事求是的大旗，率领全国人民开始了改革开放的新长征。从此党纲重振，国运再兴，河山生辉，百姓安康。神州上下，举国同赞：翻身不忘毛主席，致富感谢邓小平。

向来铸鼎如同立碑，是为醒世记事；铭文胜于碑文，更求标高证远。广安真理宝鼎是为纪念邓小平自十六岁起投身社会寻求真理，特别是他后期总结"文化大革命"教训，坚持真理标准，开创中国特色社会主义。鼎正面之铭为"解放思想"，背面之铭为"实事求是",座基刻着小平的另一句名言"发展才是硬道理"。而面江之整壁石墙则书有小平南方谈话全文。古人云,一言九鼎。小平这几句话兴邦定国,安土乐民;其理灼灼,其效隆隆。铸之于鼎,足可前证国史,后启来人。

宝鼎之下,渠江滚滚,千船竞发,波起潮涌。想风流人物,时势英雄,自古力挽狂澜,中兴大业,能有几人?中国共产党自1921年创立,为人民幸福,为民族昌盛,奋斗牺牲凡二十八年。然新中国成立之后路更长,行更难。试承包、变体制,走走停停几回摸索;"跃进"潮、"文化大革命"浪,起起落落多少风云。其间探求殊多,争论殊多,教训殊多。更一度思想僵化,如履薄冰。是小平1978年支持了真理标准大讨论,披沙拣金,拨乱反正;1992年又视察南方,再破陈规,急促发展。从此敞开国门看世界,大胆改革走市场。我古老中华重新跟上时代步伐,崛起于民族之林。

宝鼎之侧,巷陌深深。故里情怀,桑绿荷红。千窗洞开忆往事,石板小路寻旧影。树高千丈不离土,伟人永在百姓中。想古往今来,有多少人物,起于垄亩,败于庙堂。唯共产党人,种子土地,永让于民。邓小平说:"我是中国人民的儿子。"其言何真,其情何深。"文化大革命"后复出,小平已年届七十,他说,我还能工作二十年,不是做官,是要干事。他别无所求,说只要国家发展了,我当一个富裕国家的公民就行。其先忧后乐何等胸襟!古人有云,半部《论语》治天下。"白猫黑猫",小平只用一句民间俗语就笑谈真理,运转乾坤。他真正是想亦百姓,做亦百姓,言亦百姓。百姓何能忘小平?曾记否,三落三起民心在,"小平您好"动京城。今日,鼎下渠江流日夜,故里年年柳色新。

大哉宝鼎,真理之鼎。未知世界,艰难探寻。长夜早起,哲人先行。读铭思理,不忘小平。

大哉宝鼎,伟人之魂。巍巍山岳,滔滔江声。华夏大地,故里春风。依鼎怀人,难忘小平。

大哉宝鼎,万民之情。鼎之沉沉,民心所凝。天地不老,岁月留痕。人民儿子,永远小平。

原载于《人民日报》2004年8月21日

谁敢极言？谁能极言？

我们平常讲到一个问题的重要性，或者为引起重视，就说"极言之……"如何，如何。可见人们的思维习惯是要听要害之点，不愿听不痛不痒的套话。

我们现在纪念改革开放30周年，不能忘记小平同志在1980年1月的一段著名讲话："近三十年来，经过几次波折，始终没有把我们的工作重点转移到社会主义建设这方面来，""现在要横下心来，除了爆发大规模战争外，就要始终如一地、贯彻始终地搞这件事，一切围绕着这件事，不受任何干扰。""扭着不放，'顽固'一点，毫不动摇。"当时为强调不受干扰，他还说了一句话："我要买两吨棉花，把耳朵塞起来。"你看，横下心、不受干扰、始终如一、顽固一点、买两吨棉花，何等坚决，这就是"极言"，抓住问题的要点，以极其鲜明的态度，表达自己的意见。我们回首三十年的大发展、大成功，不能不佩服邓小平这段话的精辟。什么叫振聋发聩，什么叫挽狂澜于既倒，什么叫力排众议，此言之谓也。

就像名医号脉、扎针，政治家、思想家之评事论政也是号脉扎针，不过取的是思想之穴，号的是时代之脉。回顾二十八年前邓小平这段话，我们又想起马克思也有一句"极言之"的话，讲得更彻底："无论哪一个社会形态，在它所能容纳的全部生产力发挥出来以前，是决不会灭亡的；而新的更高的生产关系，在它的物质存在条件在旧社会的胎胞里成熟以前，是决不会出现的。""无论、决不"，其口气之坚决，不容半点商榷。实践是检验真理的唯一标准，小平那段话，经二十八年的检验足见其真，而马克思的这一段话已过去一百多年，我们在栽了几个跟头，吃了许多亏后也深刻理解到了。

能极言，敢极言，除了深刻的洞察力，还要有坚持己见的勇气。自信自己是站在真理一边。彭德怀在庐山遭批判后六年不认输，1965年毛泽东给他分配工作时说："也许真理在你一边。"近读到一则史料。当年袁世凯要复辟称帝，大造舆论。梁启超毅然站出来写文章反对，其中有一段可谓极言，掷地有声："由此行之，就令全国四万万人中，三万万九千九百九十九万九千九百九十九人赞成，而梁某一人断不能赞成也。"当年马寅初因为提倡节制生育受到批判，他也是这种勇敢："老夫年过八十，明知寡不敌众，自当单身匹马，出来应战，直到战死为止。绝不向专以压制、不以理说服的那种批判者投降。"

极言，是指极准确、极深刻、极彻底，绝不是我们平时说的意气用事，故走极端，逞一时之快绝不算什么英雄。敢极言之人恰恰是深思熟虑，敢当大事、能为大事之人。

中英香港遗留问题是个难题，1982年9月，英国首相撒切尔夫人来华谈判想再拖延交还香港。外交谈判一般是讲究方式、方法，甚至用语还要圆滑一点，但邓小平却以一席直白的铁板钉钉、力不可撼的极言，敲定了香港回归的大局。他说："主权问题不是一个可以讨论的问题。""如果中国在1997年，也就是中华人民共和国成立四十八年后还不把香港收回，任何一个中国领导人和政府都不能向中国人民交代，""如果不收回，就意味着中国政府是晚清政府，中国领导人是李鸿章！"当时我方一部长失言，说香港回归后可不驻军，邓愤怒地说，无知。极言的后面必有极坚决之立场和行动为证，当年梁启超讲了那段极言之后就与他的学生蔡锷联络，策划起兵反袁了。

"极"是什么？是极点，是思想的最深处，问题的最关键点。观察事物要能找到那个点，写文章要能说出那个点。福楼拜说："写一个动作，就要找到唯一的动词，写一件物体，要找到唯一的名词。"中国古代叫"推敲"。这是在语言层面求准确，而进一步求思想层次的准确，就是要找到那个问题的唯一关节点，也就是极点、拐点。这样的文章才有个性，才有深度，才是一把开启人思想的钥匙，是一座照路的灯塔。

古今文章无不在追求两个极点：一是形式美的极点，字、词、音韵、格律、结构，如"落霞与孤鹜齐飞"之类；二是思想的极点，一言成名彪炳千古。

我们还可举出一些著名的例子。如毛泽东在1930年革命低潮时讲的："中国革命高潮快要到来，决不是如有些人所谓'有到来之可能'那样完全没有行动意义的、可望而不可即的一种空的东西。它是站在海岸遥望海中已经看见桅杆尖头了的一只航船，它是立于高山之巅远看东方已见光芒四射喷薄欲出的一轮朝日，它是躁动于母腹中的快要成熟了的一个婴儿。"

还有林则徐那封关于禁烟的著名奏折："鸦片不禁，几十年后将无可以御敌之兵，无可以充饷之银。若鸦片一日不禁，本大臣一日不回，誓与此事相始终。"还有当年左宗棠在湖南初露头角，遭人构陷，险掉脑袋。大臣潘祖荫等上书也有一句极言："天下不可一日无湖南，湖南不可一日无左宗棠。"救了一个历史功臣。这一句话也成了名言。凡在历史上站得住的极言都成了思想的里程碑。可惜我们现在报章上的套话太多，有思想光芒的极言难得一见。这是学风文风不振的表现，极言之，将是民族思想的萎缩，令人担忧。

我劝天公重抖擞，不拘一格降文章。

第二章

鞠躬尽瘁

大无大有周恩来

今年是周恩来百年诞辰,他离开我们也已经二十二年。但是他的身影却时时在我们身边,至今,许多人仍是一提总理双泪流,一谈国事就念总理。陆放翁诗:"何方可化身千亿,一树梅前一放翁。"是什么办法化作总理身千亿,人人面前有总理呢?难道世界上真的有什么灵魂的永恒?伟人之魂竟是可以这样充盈天地,浸润万物吗?就像老僧悟禅,就如朱子格物,自从1976年1月国丧以来,我就常穷思默想这个费解的难题。二十多年了,终于有一天我悟出了一个理:总理这时时处处的"有",原来是因为他那许许多多的"无",那些最不该,最让人想不到、受不了的"无"啊。

总理的惊人之"无"有六。

总理的一无,是死不留灰。

周恩来是中国历史上第一个提出死后不留骨灰的领导人。当总理去世的时候,正是中国政治风云变幻的日子,林彪集团已被粉碎,江青"四人帮"集团正自鸣得意,中国上空乌云压城,百姓肚里愁肠百结。1976年新年刚过,一个寒冷的早晨广播里突然传出了哀乐。人们噙着泪水,对着电视一遍遍地看着那个简陋的遗体告别仪式。突然江青那副可憎的面孔出现了,她居然不脱帽鞠躬。许多人在电视机旁都发出了怒吼:"江青脱掉帽子!"过了几天,报上又公布了遗体火化,并且根据总理遗嘱不留骨灰。许多人都不相信这个事实,一定是江青这个臭婆娘又在搞什么阴谋。直到多少年后,我们才清楚,这确实是总理遗愿。

1月15日下午追悼会结束后,邓颖超就把家属召集到一起,说总理在十几年前就与她约定死后不留骨灰，灰入大地，可以肥田。当晚，邓颖超找来总理生前党小组的几个成员帮忙，一架农用飞机在北京如磐的夜色中冷清地起飞，飞临天津，这个总理少年时代生活和最早投身革命的地方，又沿着渤海湾飞临黄河入海口，将那一捧银白的灰粉化入海空，也许就是这一撒，总理的魂魄就永远充满人间，贯通天地。

但人们还是不能接受这一事实。多少年后还是有人提问，难道总理的骨灰就真的一点也没有留下吗？中华民族和世界上大多数民族都习惯修墓土葬，这对生者来说，以备不时之念，对死者来说则希望还能长留人间。多少年来越有权的人就越下力气去做这件事。许多世界上著名的陵寝，中国的十三陵、印度的泰姬陵、埃及的金字塔，还有一些埋葬神父的大教堂，我都看过。共产党是无神论，又是以解放全人类为己任，当然不会为自己的身后事去费许多神。所以新中国一成立，毛泽东就带头签名火葬，以节约耕地，但彻底如周恩来这样连骨灰都不留却还是第一次。你看一座八宝山上，还不就是存灰为记吗？历史上有多少名人，死后即使无尸人们也要为他修一个衣冠冢。老舍先生的追悼会上，骨灰盒里放的是一副眼镜，一支钢笔。纪念死者总得有个念物，有个引子啊。

没有骨灰，当然也谈不上埋灰之处，也就没有碑和墓，欲哭无泪，欲祭无碑，魂兮何在，无限相思寄何处？中外文学史上有许多名篇都是碑文、墓志和在名人墓前的凭吊之作，有许多还发挥出炽热的情和永恒的理。如韩愈为柳宗元写的墓志痛呼"士穷乃见节义"，如杜甫在诸葛亮祠中所叹"出师未捷身先死，长使英雄泪满襟"，都成了千古名言。明代张溥著名的《五人墓碑记》所写"扼腕墓道，发其志士之悲"，简直就是一篇正义对邪恶的檄文。就是空前伟大如马克思这样的人，死后也有一块墓地，恩格斯在他墓前的演说也被选入马恩文选，成了国际共运的重要文献。马克思的形象也因这篇文章更加辉煌。

为伟人修墓立碑已成为中国文化的传统、中国百姓的习惯，你看明山秀水间，市井乡村里，还有那些州县府志的字里行间，有多少知名的、不知名的故人墓、碑、庙、祠、铭、志，怎么偏偏轮到总理，连一个我们可以为之扼腕、叹息、流泪的地方也没有呢？于是人们难免生出一丝丝猜测，有的说是总理英明，见"四人帮"猖狂，政局反复，不愿身后有伍子胥鞭尸之事；有的说是总理节俭，不愿为自己的身后事再破费国家钱财。但我想，他主要是要求一个干净：生时鞠躬尽瘁，死后不留麻烦。他是一个只讲奉献，奉献完转身就走的人，不求什么纪念的回报和香火的馈饷。也许隐隐还有另一层意思。以他共产主义者的无私和中国传统文化的"忠君"，他更不愿在身后出现什么"僭越"式的悼念，或因此又生出一些政治上的尴尬。

果然，地球上第一个为周恩来修纪念碑的，并不是在中国，而是在日本。第一个纪念馆也不是建在北京，而是在他的家乡。日本的纪念碑是一块天然的石头，上面刻着他留学日本时写的那首诗《雨中岚山》。1994年，我去日本时曾专门到樱花丛中去寻找过这块诗碑。我双手抚石，西望长安，不觉泪水涟涟。天力难回，斯人长逝已是天大的遗憾，而在国内又无墓可寻，叫人又是一种怎样的惆怅？一个曾让世界天翻地覆的英雄，一个为民族留下了一个共和国的总理，却连一点骨灰也没有留下，这强烈的反差，让人一想，心里就有如坠落千丈似的空茫。

总理的二无，是生而无后。

中国人习惯续家谱，重出身，爱攀名人之后也重名人之后。刘备明明是个编席卖履的小贩，却攀了个皇族之后，被尊为皇叔。诸葛亮和关、张、赵、马、黄等一批文武，就捧着这块招牌，居然三分天下。一般人有后无后，还是个人和家族的事，名人无后却成了国人的遗憾。

纪念故人也有三：故居、墓地、后人，后人为大。虽然后人不能尽续其先人的功德才智，但对世人来说，有一条血缘的根传下来，总比无声的遗物更惹人怀旧。人们尊其后，说到底还是尊其人。这是一种纪念，一种传扬，否则怎么不去找出个秦桧的几世孙呢？清朝乾隆年间有位叫秦大士的名士路过岳坟，不由感叹道："人从宋后羞名桧，我到坟前愧姓秦。"可见前人与后人还是大有关系，名人之后更是关系重大。对越是功高德重为民族做出牺牲的逝者，人们就越尊重他们的后代，好像只有这样才能表达对他们的感激，赎回生者的遗憾。

总理并不脱俗，也不寡情。我在他的绍兴祖居，亲眼见过抗战时期他和邓颖超回乡动员抗日时，恭恭敬敬地续写在家谱上的名字。他在白区经常做的一件事，就是搜求烈士遗孤，安排抚养。他常说："不这样，我怎么能对得起他们的父母？"

他在延安时亲自安排将瞿秋白、蔡和森、苏兆征、张太雷、赵世炎、王若飞等烈士之子女送到苏联好生教育、看护，并亲自到苏联去与斯大林谈判，达成了一个谁也想不到的协议：这批子弟在苏联只求学，不上前线（而苏联国际儿童院中其他国家的子弟，在战争中上前线共牺牲了二十一名）。这恐怕是当时世界上两个最大的人物，达成的一个最小的协议。

总理何等苦心，他是要为烈士存孤续后啊。二十世纪六七十年代，中日民间友好往来，日本著名女运动员松崎君代，多次受到总理接见。当总理知道她婚后无子时，便关切地留她在京治病，并说有了孩子可要告诉一声啊。1976年总理去世，她悲呼道："周先生，我们已经有了孩子，但还没有来得及告诉您！"

确实，子孙的繁衍是人类最实际的需要，是人最基本的情感。但是天何不公，轮到总理却偏偏无后，这怎么能不使人遗憾呢？是残酷的地下斗争和战争夺去邓颖超同志腹中的胎儿,以后又摧残了她的健康。以总理之权、之位、之才和倾倒多少女性的风采,何愁不能再建家室、传宗接代呢?这样做的在新中国成立初党的中高级干部中不乏其人,但总理没有,他以倾国之权而坚守平民之德。

后来有一个厚脸皮的女人写过一本书,称她自己就是总理的私生女,这当然经不起档案资料的核验。举国一阵哗然之后,如风吹黄叶落,复又秋阳红。但人们在愤怒之余,心里仍然隐隐存着一丝的惆怅。特别是眼见和总理同代人的子女,或子女的子女,不少都官居高位,名显于世,不禁又要黯然神伤。中国人的传统文化是求全求美的,如总理这样的伟人该是英雄美人、父英子雄、家运绵长的啊。然而,这一切都没有。这怎么能不在国人心中凿下一个空洞呢?人们的习惯思维如列车疾驶,负着浓浓的希望,却一下子冲出轨道,跌入了一个无底的深渊。

总理的三无,是官而不显。

千百年来,官和权是连在一起的。官就是显赫的地位,就是特殊的享受,就是人上人,就是福中福,官和民成了一个对立的概念,也有了一种对立的形象。但周恩来作为一国总理则只求不显。在外交、公务场合他是官,而在生活中,在内心深处,他是一个最低标准甚至不够标准的平民。他是中国有史以来的第一个平民"宰相",是世界上最平民化的总理。

一次他出国访问,内衣破了送到我驻外使馆去补、去洗。当大使夫人抱着这一团衣服回来时,伤心得泪水盈眶,她指着工作人员怒道:"原来你们就这样照顾总理啊!这是一个大国总理的衣服吗?"总理的衬衣多处打过补丁,白领子和袖口是换过几次的,一件毛巾睡衣本来白底蓝格,但早已磨得像一件纱衣。后来我见过这件睡衣,瞪大眼睛也找不出原来的纹路。这样寒酸的行头,当然不敢示人,更不敢示于外国人。所以总理出国总带一只特殊的箱子,不管住多高级的宾馆，每天起床，先由我方人员将这一套行头收入箱内锁好，才许宾馆服务生进去整理房间，人家一直以为这是一个最高机密的文件箱呢。这专用箱里锁着一个贫民的灵魂。

而当总理在国内办公时就不必这样遮挡"家丑"了，他一坐到桌旁，就套上一副蓝布袖套，那样子就像一个坐在包装台前的工人。许多政府工作报告、国务院文件和震惊世界的声明，都是他套着这蓝袖套写出来的啊。只有总理的贴身人员才知道他的生活实在太不像个总理。

总理一入京城就在中南海西花厅办公，一直住了二十五年。这座老平房又湿又暗，有关部门多次请示总理，答复都是不准维修，终于有一次工作人员趁总理外出时将房子小修了一下。《周恩来年谱》记载：1960年3月6日，总理回京，发现房已维修，当晚即离去暂住钓鱼台，要求将房内的旧家具（含旧窗帘）全部换回来，否则就不回去住。工作人员只得从命。一次，总理在杭州出差，临上飞机时地方上送来一筐南方的时鲜蔬菜，到京时被他发现，严厉批评了工作人员，并命令折价寄钱去。一次，总理在洛阳视察，见到一册碑帖，问秘书身上带钱没有，答复说没有钱，总理摇摇头走了。总理从小随伯父求学，伯父的坟迁移，他不能回去，先派弟弟去，临行前又改派侄儿去，为的是尽量不惊动地方。一国总理啊，他理天下事，管天下财，住一室、食一蔬、用一物、办一事算得了什么？

多少年来，在人们的脑子里，做官就是显耀。你看，封建社会的官帽，不是乌纱便是红顶；官员的出行，或鸣锣开道，或净街回避，不就是要一个"显"字！这种显耀或为显示权力，或为显示财富，总之是要显出高人一等。古人一考上进士就要鸣锣报喜，一考上状元就要骑马披红走街，一当上官就要回乡到父老面前转一圈，所谓衣锦还乡，就为的是显一显。

刘邦做了皇帝后，曾痛痛快快地回乡显耀过一回，元散曲中专有一篇著名的《高祖还乡》挖苦此事，你看那排场："红漆了叉，银铮了斧。甜瓜苦瓜黄金镀。明晃晃马镫枪尖上挑，白雪雪鹅毛扇上铺。这几个乔人物，拿着些不曾见的器仗，穿着些大作怪的衣服。"西晋时有个石崇，官做到个荆州刺史，也就是地委书记吧，就敢同司马昭的小舅子王恺斗富。他平时生活"丝竹尽当时之精，庖膳穷水陆之珍"，招待客人，以锦围步幛五十里，以蜡烧柴做饭，王恺自叹不如。

现在这种显弄之举更有新招，比座位、比上镜头、比好房、比好车、比架子。一次，一位县级官员到我办公室，身披呢子大衣，刚握完手，突然后面蹿出一小童，双手托举一张名片，原来这是他的跟班。连递名片也要秘书代劳，这个架子设计之精，我万没有想到。刚说几句话又抽出"大哥大"（第一代手机），向千里之外的穷乡僻壤报告他现已到京，正在某某办公室，连我也被他编入了显耀自己的广告词。我不知他在地方上有多大政绩，为百姓办了多少实事，看这架子心里只有说不出的苦和酸。想总理有权不私，有名不显，权倾一国却两袖清风，这种近似残酷的反差，随着岁月的增加，倒叫人更加十分不安和不忍了。

总理的四无，是党而不私。

列宁讲，人是分为阶级的，阶级是由政党来领导的，政党是由领袖来主持的。大概有人类就有党，除政党外还有朋党、乡党等。毛泽东同志就提到过，党外有党，党内有派。同好者为党，同利者为党。在私有制的基础上，结党为了营私，党成了求权、求荣、求利的工具。项羽、刘邦为楚汉两党，汉党胜，建刘汉王朝；《三国演义》就是曹、吴、刘三党演义；朱元璋结党扯旗，他的对立面除元政权这个执政党外，还有张士诚、陈友谅各在野党，结果朱党胜而建朱明王朝。

只有共产党，才在成立以后宣布，它是专门为解放全人类而做牺牲的党，除了人民利益、国家民族利益，党无私利，党员个人无私求。无数如白求恩、张思德、雷锋、焦裕禄这样的基层党员，都做到了入党无私，在党无私。但是当身处要位甚至领袖之位，权握一国之财，而要私无一点，利无一分，却是最难最难的。权用于私，权大一分就私大一丈，失之毫厘差之千里。做无私的战士易，做无私的官员难，做无私的大官更难。像总理这样军政大权在握的人，权力的砝码已经可以使他左偏则个人为党所用，右偏则党为个人所私，或可为党员，或可为党阀了。王明、张国焘不都是这样吗？而总理的可贵正在党而不私。

1974年，康生被查出癌症住院治疗。周恩来这时也有绝症在身，还是拖着病体常去看康生。康生一辈子与总理不和，总理每次一出病房他就在背后骂。工作人员告诉总理，说既然这样您何必去看他，但总理笑一笑，还是去。这种以德报怨、顾全大局、委曲求全的事，在他一生中不胜枚举。

周总理同胞兄弟三人，他是老大，老二早逝，他与三弟恩寿兄弟情深。周恩寿新中国成立前经商，为我党提供过不少经费，新中国成立后安排工作到内务部，总理指示职务要安排得尽量低些，因为他是自己的弟弟。后来周恩寿有胃病，不能正常上班，总理又指示要办退休，说不上班就不能领国家工资。曾山部长执行得慢了些，总理又严厉批评说："你不办，我就要给你处分了。"

"文化大革命"中，总理尽全力保护救助干部，一次范长江的夫人沈谱（著名民主人士沈钧儒之女）找到总理的侄女周秉德，希望能向总理转交一封信，救救范长江。周秉德是沈钧儒长孙媳妇，沈谱是她丈夫的亲姑姑，范长江是我党新闻事业的开拓者，又是沈老的女婿，总理还是他的入党介绍人。以这样深的背景，周秉德却不敢接这封信，因为总理有一条家规：任何家人不得参与公事。

如果说总理要借党的力量谋大私、闹独立、闹分裂、篡权的话，他比任何人都有更多的机会、更好的条件。但是他恰恰以自己坚定的党性和人格的凝聚力，消除了党内的多次摩擦和四次大的分裂危机。五十年来他是党内须臾不可缺少的凝固剂。

第一次是红军长征时，当时周恩来身兼四职，是中央三人团（博古、李德、周恩来）之一、中央政治书记处书记（相当于后来的政治局常委）、军委副主席、红军总政委。在遵义会议上，只有他才有资格去和博古、李德争吵，把毛泽东请了回来。王明派对党的干扰基本排除了（彻底排除要到延安整风以后），红一、四方面军会师后又冒出个张国焘。张兵力远胜中央红军，是个实力派。有枪就要权，党和红军又面临一次分裂。这时周恩来主动将自己担任的红军总政委让给了张国焘。红军总算统一，得以继续北上，扎根陕北。

第二次是"大跃进"和三年困难时期。1957年年底，冒进情绪明显抬头，周恩来、刘少奇、陈云等提出反冒进，毛泽东大怒，说不是冒进，是跃进，并多次让周恩来检讨，甚至说到党的分裂。周恩来立即站出来将责任全部揽到自己身上，几乎逢会就检讨，目的只有一个，就是保住党的团结，保住如陈云、刘少奇等一批有正确经济思想的干部，留得青山在，为党渡危机。而他在修订规划时，又小心地坚持原则，实事求是。他藏而不露地将"十五年赶上英国"改为"十五年或者更多的一点时间赶上英国"，加了九个字；将"在今后十年或者更短的时间内实现全国农业发展纲要"一句，删去了"或者更短的时间内"八个字。不要小看这一加一减八九个字，果然一年以后，经济凋敝，毛泽东说："国难思良将，家贫思贤妻。搞经济还得靠恩来、陈云，多亏恩来给我们留了三年余地。"

第三次是"文化大革命"中，林彪骗取了毛主席信任。这时作为二把手的周恩来再次让出了自己的位置。他这个当年黄埔军校的主任，毕恭毕敬地向他当年的学生、现在的"副统帅"请示汇报，在天安门城楼上，在大会堂等公众场合为之领座引路。林彪的威望，或者就以他当时的投机表现、身体状况，总理自然知道他是不配接这个班的，但主席同意了，党的代表大会通过了，总理只有服从。果然，党的九大之后只有两年多，林彪擅自出逃，总理连夜坐镇大会堂，弹指一挥，将其余党一网打尽，为国为党再定乾坤。让也总理，争也总理，一屈一伸又弥合了一次分裂。

第四次，林彪事件之后总理威信已到绝高之境，但"四人帮"的篡权阴谋也到了剑拔弩张的境地。这时已经不是拯救党的分裂，而是拯救党的危亡了。总理自知身染绝症，一病难起，于是他在抓紧寻找接班人，寻找可以接替他与"四人帮"抗衡的人物，他找到了邓小平。

1974年12月，他不顾危病在身，飞到长沙与毛泽东商量邓小平的任职。小平一出山，党内双方就展开拉锯战，这时总理躺在医院里，就像诸葛亮当年卧病军帐之中，仍侧耳静听着帐外的金戈铁马声。"四人帮"唯一忌惮的就是周恩来还在世。这时主席病重，全党的安危系于周恩来一身，他生命延缓一分钟，党的统一就能维持一分钟。现在他躺在床上，像手中没有了弹药的战士，只能以重病之躯扑上去堵枪眼了。

癌症折磨得他消瘦、发烧，常处在如针刺刀割般的疼痛中，后来连大剂量的镇痛、麻醉药都已不起作用。但是他忍着，他知道多坚持一分钟，党的希望就多一分。因为人民正在觉醒，叶帅他们正在组织反击。弥留之际，当他清醒过来时，对身边的人员说："你去给中央打一个电话，中央让我活几天，我就活几天！"就这样一直撑到1976年1月8日。这时消息还未正式公布，但群众一看医院内外的动静就猜出大事不好。这天总理的保健医生外出办事，一个熟人拦住问："是不是总理出事了，真的吗？"他不敢回答，稍一迟疑，对方转身就走，边走边哭，终于放声大哭起来。九个月后，百姓心中的这股怨气，一举掀翻了"四人帮"。总理在死后又一次救了党。

宋代欧阳修写过一篇著名的《朋党论》,指出有两种朋党:一种是小人之朋,"所好者禄利,所贪者财货";一种是君子之朋,"所守者道义,所行者忠信,所惜者名节"。而只有君子之朋才能万众一心,"周武王之臣,三千人成一大朋",以周公为首,这就是周灭商的道理。周恩来在重庆时就被人称周公,直到晚年,他立党为公,功同周公的形象更加鲜明。"周公吐哺,天下归心"。周公不过是"一饭三吐哺",而我们的总理在病榻上还心忧国事,"一次输液三拔针"啊。如此忧国,如此竭诚,怎么能不天下归心呢?

总理的五无,是劳而无怨。

周总理是中国革命的第一受苦人。上海工人起义、"八一"南昌起义、万里长征、三大战役,这种真刀真枪的事他干;地下特科斗争、国统区长驻虎穴,这种生死度外的事他干;新中国成立后政治工作、经济工作、文化工作,这种大管家的烦人杂事他干;"文化大革命"中上下周旋,这种在夹缝中委曲求全的事他干。他一生的最后一些年头,直到临终,身上一直戴着的一块徽章是"为人民服务"。如果计算工作量,他真正是党内之最。

周恩来是1974年6月1日住进医院的,而据资料统计,1月到6月1日,其间除去在医院检查和重病休息的日子外,共139天,他每天工作12到14个小时的有9天;14到18个小时的有74天;19到23个小时的有38天;连续24小时的有5天。只有13天的工作在12小时之内。而从3月中旬到5月底,两个半月,日常工作之外,他又参加中央会议21次,外事活动54次,其他会议和谈话57次。他像一头牛,只知道负重,没完没了地受苦,有时还要受气。

1934年,因为王明的"左"倾路线和洋顾问李德的指挥之误,红军丢了苏区,血染湘江,长征北上。这时周恩来是中央三人团之一,他既要负失败之责,又要说服博古恢复毛泽东的指挥权,惶惶然,就如《打金枝》中的皇后,劝了金枝,回过头来又劝驸马。

1939年，他右臂受伤，两次治疗不愈，只好赴苏联求医。医生说为了彻底好，治疗时间就要长一些。他却说时局危急，不能长离国内，只短住了6个月，最后还是落下个臂伸不直的残疾。而林彪也是治病，也是这个时局，却在苏联从1938年住到了1941年。

"文化大革命"中，周恩来成了救火队长，他像老母鸡以双翅护雏防老鹰叼食一样，尽其所能保护干部。红卫兵要揪斗陈毅，周恩来苦苦说服无效，最后震怒道："我就站在大会堂门口，看你们从我身上踩过去！"这时国家已经瘫痪，全国人除少数造反派外大多数都成了逍遥派，就只剩下周恩来一个苦撑派，一个苦命人。他像扛着城门的力士，放不下，走不开。每天无休止地接见，无休止地调解，饭都来不及吃，服务员只好在茶杯里调一点面糊。

当时干部一层层地被打倒，他周围的战友、副总理、政治局委员已被打倒一大片，连国家主席刘少奇都被打倒了，但偏偏留下了他一个。他连这种"休息"的机会也得不到啊！全国到处点火，留一个周恩来东奔西跑去救火，这真是命运的捉弄。他坦然一笑说："我不下地狱，谁下地狱？"大厦将倾，只留下一根大柱。这柱子已经被压得吱吱响，已经出现裂纹，但他还是咬牙苦撑。

由于他的自我牺牲，他的厚道宽容，他的任劳任怨，革命的每一个重要关头，每一次进退两难，都离不开他。许多时候他都左右逢源，稳定时局，但许多时候，他又只能被人们作为平衡的棋子，或者替罪的羔羊。历史上向来是一朝天子一朝臣，共产党的领导人换了多少，却人人要用周恩来。他的过人才干"害"了他，他的任劳任怨的品质"害"了他，多苦、多难、多累、多险的活儿，都由他去顶。

1957年年底，我国经济出现急功近利的苗头，周恩来提出反冒进。毛泽东大怒，连续开会发脾气。1958年1月初杭州会议，毛主席说他脱离了各省、各部。1月中旬的南宁会议，毛主席说："你不是反冒进吗？我是反'反冒进'的。"这时柯庆施写了一篇升虚火的文章，毛主席说："恩来，你是总理，这篇文章你写得出来吗？"

1958年3月成都会议，周恩来做检查，毛主席还不满意，表示仍然要作为一个犯错误的例子再议。从成都回京之后，一个静静的夜晚，西花厅夜凉如水，周恩来把秘书叫来说："我要给主席写份检查，我讲一句，你记一句。"但是他枯对孤灯，常常五六分钟说不出一个字。冒进造成的险情已经四处露头，在对下与对上、报国与"忠君"之间，他陷入了深深的矛盾、深深的痛苦。他对领袖的忠诚与服从绝不是封建式的愚忠。他是基于领袖是党的核心，是党统一的标志这一原则和毛主席的威信这一事实，从唯物史观和党性标准出发来严格要求自己的。连毛主席都说过，真理有时在少数人手中，卑贱者最聪明。但是你必须等待多数人或高贵者的觉醒。为了大局，在前几次会上他已经把反冒进的责任全揽在了自己身上，现在还要怎样深挖呢？而这深深游走的笔刃又怎样才能做到既解剖自己又不伤实情，不伤国事大局呢？

天亮时，秘书终于整理成一篇文字，其中加了这样一句："我与主席多年风雨同舟，朝夕与共，还是跟不上主席的思想。"周恩来指着"风雨同舟，朝夕与共"八个字说，怎么能这样提呢？你太不懂党史，太不懂党史。说时眼眶里已泪水盈盈了。秘书不知总理苦，为文犹用昨日词。几天后，他在党的八大二次会议上做完检讨，并委婉地请求辞职。结论是不许辞。哀莫大于心死，苦莫大于心苦，但痛苦更在于心虽苦极又没有死。周恩来对国、对民、对领袖都痴心不死啊，于是，他只有负起那在常人看来，无论如何也负不动的委屈。

总理的六无，是去不留言。

1976年元旦前后，总理已经到了弥留之际。这时中央领导对总理病情已是一日一问，邓颖超同志每日必到病房陪坐。可惜总理将去之时正是中央领导核心中鱼龙混杂、忠奸共处的混乱之际。奸佞之徒江青、王洪文常假惺惺地慰问,却又暗藏杀机。这时忠节老臣中还没有被打倒的只有叶剑英了。叶帅与总理自黄埔时期起便患难与共,又共同经历过党史上许多是非曲直。眼见总理已是一日三厥,气若游丝,而"四人帮"又趁危乱国,叶帅心乱如麻,老泪纵横。一日他取来一叠白纸,对病房值班人员说:总理一生顾全大局,严守机密,肚子里装着很多东西,死前肯定有话要说,你们要随时记下。但总理去世后,值班人员交到叶帅手里的仍然是一叠白纸。

当真是总理肚中无话吗?当然不是。在会场上,在向领袖汇报时,在对"四人帮"斗争时,在与同志谈心时,该说的都说过了,他觉得不该说的,平时不多说一字,现在并不因为要撒手而去就可以不负责任,随心所欲。总理的办公室和卧室同处一栋,邓颖超同志是他一生的革命知己,又同是中央高干,但总理工作上的事邓颖超自动回避,总理也不与她多讲一字。

总理办公室有三把钥匙,他一把,秘书一把,警卫一把,邓颖超没有,她要进办公室必须先敲门。周总理把自己一劈两半,一半是公家的人、党的人,一半是他自己。他也有家私,也有个人丰富的内心世界,但是这两部分泾渭分明,决不相混。周恩来与邓颖超的爱可谓至纯至诚,但也不敢因私犯公。他们两人,丈夫的心可以全部掏给妻子,但绝不能搭上公家的一点东西;反过来,妻子对丈夫可以是十二分的关心,但绝不能关心到公事里去。总理与邓大姐这对权高德重的伴侣,堪称是正确处理家事国事的楷模。

诗言志,为说心里话而写。总理年轻时还有诗作,现在东瀛岛的诗碑上就刻着他那首著名的《雨中岚山》。皖南事变骤起,他愤怒地以诗惩敌:"千古奇冤,江南一叶,同室操戈,相煎何急?!"但新中国成立后,他除了公文报告,却很少有诗。当真他的内心情感之门关闭了吗?没有。工作人员回忆,总理工作之余也写诗,用毛笔写在信笺上,反复改。但写好后又撕成碎片,碎碎的,投入纸篓,宛如一群梦中的蝴蝶。除了工作,除了按照党的决定和纪律所做的事,他不愿再表白什么,留下什么。瞿秋白在临终前留下一篇《多余的话》,将一个真实的自我剖析得淋漓尽致,然后昂然就义,舍身成仁。坦白是一种崇高。周恩来在临终前只留下一叠白纸。"菩提本无树,明镜亦非台",本来就无我,我复何言哉?不必再说,又是一种崇高。

周恩来的六个"大无",说到底是一个无私。公私之分古来有之,但真正的大公无私自共产党始。1998年是周恩来诞辰100周年,也是划时代的《共产党宣言》发表150周年。是这个宣言公开提出要消灭私有制,要求每个党员只有解放全人类才能最后解放自己。我敢大胆说一句,一百五十年来,实践《共产党宣言》精神,将公私关系处理得这样彻底、完美,达到如此绝妙之境界者,周恩来是第一人,因为即使如马恩、列宁也没有像他这样,长期处于手握党权、政权的诱惑和身处各种矛盾的煎熬。总理在甩脱自我、真正实现"大无"的同时却得到了别人没有的"大有":有大智、大勇、大才和大貌,那种倾城倾国、倾倒联合国的风貌,特别是他的大爱大德。

他爱心博大,覆盖国家、人民及整个世界。你看他大至处理国际关系,小至处理人际关系,无不充满浓浓的、厚厚的爱心。美帝国主义和中国人民、中国共产党曾是积怨如山的,但是战争结束后,1954年周恩来第一次与美国代表团在日内瓦见面时就发出友好的表示,虽然美国国务卿杜勒斯拒绝了,或者是不敢接受,但周恩来还是满脸的宽厚与自信。就是这种宽厚与自信,终于吸引尼克松在新中国成立二十三年后,横跨太平洋到中国来与周恩来握手。

国共两党是曾有血海深仇的,蒋介石曾以巨额大洋悬赏要周恩来的头。但是当西安事变，蒋介石已成阶下囚，国人皆曰可杀，连陈独秀都高兴地连呼"打酒来，蒋介石必死无疑"时，周恩来只带了十个人，进到刀枪如林的西安城去与蒋介石握手。周恩来长期代表中共与国民党谈判，在重庆、在南京、在北平，到最后，这些敌方代表为他的魅力所吸引，投向了中共。只有团长张治中说别人可以留下，从手续上讲他应回去复命。周恩来却坚决挽留，说西安事变已对不起一位姓张的朋友（张学良），这次不能重演悲剧，并立即通过地下党将张治中的家属也接到了北平。

他的爱心征服了多少人，温暖了多少人，甚至连敌人也不得不叹服。宋美龄连问蒋介石：为什么我们就没有这样的人？美方与他长期打交道后，甚至后悔当初不该去扶植蒋介石。至于他对人民的爱、对革命队伍内同志的爱，则更是如雨润田、如土载物般地浑厚深沉。曾任党的总书记、犯过"左"倾路线错误的博古，可以说是经周恩来亲手"颠覆"下台的，但后来他们相处得很好，在重庆博古成了周恩来的得力助手。甚至像陈独秀这样曾给党造成流血损失的人，当他对自己的错误已有认识，并有回党的表示时，周恩来立即着手接洽此事，可惜未能谈成。恩格斯在马克思墓前讲话说："他可能有过许多敌人，但未必有一个私敌。"这话移来评价周恩来最合适不过。当周恩来去世时，无论东方西方同声悲泣，整个地球都载不动这许多遗憾、许多愁。

他的大德，再造了党，再造了共和国，并且将一个共产主义者的无私和儒家传统的仁义忠信糅合成一种新的美德，为中华文明提供了新的典范。如果说毛泽东是中国共产党和中华人民共和国的缔造者，周恩来则是党和国家的养护人。他硬是让各方面的压力、各种矛盾将自己压成了粉、挤成了油，润滑着党和共和国这架机器，维持着它的正常运行。五十年来他亲手托起党的两任领袖，又拯救过共和国的三次危机。遵义会议他扶起了毛泽东，"文化大革命"后期他托出邓小平。作为两代领袖,毛、邓之功彪炳史册,而周恩来却静静地化作了那六个"无"。新中国成立后他首治战争创伤,国家复苏;二治"大跃进"灾难,国又中兴;三抗林彪江青集团,铲除妖孽。而他在举国欢庆的前夜却先悄悄地走了,走时连一点骨灰也没有留。

周恩来为什么这样感人至深、感人至久呢?正是这"六无""六有",在人们心中撞击、翻搅和掀动着大起大落、大跌大宕的波浪。他的博爱与大德,拯救、温暖和护佑了太多太多的人。自古以来,爱民之官受人爱。诸葛亮治蜀二十七年,而武侯祠香火不断一千七百年。陈毅游武侯祠道:"孔明反胜昭烈(刘备),其何故也,余意孔明治蜀留有遗爱。遗爱愈厚,念之愈切。"平日常人相处尚投桃报李,有恩必报,而一个伟人再造了国家,复兴了民族,泽润了百姓,后人又怎能轻易地淡忘了他呢?

我们是唯物论者,但我心里总觉得,大概有一天,还是会有人来要为总理修一座庙。庙是神的殿堂,神是后人在所有的前人中筛选出来的模范,比如忠义如关公,爱民如诸葛亮。周总理无论在自身修养和治国理政方面,功德、才智、民心等都很像诸葛亮。诸葛亮教子很严,他那篇有名的《诫子书》,教子"静以修身,俭以养德,非淡泊无以明志,非宁静无以致远"。他勤俭持家,上书后主说,自己家有桑树八百棵,薄田十五顷,供给一家人的生活,余再无积蓄。这两件事都常为史家称道。

呜呼,总理何如?他没有后,当然也没有什么教子格言;他没有遗产,去世时,家属各分到几件补丁衣服作纪念;他没有祠,没有墓,连骨灰都不知落在何方;他不立言,没有一篇《出师表》可以传世。他越是这样的没有,后人就越感念他的遗爱;那一个个没有也就越像一条条鞭子抽在人们的心上。鲁迅说,悲剧是把人生有价值的东西撕裂给人看。是命运从总理身上一条条地撕去许多本该属于他的东西,同时也在撕裂后人的心肺肝肠。那是永远无法弥补的遗憾,这遗憾又加倍转化为深深的思念。

渐渐地二十二年过去了,思念又转化为人们更深的思考,于是总理的人格力量在浓缩,在定格,在突现。而人格的力量一旦形成便是超越时空的。不独总理,所有历史上的伟人,中国的司马迁、文天祥,外国的马克思、恩格斯,我们又何曾见过呢?爱因斯坦生生将一座物理大山凿穿而得出一个哲学结论:当速度等于光速时,时间就停止;当质量足够大时,它周围的空间就弯曲。那么,我们为什么不可以再提出一个"人格相对论"呢?当人格的力量达到一定强度时,它就会迅如光速而追附万物,穹庐空间而护佑生灵。我们与伟人当然就既无时间之差又无空间之别了。

这就是生命的哲学。

周恩来还会伴我们到永远。

原载于《走近政治》,党建读物出版社2003年版

一个伟人生命的价值

不久前我参观了周恩来同志纪念展览。

展览就设在天安门广场的东侧，大会堂对面的历史博物馆里。展览举办虽已两年，但两年来参观的人从第一天起就云集门外，直到现在并不稍减。展品涉及总理从学生时期在天津、北京搞五四运动开始，到他为革命事业战斗到最后一息，大概有上万件吧。这些文物忠实地记录了周总理的一生，它们一件件、一幅幅，静静地展示在人们的面前，默默地安慰着千千万万颗怀念的心。

总理功高盖天，这是人人称颂的，但是他到底有多少业绩却无法数清。展品中有一本《警厅拘留记》，书已旧得发黄，并已有一些剥损。这是周恩来"五四"时期领导天津"觉悟社"的斗争被捕后，在监狱里编写的。它真实地记录了总理在中国革命的启蒙时期就勇敢坚定地冲杀在斗争的最前线。新中国成立后有人在旧书摊上发现了这本书，就去请示总理，他却坚决不同意收购。

还有一份总理亲自修改过的南昌起义提纲。他把"周恩来同志为首的前敌委员会"一句中，"为首的"后面加上了"党的"二字。还有凡提到"周恩来同志"时，后面都改成了"等同志"或具体列出了朱德、贺龙、叶挺等同志。我不禁想起，当年八一电影制片厂几次提出要拍南昌起义的片子，总理都不批准，几次要为总理拍点资料镜头又都被拒绝。要不是总理伟大的谦虚，今天这个展览大厅里不知还会有多少珍贵的文物。

总理日理万机，昼夜操劳，这也是人所共知的，但其中更深一层的艰辛，人们却极少知道。展品中有一个奇怪的小炕桌，四条细腿，桌面微斜，四围加边，这竟是总理批阅文件的办公桌子。原来，总理的工作是无时无处不在进行的，他极累时就靠在椅子上、倚在床上批阅文件，这时就往往在腿上垫几本书或一块三合板。后来邓颖超同志就亲自设计了这个小炕桌，总理住进医院后又在病床上用它来处理纷繁的政务。那些日子，我们从报上看到总理在医院里接见外宾，又哪能想到即使这时他还在用这个小炕桌顽强地工作呢？

展墙上有这样一份文件，是1975年3月1日凌晨，新华社发"二·二八"起义二十八周年的消息送请总理批示的。总理在重病中立即做了详细批示，并让迅速送当时主管报纸的姚文元，而这时姚文元却早已呼呼大睡了。就在这同一文件上，姚文元的办公室人员批着："姚已休息，不阅了。"我看着这炕桌、这文件、这文件上不同的批语，心里有说不出的滋味。这时江青到总理住的医院里大嚼西瓜、寻事胡闹的场面，王洪文在总理输液时非要叫总理接电话不可的画面，又一一浮现在我的眼前。鲁迅先生说过，他是腹背受敌进行"韧"的战斗。总理，您的晚年何尝不是这样呢？

总理，八亿人民的总理，手握重权，而又那样平易近人，艰苦朴素，竟是使人无法想象的。展览柜里有这样一张收据："今收到高振朴（周总理）粮票肆两，人民币二角伍分。"后"二角伍分"又改为"三角"。原来是"文化大革命"中总理到一个学校去，就在学生食堂里就餐。炊事员特意为他做了一碗汤，他见同学们没有，就让同学们喝，自己却倒了一碗开水。饭后又让工作人员交了粮票、菜金。他见收据上没有汤钱就又让再补了五分。这一张普通的收条，实实在在地说明，一个伟大的人物又是这样普通。

还有一件睡衣，是总理1951年做的，一直穿到逝世。说明牌上写着原来是白底蓝格的绒布。但我瞪大眼睛，怎么看也是雪白的纱布。啊，原来的蓝色哪里去了？原来的线绒哪里去了？总理忧国忧民，白天日理万机，晚上辗转难眠，二十多年的岁月啊，那颜色和线绒哪能不被磨掉呢？伟大的人物，非凡的才能，清贫的生活。总理，古今中外，哪里去寻您这样的伟人呢？

展览的最后一部分有一个橱窗，里面陈列着三件文物。一件是总理生前终日佩戴的有"为人民服务"的毛主席像章，红底金字光彩照人；一件是总理办公用的台历，正翻在1976年1月8日；一件是总理生前戴的手表，这是一块极普通的"上海"表，尼龙表带已磨破多处，并少了一截，表针正指着9时58分。这是一个晴天炸响了霹雳的时刻，是一个至今还勾起人们心头创痛的时刻！我不禁热泪滚满了两颊。总理的巨手翻过了多少页裹着硝烟、浸满汗水的日历，他的心脏和着人民的脉搏跳过了近一个世纪。总理立志救国，不怕坐牢，领导上海工人起义、南昌起义，不避炮火；在重庆、南京深入虎穴，不畏敌焰；直到重病在身，又一再嘱咐医务人员："一定要把我的病情随时如实地告诉我，因为还有许多工作要作个交代。"他是随时准备为人民献身的，终于把一切都献出来了。

我步出展览大厅，总感到刚看完的不是一个人的生平展览，好像是读了一本书，上了一堂课，有许多哲理、许多问题，还在脑中萦回、思索。我踏着天安门广场上的方砖，信步走着。突然想到《三国演义》中的一个故事，说诸葛亮死后还从容击退了魏兵的一次进攻。事情的真伪且不必考，但它反映了人们对贤能人的逝去的遗憾。而这样的事情却在二十世纪七十年代，在这个广场，在英雄碑下，真正地发生了。

总理离开我们后的第一个清明节，那时不是敌兵压境，而是乌云压城。但是人民却不畏强暴，聚集在这里，用鲜花、黑纱、诗词作武器，向"四人帮"猛烈开火，那种民心鼎沸、飞檄讨贼的场面是中国历史上空前未有的。是谁在指挥呢？没有任何一个人，只是由于人民对总理的爱，对"四人帮"的恨，是总理对人民的恩泽组织起这场空前的示威。我们是不信人的肉体死后还会有什么灵魂的，但是我们却坚信一个伟人的思想会永存。总理，在他的心脏停止跳动之后，还在确确实实地发挥着领袖的作用，还在指挥人民去继续战斗，完成那未竟之业，还在推动着历史前进。

这就是一个伟人的生命的价值，无穷无尽的、无法估量的价值。

周恩来让座

去年9月里因事过广东新会。新会是梁启超的家乡，又是元灭宋，丞相陆秀夫背着小皇帝跳海的地方，过去为县，现在是江门市的一个区。我万没有想到在这样一个小地方竟有一个资料丰富的周恩来纪念馆。当地的人也很自豪，他们说，周恩来任总理时，政务缠身，能下到一个县连住七天，一生仅此一例。我心里明白，哪里是周恩来有闲，是政局错位，一个历史的小误会。

1956年下半年，全国出现冒进的苗头。掌国家经济之舵的周恩来提出"反冒进"，毛泽东不悦，说："我是反'反冒进'的。"1958年1月南宁会议、3月成都会议，周恩来都受到批评，并作检查。7月1日至7日，他便选了到广东新会县来做调查研究。其时周公心里正受着煎熬，正是伟人不幸，小县有幸，留下了这样一处纪念地。

周恩来此行所以选中新会，有一点小起因。当年6月19日《人民日报》报道新会农民周汉华用水稻与高粱杂交获得一种优良水稻新品种。周总理很重视，专门带了一位专家6月30日飞广州，又转来新会。在试验田旁周恩来见到了这位农民。可以看出，那个时代生活条件还很差，乡干部和农民一律都是赤脚，总理的穿着也就比他们多着一双布鞋，只是衣服稍整洁一些。接待人员找了一把小竹椅、一个小方竹凳放在地头，本意让总理坐小竹椅，不想总理一到就坐在小凳上，把小椅子推给周汉华，还说你长年蹲田头，太辛苦。这就是周恩来的作风，尽量为他人着想，绝不摆什么架子。这张照片挂在展室的墙上，成了现在人们难以理解的场景。

按现在的习惯，官大一级，见面让座，起行让路，等级分明。

一个大国总理来到地头已属不易，怎么能在座位上尊卑颠倒呢？我立即联想到，已逝全国记协主席吴冷西也是新会人。一次，我当面听他讲过这样一件事，二十世纪五十年代初，朝鲜工会代表团来访，总理接见并合影。他的座位本安排在前排正中，周恩来不肯，他要当时的全国总工会主席刘宁一与客人坐正中，他说，你是正式主人，今天我是陪客。结果他真的坐在旁边，报上也就这样照发照片，那时大家觉得也很自然。我曾见过延安时期老同志的几幅合影，大家都随意或坐或站，有几次毛泽东都站在较偏的位置。无疑，毛泽东当时的地位是应该居首位的。现在当我们看这些老照片时，心里真说不清是陌生还是亲切。

　　座位这个东西是典型的物质与精神的结合。有把椅子，坐着好说话或办事，这是物质；坐上去，别有一种感觉，这是精神。坐椅子的人多了，就要排个次序，就有了等级。等级就是一种精神。等级不可没有，如军队指挥，无等级就无效率。但不可太严，太严了就成障碍，心理障碍，工作障碍。正如列宁所说："真理很灵活，所以不会僵化；又很确定，所以人们才能为之奋斗。"现在我们对座次的设计是越来越精，越来越细，只僵化而不灵活了。不用说大会谁上主席台，台上又谁前谁后，有的单位开会，除分座次，还要专制一把大一点的椅子，供一把手坐。我又听过一个故事，一位新来的部长，很不习惯这种把他架在火上烤的坐法，每次到场自己先把这把大椅子撤去。但下次来时，大椅子又巍然矗立原地与他四目相对，他的务实作风拗不过笼罩四周的座次威严。

　　存在决定意识，在没有椅子坐时，当然没有座次。我看过西柏坡七届二中全会的会场。那是一间大伙房，没有座椅，三十四个中央委员，十九个中央候补委员，随手从房东家带一个小板凳来就开大会。难的是有了椅子后怎样办，这里有个公心、私心之分。以公心论座，党内讲平等，是同志；党外讲服务，是公仆，何必争座？

何敢争座？以私心论座，则私心无尽，锱铢必较，事事都要争个高低。

周恩来的一生是为公的一生，这从他位次变化中可以看出来。他早年就坐到党内的第二把交椅。长征开始时，党务、军务大事由最高三人团负责：博古、周恩来，还有一个外国人李德。遵义会议后他把军事指挥的椅子让给毛泽东，一、四方面军会师，为团结四方面军又把红军总政委的椅子让给张国焘。新中国成立后他又有两次让位。第一次是1958年6月，就是这次到新会调查之前，因为几次受到批评，周恩来就提出辞去总理职位，后来政治局不同意，算是让位未果。但后来经济困难立即证明周恩来的意见对，他又毫无怨言，以总理的身份来收拾这个烂摊子。第二次是让位给林彪当副统帅，后林彪驾机出逃，当晚，周恩来把办公椅子搬到大会堂，整整一个通宵，坐镇指挥，力挽狂澜，化险为夷。

大位无形，不管周恩来在历史上曾将位置让毛泽东、让张国焘，还是"文化大革命"中让位于林彪，或者还要对江青忍让三分，但在老百姓的心里他永远是国家的总管，是仅次于毛泽东的二把手。这个位置是永远也变不了的。后来的年轻人不理解，总爱问：周恩来为什么要这样一让再让？我听说一位领导同志也曾这样当面问过周恩来，他说，如果不那样党就会分裂，局面就更不可收拾。他是仔细衡量过利害的。

"文化大革命"最困难的时期，他说过一句话：我不下地狱，谁下地狱。还是为公，为了国家利益。其实，共产党无论全党还是党员本人，都没有自己的私利。西安事变，抓蒋而不杀，反而还承认他的领袖地位，为抗日，为挽救民族危亡，这是党最大的忍让。周恩来是代表党亲自到西安处理这件事的。周恩来几次让位，也是出于党性的忍让。无论对内对外，若让而能利天下，他都义无反顾。

那么，周恩来争过椅子没有？争过。在西安、在重庆、在南京与国民党长达十年的谈判就是在争椅子，为党争，为民争。新中国成立到周恩来去世这二十七年，他主持外交，参加或指挥了所有重要的国际谈判。与美国人在朝鲜谈、在华沙谈。与苏联人谈，甚至在莫斯科与老大哥吵翻，拂袖而去。都是要为中国在国际上争一把交椅。而他自己却忙得坐不暖席。毛泽东出行用专列，周恩来出行几乎全坐飞机，不是飞机的椅子好坐，是为省时，多一点时间去工作，去为民为国多争一点权利。最危险的一次是去开万隆会议，他的座机为敌特所炸，幸亏他临时换机，免于一难。而身边的工作人员总不会忘记周恩来的一个工作细节，每临大会，他要亲自到主席台或会场上看一下座席，特别是党外民主人士的座位摆得是否合适。最后又不会忘记检查一下毛主席的座椅，摇一摇，稳不稳，再看看角度，视线清不清。这就是周恩来。他心里有一个座次，孰重孰轻，何让何争，明白见底。

在看这个纪念馆时，我很庆幸1958年周恩来让位之未成，不然国家还要多一次悲剧。又想到"文化大革命"中周恩来虽让位，林彪又不能久居，不是图位之人不想接，也不是接位之人不欲久坐，是他不能承受这轻，不能承受周恩来的这轻轻一让，又不能承受这重，承受这国事民心之重。

庄子说："先贤而后王"，从政者必得先有贤能之德、之力，才敢去接王位。王位是什么？就是一把办重要事情的椅子。历史上凡大让之人都有大公大仁之心，尧让天下于舜，舜让天下于禹，孙中山让总统位于袁世凯，华盛顿当了两届总统毅然让位，邓小平首开在位退休先例。他们都是大公大仁之人。

我在新会看到的这两把小椅当然不是王者之椅，它实在太普通了，甚至现在在民间已很难找到。但纪念馆主人很郑重地对我说："这两把椅，我们刚从主人家里征集到，已作为重要文物收藏了。"我想，西柏坡会议上的那些小木凳散落民间，也不知有没有人收藏。

人们现在更关注的是怎样去制新椅子。前不久，我到北京一家专门开重要会议的宾馆里就会，吃饭时，座椅庞然而厚重，颇有几分威严，椅子围桌而立，远望如一圈逶迤的长城。用餐者入座挪椅很不方便。我忍不住对经理说，餐厅之椅还是以轻便为好，何用这样隆重？她说这是专门请人设计的，一把就两千元。我说这种重椅只合主席台上用，放在这里讲错了排场，又枉费了许多钱。但设计者恐怕另有考虑。

新会的一个小型纪念馆让我联想频频，悟到一个大道理。座位这个东西有实在的物质和虚拟的精神两方面的含义。如果只从实用考虑，能坐、舒适就行，大可不必争什么座次；如果从精神方面考虑，每个人在众人心里的位置是他德与能的总和，争与不争都是一样的。相反，争则愈见其私，位次更低；让则愈见其公，位次更高。这是做人的道理。

原载于《南方》2006 年第 11 期

周恩来为什么不翻脸

在中国现代政治史上毛泽东和周恩来两个伟人,是一种很特殊的合作关系。两人才华出众又风格迥异,长期合作,又和而不同。毛泽东大气磅礴,开天辟地;周恩来缜密严谨,滴水不漏。毛泽东于党于国,功比天高,但又难免霸气逼人,后又铸成大错;周恩来为国为民,竭尽绵薄,总是隐忍负重。于是在长期的斗争与合作中,就有一种怪现象,党外朋友与毛泽东拍案相争者有之,如马寅初、梁漱溟;党内高干与毛泽东据理相抗者有之,如彭德怀、张闻天。而自遵义会议之后,周恩来作为毛泽东长期的实际上的第一助手,无论毛泽东如何行事,他都隐忍负重。

毛泽东、周恩来早已作古,离我们也已渐行渐远。但人们总还在问一个问题:面对毛泽东的错误指责,周恩来为什么不翻脸?年轻人问得最多,而如季羡林先生这样阅世甚深的百岁老人,也爱问这个问题。我们多次见面,总不离这个话题。可见,这是国人心中解不开的一个结。我自1998年总理诞辰100周年时发表《大无大有周恩来》以来,总有人在向我提这个问题。细想起来,这里有作风、性格、策略、政治智慧等诸多因素,而且这也不只是毛泽东周恩来之间特有的现象,古今中外的政治史上大有其例,也都离不开这种组合。

一、翻脸要有条件和资格

一般老百姓所说的"翻脸"之事,大都是指新中国成立之后,现已被历史证实了的，毛错周对的事情，如经济方针之争，"文化大革命"之争。但其时，周恩来虽手握真理已无实权，已失去与毛泽东"翻脸"力争的条件和资格。

翻脸是什么？就是一，痛感对方之错，绝不苟同，毫不忍让；二，如不能认同和解就一刀两断，分道扬镳，各奔东西。当两个人的力量、地位平等时，这好办，当断就断，再不见面，顶多只是感情损失；但是当两个人的力量悬殊时又另当别论。如一个小孩子对父亲，要翻脸就不大容易。虽事有所悖，理所不容，已到了恩断情绝的程度，但一个孩子既不能改变家长的错误，又不能离家独立生存，翻脸以后又将如何？只有隐忍。

毛泽东是开国领袖，新中国成立后他在全党全国的地位如一家之长。这个地位和势态是历史形成的。政治者，势也。如军事大势，经济大势，又如山洪、海潮等自然之势。事物凡一成势，任何个人之力都难挽回。而且往往你中有我，我中有你。一时很难看清、说清，更不用说坚持和反对了。我在《领袖如父》一文中曾谈到这种复杂的关系，兹录一段如下：

关于领袖、政党，列宁曾有一段著名论述，"谁都知道，群众是划分为阶级的。""阶级通常是由政党领导的；政党通常是由最有威信、最有影响、最有经验、被选出担任最重要职务而称为领袖的人们所组成的比较稳固的集团来主持的。这都是起码的常识。"一个党、一个国家不可能没有领袖，他缔造、领导这个国家，就像父亲在家庭里的地位，父亲是因血缘而形成的统领地位，领袖是因思想之缘而形成领导地位。在长期的斗争中，领袖总结人民和社会的思想成果，形成一种思想，又将这思想再灌输到人民中和事业中，再总结，再灌输，上下循环，如河川经地，似血脉布身，就与人民、国家、民族建立起一种千丝万缕，血脉相连的关系。一个国家、民族、政党必须统一在一种指导思想之下，这种思想常常就以领袖的名字来做标识。领袖属于这个群体，群体推举、选择和塑造一个领袖，然后再将集体在实践中所提炼出的思想交付给他，以之为灯塔、旗手，而旗手只能是一个。所以邓小平说，毛泽东思想不是毛泽东同志个人的思想，是全党在斗争实践中的思想总结。也就是列宁说的，通常是由作为领袖的人来实现的。领袖与党、人民、国家、民族有了如此深的思想之缘，就如父亲与家庭的血缘一样，你中有我，我中有你，不可能一下子分清你我。

新中国成立之时，毛泽东走过万水千山，经历千难万险，已被全党接受为列宁所称的"领袖"。他所以能力排众雄，越过陈独秀、瞿秋白、王明、周恩来、张闻天，一路大踏步走来，独领风骚，只因一条：就是实践检验，在无数次的流血、失败中，只有他的意见屡屡正确。从具体的战斗、战役到与国民党斗法、与美国人斗法、与斯大林斗法，都无不铩其羽而扬我威。

我曾问过一位追随毛泽东从延安到西柏坡又到北京的老人，我问：周恩来不是长期专管军事吗？转战陕北彭德怀不是打了几个大胜仗吗？他直摇头道："他们和毛还是不能比，不能比，相差太远，关键胜局都是毛亲自下手指挥。"逢毛必胜，有毛就灵，毛已成神，这是从1921年到1949年二十八年间血火炼成的信条，已成了新中国成立初周恩来这一班副手们和全党全民的习惯思维。

周恩来从来没有想去挑战毛泽东，现在人们对周恩来有好感，是因看到毛泽东后来的过错，在不知不觉中犯了一个时间概念倒置的错误，是一种事后诸葛亮的思维。历史上，周恩来曾是毛泽东的上级，在遵义会议前一直领导后者。而历史证明其时的中央，包括周恩来在内，都错了，而毛泽东对了；遵义会议之后毛泽东更是得心应手，战无不胜，直至最后摧枯拉朽，如风吹落叶般在中国大地上抹去蒋家王朝。这中间，虽还有一个张闻天是名义上的总负责，但毛泽东都是实际上的决策人。周恩来作为副手，眼见毛泽东指挥若定，出神入化，威信日增，更是心服口服。

新中国成立之后，时势变化，毛泽东不熟悉经济，出现了错误，却不能自省自察，仍在挟历史之威，大刀阔斧地蛮干。周恩来分工经济工作，已见祸苗，心急如焚，虽屡提不同意见，但已无力回天。一是，毛泽东威望在身，大权在手，绝不会听他的。二是，这时全党、全国上下已视毛泽东为神，任何一种反对意见，不用毛泽东亲自说什么，舆论就可将其压灭。三是，由于个人崇拜的推行，毛泽东已开始喜听颂扬逢迎之词，于是我们最鄙视的、最不愿看到的历史上重复多次的"君侧不明"的现象出现了，康生、陈伯达、柯庆施，后来的林彪、江青集团，不断谗言蔽上，煽风点火，在毛泽东周围已渐渐形成一个风气不正的小环境。这时，周恩来就更没有翻脸力争的外部条件和氛围了。

新中国成立之后，周恩来与毛泽东和而不同，表示自己的反对意见主要有两次，结果，周恩来只是尽职责之守小提建议，就惹来毛泽东的大翻脸。

第一次是1956年鉴于经济发展过热，周恩来提出"反冒进"。应该说，这时周恩来还是据实论理，大胆工作，大概还没有过多考虑毛泽东的情绪。就像魏徵对唐太宗犯颜进谏那样。1956年2月8日周恩来在国务院第二十四次全体会议讨论《关于目前私营工商业和手工业的社会主义改造中若干事项的决定（草案）》时说："超过现实可能和没有根据的事，不要乱提，不要乱加快，否则就很危险。"他说对群众不要泼冷水，"但领导者的头脑发热了的，用冷水洗洗，可能会清醒些"。

4月中央政治局会议，毛泽东提出追加投资，周恩来和大多数人都反对，会后又耐心劝毛泽东，说我作为总理从良心上不能同意这个决定，毛泽东就大不悦，离开北京。1957年10月9日在八届三中全会上毛泽东的发言是《做革命的促进派》，说党委应该是促进委员会，你们那么多人要组织促退委员会，我也没办法。将领导层分成"促退""促进"两派，这就有点以分裂相威胁的味道，毛泽东要翻脸了。他毫不客气地对周恩来说，你"反冒进"，我是反"反冒进"的。接着就是一连串的追击。周恩来也万没有想到毛泽东会这样固执，这样情绪化地处理问题。就像唐太宗终于忍不住魏徵的一再进谏而大发脾气那样。而在战争时期毛泽东总是多听下级意见，比较各种方案，慎之又慎，现在却判若两人。其实这是一切革命党向执政党转变过程中都会遇到的问题，到过了三十多年，党的十五大之后，我们才开始意识到并研究这个理论问题。

1958年1月2日杭州会议、11日南宁会议、3月成都会议，毛泽东对周恩来逢会必批。这期间给毛泽东煽风点火的主要有柯庆施等人。其时全国上下都在狂热兴奋之中，连一些严肃的科学家也在为毛泽东的"跃进"奇迹找科学依据。毛泽东正在兴头上，党的领导集团，甚至全国人民都在兴头上。只有周恩来、陈云等少数领导人清醒，他们能与毛泽东翻脸而力挽狂澜吗？当然不能。周恩来这时连话语权也没有了。在1月南宁会议上，毛泽东说周恩来是"促退派"，影响了各部委、省委的情绪，并举着柯庆施的一篇鼓吹"跃进"的文章质问周恩来："恩来，你是总理，你能写出这样的文章吗？"这已不只是翻脸，是很不给面子，而有点逼宫之态了。但是周恩来忍了。回京之后就主动提出辞职，毛泽东又不许。他只好再忍。结果是1958年的全国胡来。（时隔半个世纪，2008年胡锦涛在纪念党的第十一届三中全会30周年大会上讲话，对党史上的这种头脑发热、自乱其政的现象用了一个新词："折腾"。）

经过1960年开始的三年困难时期，最后那场"大跃进"的闹剧以毛错周对收场；但并未见到毛泽东有什么正式的自我批评，或对周恩来的褒奖。经过这次较量,周恩来已完全明白用翻脸的办法解决问题是根本不可取的。

周恩来与毛泽东的第二次大分歧是关于"文化大革命"。这是政治路线之争。

毛泽东自1956年与周恩来、陈云在经济思想上发生分歧后,渐渐又与刘少奇、周恩来等在政治路线上发生分歧,主要是对中国社会基本矛盾的分析和形势的估计。先是对城乡社会主义教育运动(即"四清"运动)有分歧,直至发展到对"文化大革命"意见相左。在"四清"运动之初,毛泽东提出"党内走资本主义道路的当权派",刘少奇不理解,他说有个别人要走资本主义的路还可以,怎么会有一个"派"呢?他万没想到"文化大革命"事起,已不只是一个"派"的问题,而是全部打倒,连他这个主席也不能自保。(叶剑英曾有一词咏"文化大革命":"串连炮打何时了,罢官知多少。")最高层唯一保留下来还在工作的旧人就只有周恩来一人了。

和1956年处理经济问题不一样,这次毛泽东批准成立了一个"文化大革命"小组,凌驾在党中央、国务院之上。周恩来这个总理对"文化大革命"的反对已不能再有任何正面表达。他所能做的只能是借有限的权力办两件事。一是尽量保护老干部。红卫兵要揪斗陈毅,周恩来就站在大会堂门口声色俱厉地说:"不行,除非你们从我身上踩过去。"国务院各部长已被冲击得连生命都无保证,周就把他们分批迁到中南海里住,半是保护,半是办公。二是抓生产,周恩来带着这支奇怪的部长队伍,艰难地维持着最低的生产秩序,以不致弄到全国人无饭吃。但是对政治方针、对"无产阶级专政下继续革命"、对全国疯狂的个人崇拜、对极"左"的政策,周恩来不用说翻脸,他甚至不能有一点的明显反对。因为,这时更不利的是已形成了两个反革命集团:林彪集团和江青集团。周恩来的地位已排到林彪之后,而江青又因其特殊的身份常在毛泽东面前拨弄是非,陷害、刁难周恩来，甚至设计摧残他的身体。毛泽东既离不开周恩来，但又对他不放心，一度还曾掀起一个"批林批孔批周公"的小高潮。周恩来对此心知肚明，但他更是连一点点翻脸的资格和条件也没有了。

二、翻脸要计算成本和效果

现在回头看，周恩来的经济思想和对"文化大革命"的抵制都是对的。也许我们会说，梁漱溟不是在国务会议上因农村政策和毛泽东拍桌子翻脸了吗？马寅初不是因人口政策与毛泽东公开翻脸了吗？彭德怀不是因"大跃进"问题和毛泽东在庐山吵架公开翻脸了吗？他们都落得一个铮铮铁骨的好名声。周恩来当时为什么就不能也来个拍案而起，分道扬镳呢？省得后人一再议论，背一个逆来顺受的骂名，或更有不理解者称之为"虚伪"。周恩来不是一个普通人，是一国总理，背负着一个国家，十多亿人口。他要考虑后果。如果硬来也行，但那将是两种可以预见的结果。

第一，毛泽东以绝对权威，像对刘少奇那样将周恩来当即彻底打倒。这样周恩来那一点点仅有的合法身份和权力将被剥夺干净。人民、国家将会受到更大的痛苦和灾难。而且事实如此，前面所举梁漱溟、马寅初、彭德怀等人的翻脸，除留下人格的光环和对后人的启发之外，当时于事并无大补。他们个人的牺牲是起到了揭露错误，倡导民主，改进党风，启迪历史的作用，殊可尊敬。但周恩来不行，他是一国总理，他首先考虑的是国家利益，是当时翻脸之后这个摊子怎么收场。政治需要妥协。

第二，周恩来可以将自己的不同政见公布于社会，并说服一部分高级干部和群众追随自己，用票决的办法逼毛泽东表态。以周恩来的威信和能力也是能拉起一股力量的，形成一派甚至一党。但这样的结果就是共产党的分裂，接着是国家政权的分裂，两派、两党甚至是两个政权长期的对峙斗争。因为，全国全民要从乱后再治，重新统一到一种思想、一个方针，产生一个领袖，以中国这样幅员辽阔、人口众多的国度，没有半个世纪到一百年的争斗甚至流血，是不可能的。

中国历史上多次大的分裂就是明证。汉之后经三国两晋五胡十六国南北朝的分裂到隋的重新统一，经过了三百六十九年（220—589年），唐之后经五代十国之乱到宋的统一，经过了半个多世纪（907—960年）。元明清是基本上做到了大一统的。从1911年辛亥革命到1949年新中国成立，用了三十八年。历史的教训证明，每一次大分裂都要经过一个相当长的整合周期，才能出现新的平衡统一，这中间人民将遭受无穷的灾难。生命的摧残，经济的倒退，生产力的破坏，山河的破碎，历史上屡见不鲜。如果再有外敌乘机入侵，插手内斗，寻找代理人，就更加复杂。所以，我们可以设想，当时周恩来如果真的大翻脸，一个刚成立十年左右的共和国又将蹈入四分五裂的局面，民众陷入水深火热之中。

这不只是一种设想，事实上，有人曾问过总理，你为什么不站出来公开反对？周恩来说那将会使党分裂，后果更坏。据说刘少奇也说过同样意思的话：在那种情况下只有积极建议，争取把错误降到最小，如果意见不能被采纳，只能跟着走，一起犯错误，将来再一起改正。这比分裂的损失要小得多。

相信，当时的周恩来、刘少奇等一批革命家是认真考虑过翻脸的成本的。不翻脸，是两害相权取其轻，是不得已而为之。

三、隐忍克己，为国为民

有话不能说，或说出来无人听，只能忍，忍在肚子里。这在普通人已是一种煎熬，而一国总理，大任在肩，大责在心，忍则牺牲民利，眼看国事受损；争则得罪领袖，造成党的分裂。这种煎熬就比下油锅还难了。于是只有争中有忍、忍中有争；言语谦恭，行事务实。我们这一代人还清楚地记得"文化大革命"中周恩来的形象，一身藏青色朴素庄重的中山服，胸前总是别着一枚毛泽东手迹"为人民服务"纪念章。他四处灭火，大讲要听毛主席的话，抓革命，促生产。这种复杂两难的心理可想而知。他只掌握一个原则：牺牲自己，保全国家。在"文化大革命"中周恩来有一句发自肺腑的名言最能体现他当时的心态：我不下地狱，谁下地狱。

于是我们看到两种情景。

一方面，周恩来在毛泽东的权威面前，俯首帖耳，不置一词，为毛泽东留足面子；一方面，又留得青山在，好为国为民多燃点光和热。在处理经济问题时，周恩来利用总理身份尽量求实。连毛泽东在1960年也不得不承认："1956年周恩来同志主持制定的第二个五年计划，大部分指标，如钢等，替我们留了三年余地，多么好啊！"

"文化大革命"深入，毛泽东要打倒刘少奇和一批老干部的想法已很明显。"四人帮"就又拿出当年刘少奇为保护党的高级干部，批准薄一波等六十一人公开登报后出狱一事来大做文章。周恩来立即给毛写信表示反对，说这在当时是党的高层通过的。毛泽东不理，并随之将刘少奇也打成叛徒。后来重翻"伍豪"旧案，借国民党报纸的谣言影射周恩来当年在白区也曾自首。这两件事都是历史上早已搞清、定案的事。周恩来极愤怒，但他还是忍了。

林彪的资历远在周恩来之下，周恩来深知他在历史上的表现并不堪任党的第一领袖，但毛泽东把他选为接班人，把周恩来排在林彪后，为林彪服务，这个周恩来也忍了。

在高层中，刘少奇、邓小平是"文化大革命"的阻力，已陆续被搬开，下一个目标已是周恩来，于是借"批林批孔"又加上一个

"批周公",其意直指总理。"文化大革命"一开始毛泽东甚至说,不行他就重拉队伍再上井冈山,这与上次说"促进、促退委员会"一样,还是以分裂相威胁。这,周恩来也忍了。江青更是亲自出马或发动亲信攻击和刁难总理。甚至要总理给她改诗,专趁总理输液时去谈工作,想尽办法折磨总理的身体。这些周恩来都忍了。

在一般人,绝对受不得这种夹板气,早就甩手而去。但总理不能,他强忍恶气,强撑病体,另有大谋。只要不翻脸,不撕破面子,他这个总理就有合法的地位和权力,就能为国办一点事,就能挽狂澜、扶危局。正是:

且忍一腔无名火,咽下一口窝囊气。
留得青山传薪火,强支病体撑危局。

能不能"忍",是对政治家素质的更高一级要求,同时在人格上也是对为公为私,大度小量,远志近利的一种考验。中国历史上为国隐忍的著名例子是蔺相如与廉颇的故事。廉是功勋卓著的老将,蔺是因才能而擢升为相的新秀。廉不服,常有意辱之,蔺每每相让。二人同住一巷,每天要上朝时,蔺就先让仆人打探廉是否出门,让其先行,如相遇于巷,蔺必自动回车让路。现邯郸还留有此地,就名"回车巷"。下人常为蔺相如感到羞愧,蔺说,我这样是为国家,只要我与廉团结,不闹分裂,国家强盛,秦就不敢小看赵,廉闻后大愧,遂有负荆请罪的故事。

记录这个故事的是司马迁。他不但记其事,自己也遇上了一件麻烦事。他因言得罪,受了宫刑,遭奇耻大辱。他痛苦地思考着,到底是死还是活。他在那篇著名的《报任安书》里讲道:"人固有一死,或重于泰山,或轻于鸿毛,用之所趋异也。"这要看你为什么(所趋)而死。他为了完成《史记》,选择了"忍",忍辱生存,忍辱负重。他列举了历史上许多王侯将相级的大人物强忍受辱,还有孔子、屈原那样的学者忍辱著书。他说:"勇怯,势也;强弱,形也。"你的强弱、勇怯是客观形势所定,你不能为一时义愤或为一己之名而轻举妄动,而要想到身上的责任。

周恩来的名位不知超过这些将相王侯几多倍,其所负之责更是重于泰山。所以他就更得"忍"。忍看朋辈半凋零,城头变幻造反旗。他勇敢坚忍地在夹缝中工作,在重负下前行。

现在回头看,在总理忍气吞声、克己为国的心态下确实为党为民族干了许多大事。举其要者,1958年"大跃进"后,他主持三年调整,医治狂热后遗症,拯救了国民经济。"文化大革命"中,他亲自指挥,处理林彪叛逃事件;抓革命促生产,维持了国民经济最起码的运转,并且还有一些较大突破,如大庆油田的开发等;他抓科技的进步,原子弹、氢弹、人造卫星实验成功;他抓外交的突破,"文化大革命"中,中日、中美建交;等等。还有一项更大成就是四届人大召开,促成邓小平复出和一大批老干部的重新起用。为以后打倒"四人帮",改革开放,奠定了基础。这些都是总理在忍着一口气,没有闹翻脸的情况下,一点一点艰难地争取来的。

我们设想,如果1958年总理翻脸,甩手而去,也许三年困难那一道坎,国家就迈不过去。而在"文化大革命"之乱中,如果总理翻脸而去,就正合林彪、江青之意,他们会更加大行其乱。等到人民已经觉悟,再重新组织力量,产生领袖,扭转乾坤,大约又要经过民国那样的大乱,没有三五十年,不会重归太平。那时中国与世界的差距早不知又落下多远了。

周总理手植蜡梅赋

中国人爱松、爱菊、爱竹、爱兰，而爱梅尤甚。松耐寒而无花，竹青翠而无香，菊经霜而不受雪，兰多香而少坚。唯梅有色有味，经霜耐寒，寿比松柏，香胜幽兰。而梅中之极品犹数蜡梅。

淮安周恩来少年读书处有其手植蜡梅一株，现已逾百年，枝叶满院，高比屋肩。其一树六股，遒劲曲折，上下翻飞，如绳缠龙盘。每当盛夏之时，枝探墙外，四壁难禁勃勃生机；浓荫覆地，满院都是盈盈之情。晨风轻摇，碧叶向天奏有声之曲；皓月初上，疏影在墙写无声之诗。而当寒凝大地，北风过野，雪盖高原，这青瓦老宅中蜡梅怒放，忽如一座金山横空出世，灿若朝阳，满树黄花无一丝杂色，方圆数里，暗香浮动，荡气回肠。此总理手植蜡梅之大观也。

总理在时，此蜡梅静生默长，人们亦不觉有奇。墙外风雨墙内树，落叶飘飘送华年。花开花落，无论冬夏短长。然自1976年总理大去，举国同悲，万家悼伤，怀念之情与日俱长。虽开国总理，这九百六十万平方公里之国土竟无一碑之立、一石之安，魂之所系不知何方，祭之所向一片空茫。

今年是总理诞辰115年，念神州大地，有何物曾与总理同生同长，却仍在生命绽放；又有何物经总理手泽，却依然长此留香。唯此手植蜡梅，玉树临风，山高水长！于是仰树怀人，对梅神伤，游人如织，默念忠良。

念总理"当代宰相"，官居一品，却觉而不私，官而不显，劳而无怨；念总理德高一品，却生而无后，死不留灰，去不留言。噫，大道无形，大德无声。其大智、大勇、大德、大才、大貌，齐化作这株一品古梅遗爱在人间。君不见这蜡梅铁杆铜枝，曲节回环，伤痕斑斑，曾经多少辛酸仍挺身向天；君不见这故居青砖小院，每当大雪漫天，上下皆白，一梅出墙香清益远。

呜呼，人去梅开，总理归来。叶落归根，香飘江淮。民族之魂，国之一脉。大无大有，周公恩来。

原载于《人民日报》2013年2月18日

周恩来的大爱大德

周恩来离开我们已近四十年,但是人们还是常常想起他、说到他,其亲切自然如斯人还在眼前,以至于"总理"这个词几为周恩来专有,他之后虽有多任总理,但人们单称"总理"时多是指他。

1998年,总理诞辰100周年时我曾写过一篇《大无大有周恩来》,说到"人格相对论"。伟人的人格是超时空的,要不然我们怎么解释这些问题:他虽是生活于那个时代,而后来的人也还在一代代地怀念他;他在政治上虽是代表一个国家、一个党派,而许多别的国家、别的党派也一样地尊敬他;和他同时期的还有一大批功业卓著的老革命家,而人们念叨最多、怀念最烈的却是他。周恩来是一个超越时代、超越政治、超越党派和国界,在人格上有大爱大德的人。他的思想是对人类文明的贡献,一个民族出了一个全世界都能接受的人物是我们民族的骄傲。研究周恩来,小者可知怎样做官,大者可知怎样做人,再大者可知怎样构建一个社会。

周恩来人格精神有多方面,其基本点有三:仁爱、牺牲和宽容,而尤以第一点为最。

仁爱

我在《大无大有周恩来》中谈到周有六个"大有",其中第一个就是"大爱"。爱这个词在"文化大革命"前和"文化大革命"中是被当作资产阶级思想批判的。殊不知共产党和一切革命党都是从同情被压迫者出发,热爱他们,因而产生革命的动机和动力,最后获得他们的拥护的。而除邪教外的一切宗教也都是以爱心来团结民众的。

基督教讲上帝之爱，无分彼此；佛教讲普度众生，甚至爱一虫一草；儒家讲"仁、义、礼、智、信"，第一个就是"仁"。仁即爱，强调"仁人"，处世要为别人着想，不能自私。爱是人类的本性，是存在于人与人之间的磁场。人人需要爱，也需要贡献出自己的爱，才能沟通交流，才能生活生存。

爱，先从最近处的身边做起，进而普爱天下。有情爱而成婚姻，有血缘之爱而成家庭，有团体之爱而成宗教、党派，有一族一国之爱而成社会，有人类之爱而同归。古人设想过大同世界，马恩设想过共产主义，都是平等、博爱。爱是人与人之间的纽带，也是政治家团结民众、改造社会、创造世界的大旗。

爱是一粒善良的种子，佛教称之为"善根"，依其背景和条件的不同可以结出不同的果。现在常有企业招收员工时，先考察其人对父母孝不孝，理由是：对家人都不爱何能对团体和工作尽职？这是看其根观其成，有一定的道理。

历史上许多著名人物都是先对家人尽其爱心，然后又将这份爱扩展到社会。岳飞是孝子，也是民族英雄。明末抗清英雄夏完淳有一篇著名的《狱中上母书》，讲自己别母而去，不孝之罪；但为国而死，死得其所。辛亥革命义士林觉民很爱他的妻子，他在《与妻书》里说："吾充吾爱汝之心，助天下人爱其所爱。"这就是孟子讲的"老吾老，以及人之老；幼吾幼，以及人之幼"。周恩来是有"善根"的，从小家庭教育、私塾教育就给了他善良的本性。周家的《周氏家训》讲："谦退和平，安分守己。""以忍为第一要诀，以和为第一喜气。"投身革命后，周恩来的这种爱心便扩充为对人民、对同志、对事业的爱，一种以天下为己任的非凡的大爱。

周恩来式的爱，有三种表现。

一是仁爱待人,即从人性出发的随时随处的爱。

他对所遇之人,只要不是战场上的敌我相见,都有一种人道主义的慈悲,给予真诚的帮助。因此政治、外交、统战、党的生活在他那里都有了浓浓的人情味。周恩来的一生有很大一部分时间和精力是在与敌对方谈判,与国民党谈,与美国谈,后来与苏联谈,这是一件很烦心的事,周恩来说把人都谈老了,但他始终真诚待人。

1949年国共胜负大局已定,国民党只是为争取时间才派张治中率团到北平与中共和谈,当然不会有什么结果,最后连谈判代表都自愿留而不归了。但张治中说,别人可以不回,他作为团长应该回去复命。本来一场政治故事到此已经结束,周恩来也已完成使命,而且可以坐享胜利者的骄傲,但一场人性的故事才又刚刚开始。周恩来说:"西安事变时我们已经对不起一位姓张的朋友(张学良为蒋所扣),现在再不能对不起另一位姓张的朋友。"他亲到六国饭店看望张治中,劝他认清蒋的为人,绝不可天真,并约好第二天到机场去接一个人。翌日,在西苑机场,张治中怎么也不敢相信,走下飞机的竟是自己的夫人。原来,周恩来早已通过地下党把和谈代表们在国统区的家属安全转移,谈判一有结果就立即接到了北平。

在残酷的党内斗争中,周恩来常处于两难境地,但他尽量对被伤害者施以援手或保护。1937年陈独秀出狱后中央曾有意让他重回党内,但由于当时的国际背景及王明、康生从中作梗,毛泽东和陈独秀又都个性很强,互不让步,周恩来就尽力斡旋,并登门慰问。陈独秀说:"恩来昨日来蓉……此人比其他妄人稍通情理。""文化大革命"中张闻天被发配广东肇庆,1972年周恩来多方周旋促成恢复了张的组织生活,后又安排他到无锡养病。钱三强是我国研制原子弹的头号科学家,曾在欧洲居里实验室工作。他忠心报国,精于业务,但是对极"左"政治常有微词,不被领导喜欢,1957年险些被打成右派,总理保他过了关。"文化大革命"初又要整他,总理赶忙安排他参加下乡工作队。这就是为什么第一颗原子弹爆炸的重要时刻，钱三强却不在现场。

二是善解人意，无论公私尽量为对方考虑。

我国一乐团要赴日访问，擅改日程，自定曲目。周恩来批示："我们完全不为对方设想，只一厢情愿地要人家接受我们的要求，这不是大国沙文主义是什么？""文化大革命"中一些小国、穷国的共产党领导常来北京。一次一位友人在友谊商店看中一条牛仔裤，但无钱买，事后周恩来即着人买了送去。他告诉工作人员，会议的中间要安排休息，房间里有水果，要给客人留出享用的时间。

他对别人的关怀，几乎是一种本能。朝鲜战争时，乔冠华是中方的谈判代表，他是只带了一件衬衫去前线的，没想到一谈就是两年。1952 年，周恩来就派乔的妻子龚澎去参加赴朝慰问团，顺便探亲。1958 年，周恩来从报上看到广东新会县一农民育种家育出一高产稻，便到当地视察。满是泥水的田头只有一把小椅和一张小凳，周恩来一到就把小椅推给农民专家，说："你长年蹲地头辛苦了，坐这个。"至今那张总理与农民在田头泥水中的照片还悬挂在新会纪念馆里。

周恩来的"六无"中有一无是"生而无后"。这是周恩来和邓颖超永远的痛。但是，痛吾痛以及人之痛，周恩来以一颗慈爱的心帮助着每一个需要帮助的人。日本著名女运动员松崎君代婚后无子，周就安排她到北京来看病，终于得子。毛泽东一家为革命献出六位亲人，特别是长子毛岸英在朝鲜战场牺牲，二子毛岸青夫妇又长期无子。周恩来就交给军方医院一个任务，一定要给他们治好病。周恩来就是这样按照他的爱心、他的逻辑，平平静静地办他认为该办的事。

人情这个饱含爱心的词，"文化大革命"以前是被当作资产阶级思想来批判的，而"人性化"是在经过半个多世纪的残酷斗争之后，痛定思痛，才重新回归到我们的报纸上、文件中。周恩来却一直在默默地践行着，我行我素。该不该有人性？这实际上是到底该怎样做人。《三国演义》里曹操讲："宁教我负天下人，休教天下人负我。"曹操只要功业，不要人情，所以后来追随他的陈宫心寒而去。细观察，我们就会发现社会上有两种人：有的人像一个刺猬，总是觉得别人欠他什么，争斗，妒忌，抱怨，反社会，永不满意；有的人像一个手持净瓶的观音，总是急人之急，想着为别人做点什么，静静地遍洒雨露，普度众生。周恩来是第二种人的典型，这可以追溯到中国哲学的仁和世界宗教的爱，无关政治，无关党派，是一种核心价值。

三是大爱为民，把这种基于人性的爱扩大到对人民的爱，而成为一种政治模式。

政治家的爱毕竟不同于宗教家、慈善家的爱，他不是施舍而是施政，是从人性出发讲政治，是基于仁心去为大多数的人谋福利。中国传统文化中一直有民本、仁政的思想。孟子讲："政在得民。"范仲淹讲："居庙堂之高则忧其民。"郑板桥说："衙斋卧听萧萧竹，疑是民间疾苦声。"虽然历史上所有的进步力量都打着为人民的旗帜，但将这个道理贯彻得最彻底的是共产党。《共产党宣言》讲无产阶级先解放全人类，最后才解放自己。中国共产党更把其宗旨概括为一句话："为人民服务。"周恩来把对人民之爱落实得非常彻底。

周恩来是新中国成立后在任时间最长的总理，是国家的总管，第一要考虑的是民生。"民生"这个词最早出现在孙中山的三民主义里，共产党好像也忌讳它，长期将其打入资产阶级的词库。"民生"的重新回归是2007年中共十七大的文件，从辛亥革命算起，已久违了近一个世纪。但出于对人民的爱，周恩来却无一日不在关注民生。1946年他说："人民的世纪到了，所以应该像条牛一样努力奋斗，团结一致，为人民服务而死。"新中国成立后他常说："我们的一切工作都是为了人民的。""文化大革命"中，他胸前始终只佩戴一枚"为人民服务"的徽章。

1972年到1973年间，甘肃定西连续二十二个月无雨，百万人缺粮，数十万人缺水，又值"文化大革命"大乱，病床上的周恩来听了汇报后伤心地落泪。他说："解放几十年了，甘肃老百姓还这么困难，我当总理有责任，对不起老百姓。"刚做过手术的他用颤抖的手连批了九个不够，又画了三个叹号："口粮不够，救济款不够，种子留得不够，饲料饲草不够，衣服缺得最多，副业没有，农具不够，燃料不够，饮水不够，打井配套都不够，生产基金、农贷似乎没有按重点放，医疗队不够，医药卫生更差，等，必须立即解决。否则外流更多，死人死畜，大大影响劳动力！！！"

邢台地震，大地还没有停止颤抖，周恩来就出现在灾区。一位失去儿子的老人泪流满面，痛不欲生，周恩来握着他的手说："我就是您的儿子。"他向聚拢来的群众讲话，却发现自己是站在背风一面，群众在迎风一面，他就立即换了过来。"文化大革命"前北京常有大型群众集会，一次散会时赶上下雨，他就让负责同志在广播里提醒各单位回去后熬一点姜汤给大家驱寒。他办公和居住的中南海西花厅墙外正好是14路公共汽车站，上下车很吵闹，有人建议把汽车站挪开。周恩来说，我们办事要从人民方便着想，不同意挪。直到现在，14路汽车站还设在那里。他的这些举动纯出于爱心，毫无后来常见的某些政界领导人的作秀之态。我们可以对比一下：江青住庐山宾馆，嫌山涧流水的响声打扰了她睡觉，就下令将涧底全部铺上一层草席；住广州，她嫌珠江上汽笛声扰眠，就下令夜船停航。做人做官，如此大的差距。

同样是为人民服务，以人民的名义干事业，仍可细分出几种类型，有的把这事业连同人民做了自己功业的道具，虽功成而劳民伤财；有的把自身全部融化渗透到为人民的事业中，功成而身退名隐；

而有的干脆就是骑在人民的头上作威作福。这要追溯到是否真的有仁爱之心。

牺牲

牺牲是一种自愿的付出，有爱才有牺牲。有不同目的的牺牲，如为情、为亲、为友、为理想、为主义、为事业的牺牲。有不同内容的牺牲，如时间、精力、健康，直至生命。又有不同性质的牺牲，有的是激于一时的义愤或个人的争强好胜，如汪精卫刺杀清摄政王、中世纪的决斗、情人的殉情等；有的是出于对理想、事业的忠诚，冷静从容地牺牲，如文天祥的殉国、诸葛亮的殉职、谭嗣同的就义等。但是有一条，凡敢牺牲者都是激于义，源于爱，自私者不能牺牲。在中国传统文化中牺牲属于义的范畴，大公无私、勇于牺牲是一种美德。马克思主义的道德观也弘扬这种精神，更给予了新的含义。马克思的早期作品《青年在选择职业时的考虑》说："历史承认那些为共同目标劳动因而自己变得高尚的人是伟大人物；经验赞美那些为大多数人带来幸福的人是最幸福的人。宗教本身也教诲我们，人人敬仰的理想人物，就曾为人类牺牲了自己——有谁敢否定这类教诲呢？"毛泽东更是从司马迁说到张思德："为人民的利益而死就比泰山还重"。就是说无论古今中外，无论中国的儒学还是外国的宗教，无论是马克思学说还是中国共产党的思想，都把为社会的牺牲看作一种高尚的情操。这是基于人类的本性。

大公无私，为别人牺牲自己，这是周恩来的本性，一种与生俱来的基因。陆定一在回忆录中讲了一件他一生难忘的事。当年陆随周恩来在重庆工作，常乘飞机往返于重庆和延安。一次遇到恶劣天气，飞机表面结冰下沉。飞行员着急，让大家把行李全部抛出舱外，并准备跳伞。这时叶挺十一岁的小女儿因座位上无伞急得大哭。

周恩来就将自己的伞让给她。他并没有觉得自己的命比一个孩子的还重要。周恩来当了总理，在一般人看来已显贵之极、荣耀之极，而他则真正开始了生命的磨难、消耗与牺牲。我们任选一天工作日记，看看他的工作量。1974年3月26日——

下午三时：起床；

下午四时：与尼雷尔会谈（五楼）；

晚七时：陪餐；

晚十时：政治局会议；

晨二时半：约民航同志开会；

晨七时：在七号楼办公；

中午十二时：去东郊迎接西哈努克亲王和王后；

下午二时：休息。

这就是他的工作节奏，昼夜颠倒，一个不给自己留一点缓冲的节奏。周恩来规定凡有重要事情，无论他是在盥洗室、办公室、会议上，还是在睡眠，都要随时报告。他经常坐在马桶上批阅要件。因为无时间吃饭，服务员只好把面糊冲在茶杯里送进会议室。已重病在身，还要接见外宾、谈判、汇报工作。他绞尽脑汁地工作，砍光青山烧尽材，一生都在毫无保留地消耗自己。人们都记得他晚年坐在沙发上的那张著名的照片，枯瘦、憔悴，手上、脸上满是老年斑，唯留一缕安详的目光，真正已油灯耗尽，春蚕到死，蜡炬成灰，鞠躬尽瘁。

除了身累之外还有心累，即精神上的牺牲。民以食为天，老百姓的事办不好，国家要翻船；决策者翻了脸，国家也要翻船。我们知道周恩来是很喜爱戏剧的，有一次工作人员发现他在纸上无奈地抄录下两句戏文："做天难做二月天，蚕要暖和参要寒。种田哥哥要落雨，采桑娘子要晴干。"新中国成立后，周就一直处在"相"位，常处于两难境地。要么牺牲大局，要么牺牲毛泽东的权威，这两样党和国家都承受不了。那么，就只有他自己一次次地做出牺牲。"文化大革命"中有一次服务员送水进会议室，竟发现周恩来低头不语，江青等正轮流发言，开他的批判会。但是，走出会议室后周又照样连轴转地工作，尽力解放干部，恢复秩序。邓小平说："我们这些人都下去了，幸好保住了他。""文化大革命"中周恩来说过一句让人揪心的话："我不下地狱，谁下地狱？"这是把一切都置之度外的牺牲。

牺牲是讲个人与外部世界的关系，在社会上做事和与人相处总要舍得吃一点亏，这样人与人之间才能留出距离，才能合作。著名的"六尺巷"的故事就是讲这个道理。社会是一个互利共同体，一般人虽然做不到像周恩来那样彻底，但总要舍出一点，牺牲一点；作为官员，因为是人民用税收养着你，你就得全部舍出。而作为一种精神，无论古今中外无私牺牲都是高尚的追求，儒家所谓舍身成仁，佛家更是舍身饲虎。

周恩来的牺牲精神还有一个更严苛之处，我把它称为"超牺牲"。他有"十条家规"，除了严格要求自己，也同样要求家属、部下和身边的人。这和现在的官场上某些官员为家属谋利、提拔重用亲信，形成了强烈的反差。中国古代最忌讳但又最难根治的就是外戚政治与朋党政治。周恩来深知这一点，他"矫枉过正"，勿使有一点灰尘，不留下一点把柄。这样，亲属部下也要跟着做出了牺牲，超常规的牺牲。

夫荣妻贵是千百年来官场的铁定律，但是在周恩来这里有另一条定律：只要他当一天总理，邓颖超就不能进国务院。邓颖超在党内是绝对的老资格，1925年入党，出席莫斯科党的六大的代表，瑞金时期的中央机要局局长（相当于秘书长，后因病转由邓小平接任），长征干部，二次国共合作时的六位中共参政代表之一。论资格，新中国成立之初组阁任一个正部长绰绰有余。周恩来提名民主人士傅作义当了水利部长，冯玉祥的夫人李德全当了卫生部长，知名度不大的李书诚当了农业部长，邓颖超却无缘一职。张治中看不过，说："你这个周公不'周'（周到）啊，邓颖超不安排人不服。"周恩来笑答："这是我们共产党的事，先生就不必多操心了。"党内老同志看不过，来说情。周恩来说："她当部长，我当总理。国事家事搅在一起不利事业。只要我当一天总理她就不能到政府任职。"

邓颖超不但不能进内阁，工资还要降。当时正部工资是三级，邓颖超任妇联副主席，资格老，完全够三级。但他们夫妇主动报告降两级，拿五级。批下来后，周恩来对邓颖超说你身体不好上班少，又降一级，拿六级。国庆十周年上天安门的名单本有邓颖超，周恩来审核时划掉。1974年12月周恩来抱病到长沙向毛泽东汇报即将召开的四届人大的人事安排，毛泽东同意邓颖超任副委员长，可能是考虑到周恩来的性格，又亲自写了一个手令："政治局：我同意在四届人大安排邓颖超同志一个副委员长的职务。"周恩来回来传达时却将此事扣下。在他去世后，工作人员清理办公室，才在抽屉里发现这个"最高指示"。直到1980年华国锋才根据毛泽东生前意见提议增补邓颖超为副委员长。

我曾有缘与周恩来的两代后人相熟，他们也都未脱此例而"摊上了"这种奉献。侄女周秉建"文化大革命"中带头到内蒙古草原插队，数年后应征参军。她很兴奋地穿着军装来看伯父，周恩来说让你去插队就要在那里扎根。结果周秉建又脱了军装重回牧区，嫁给一个蒙古族青年。国家恢复高考，周恩来的侄孙女周晓瑾从外地考到北京广播学院。这时总理已经去世，侄孙女很兴奋地给邓颖超奶奶打电话，要去看她。邓颖超说不急，先让秘书到学院去查档案，看她是否真是靠成绩入学的。查过无事后才允许见面。周恩来对身边人员的要求亦近乎苛刻。新中国成立初老秘书何谦被定为行政十二级，周恩来问何谦，毛主席的警卫李银桥多少级，答，十三级。虽然何谦比李银桥资格老两年，周恩来还是将何谦降为十三级。周恩来住的西花厅年久失修，特别是地板潮湿，对他的身体很不利。一次乘他外出，何谦主持将房间简单装修了一下。周恩来回来大怒。现在官场腐败，有一个词叫"利益集团"，而周的身边却有一个甘为国事牺牲的"牺牲集团"。当然，当年这样严格的不只是周恩来一人，这在中共第一代领袖中很普遍，毛泽东就主动不拿最高的一级工资，否则共产党也不可能得天下，不过周恩来做得更彻底一些。

对比现在官风日下、公权私用、不贪不官，周恩来这种"残酷的"牺牲精神叫后人一想起就心中隐隐作痛。人心是肉长的，谁无感恩之心？当年总理去世时我正在外地一城市，从郊外入城忽见广场悬空垂下一黑色条幅，上书"悼念人民的好总理"，满城黑纱，万人恸哭。而在北京，泪水洗面万巷空，十里长街送总理，成了共和国史上悲壮的一页。人们恨不能宁以我身换总理，八十高龄的胡厥文老人写诗道："庸才我不死，俊杰尔先亡。恨不以身代，凄然为国伤。""总理爱人民，人民爱总理"，这绝不是简单的领袖与公民的关系，而是人心与人性的共鸣，已成历史的绝响。就像人与人之间的关系不到那一步，"亲爱"二字总叫不出口，"人民的总理人民爱"这样的句式自周恩来之后人民就很难再说出口。

包容

仁爱是讲人心的主观出发点，是"善根"；牺牲是讲处理个人与外部世界关系时的态度，是一种无私的境界；包容则是对仁爱和牺牲精神的实践检验，是具体行动。当仁爱之心和牺牲精神变成一种宽大包容时，自然就感化万物，用兵则不战而屈人之兵，施政则无为而治，为人则桃李不言下自成蹊。不肯宽容别人，无法共事；不能包容不同意见、不同派别就不能成大事。包容精神既是政治素质，也是人品素养，是大爱大德。儒家讲仁，老子讲以德报怨，佛家讲戒嗔、讲放下，西方宗教讲忏悔、讲宽恕。

  周恩来以惊人的度量和个人的魅力为中国共产党团结了不知多少朋友、多少团体、多少国家。这就是为什么在他去世后普天同悼，连曾经的敌人也唏嘘不已。李先念说："中国共产党确实因为有周恩来同志而增添了光荣，中国人民确实因为有周恩来同志而增添了自豪感。"一位党外人士说，长期以来，一提起共产党人，脑子里就浮现出周恩来的形象。美国《时代》周刊二十世纪四十年代驻华记者白修德说，一见到周恩来，自己的"怀疑和不信任几乎荡然无存"。新中国成立初各国工人代表团应邀来中国参加工会大会，毛泽东、周恩来等领导人出现时会场喊"毛主席万岁"，一澳大利亚代表不解，问为何不喊周恩来万岁，到周恩来过来与他握手时就喊"周恩来万岁"，周恩来忙示意不要翻译。这是周恩来的谨慎，但实际上就像人之间有一种暗恋一样，不知道有多少国内外的人早把周恩来看作心中的偶像而向他敬礼。

  周恩来的包容集中体现在如何对待反对过自己的人上，甚至是曾经的敌人。二十世纪三十年代初，国共两党在第一次合作失败后斗得你死我活。周恩来是中共"特科"的负责人，专门对付国民党特务，张冲是国民党的特务头子，中央组织部调查科（"中统"前身）总干事，两人曾经是死对头。张冲成功策划了"伍豪事件"，在报上造谣周恩来已叛变，给周恩来的工作造成极大被动。西安事变后，为了民族存亡国共二次合作，周恩来、张冲各为双方谈判代表，周恩来竭诚相待，两人遂成好友。抗战还未成功，张冲病逝，周恩来提议为张冲的追悼会捐三万元，亲自前往哀悼并致送挽联："安危谁与共？风雨忆同舟！"并发表讲演，语不成声，满座为之动容。他在报上撰文说："先生与我并非无党见者，惟站在民族利益之上的党见，非私见私利可比，故无事不可谈通，无问题不可解决。先生与我各以此为信，亦以此互信。"这事在国民党上层的影响如同引爆了一颗炸弹。后来他对张冲的两个子女又尽心关照。

当时的重庆特务如林，周恩来的一举一动都在监视之中，随时有生命危险。而周恩来却以一颗真诚的心平静地广交朋友，编织了一张正义的大网，反过来弥盖整个重庆，戴笠对此也无可奈何。周恩来代表共产党在重庆协调各方组织反法西斯统一战线，他最大限度地调动了各方人士灵魂深处的良知，终促成团结互爱的统战大局。一次中共一位工作人员住院急需输血，医院里自动排起献血长队，排在最前面的是美国代表处的一位武官。共产党的一个重要武器是统一战线，不管多少派别，在政治上找共同点；周恩来的一个重要武器是尊重别人，在人心深处找共同点，不管对什么人都真诚相待。

三十年后，为中美建交，尼克松来访，在参观十三陵时，当地官员找了一些孩子穿着漂亮的衣服在现场点缀，美国记者认为造假。周恩来对尼克松说："你们指出这一点是对的，我们不愿文过饰非，已批评了当事人。"尼克松后来评价说："他待人很谦虚，但沉着坚定。他优雅的举止、直率而从容的姿态，都显示出巨大的魅力和泰然自若的风度。在个人交往和政治关系中，他忠实地遵循着中国人古老的信条：绝不伤人情面。"此时，周恩来手中的武器并不仅是党纲、政见、共产主义学说等，而是传统道德和个人魅力，以及与人为善的赤诚之心。

但是，最能体现周恩来包容精神的还是他处理党内高层关系的方式。中国共产党诞生于复杂的历史环境中，又经历了漫长的艰苦历程，党内高层人员文化背景复杂，有工人、中小知识分子、教授学者、留洋人员、旧军人等，出身不同、性格各异。半个多世纪以来能将这样一个党团结在一起，离不开严明的组织性、纪律性，也离不开毛泽东、周恩来等领袖的人格感召。从陈独秀始，经过瞿秋白、李立三、向忠发、博古、张闻天直到毛泽东，周恩来是唯一与六任书记全部合作过的人，又是唯一与毛泽东合作始终的人。靠什么？靠坦诚、谦虚、忍让、包容。"宰相肚里能撑船"，无论新中国成立前后，无论在党在政，无论在哪一朝书记任内，周恩来都是处在"相位"，不是一把手胜是一把手，关系全局。

长征中周恩来说服博古请毛泽东出来工作，又把红军总政委一职让给张国焘，保住红军和党不分裂。转战陕北时中央机关组成昆仑纵队被敌包围，任弼时是司令，周恩来是政委。毛泽东要向西，任要向东。任弼时说我是司令听我的，毛泽东说我是主席先撤了你这个司令，吵得不可开交。周恩来协调，先北再西，化解了危机。新中国成立后因经济思想产生分歧，毛泽东甚至威胁要重上井冈山，周恩来逢会就检讨并表示愿意辞职，又避免了一次分裂。"文化大革命"中周恩来更是碍着毛的面子，受尽林彪和江青的气，但仍出来独撑危局。对外，他勇于承担责任，一次次地出面做"红卫兵"及各派的工作。周恩来还亲自出面请被冲击、迫害的外国专家及其家属吃饭，并赔礼道歉。一知名人士说如果不是因为有周恩来，他们实在没法原谅共产党在"文化大革命"中所犯的错误。我在《大无大有周恩来》中讲过："他硬是让各方面的压力、各种矛盾将自己压成了粉，挤成了油，润滑着党和共和国这架机器，维持着它的正常运行。"

一部党史很有意思，毛泽东用了周恩来的才干；周恩来包容了毛泽东的缺陷。党史上周恩来是领导过毛泽东的，当他认识到毛泽东的才能后，遵义会议就请毛泽东出山，以后一直协助他。"文化大革命"中他与毛泽东继续革命的思想有分歧，总是明里暗里保护老干部、抓生产、恢复秩序，毛泽东掀起了一场"批林批孔批周公"。

无论怎样的艰难险阻，周恩来都以他非凡的度量和才能应付过来了。这种胜利不是政治派别的胜利，是人心深处真、善、美的胜利，是人格完善的胜利。他一袭斗篷收裹了时代的风雨，静静地驾驭着共和国这条大船。

包容是一种博大的胸怀，清澈见底，容纳万物，它使仇者和，错者悔，嗔者平，忌者静，使任何人都不可能有不接受的理由。《三国演义》是中国人熟悉的名著，以权术计谋闻名，有谚语"少不读《水浒》，老不读《三国》"。可就是在这样一部计谋书中，人性的诚实、坦白、宽容亦在隐隐地流动。其开篇第一回就是桃园三结义，中间诸葛亮鞠躬尽瘁更是一条红线。而在最后一回，叙述了绵延六十年的血腥仇杀、阴谋算计之后，作者平静地讲述了晋、吴边境敌我主帅相互释疑，真诚为友的故事。两军在边境打猎后各自回营，晋帅羊祜命将对方先射中之猎物送归吴营。吴帅陆抗将私藏之酒回赠羊，部下说怕有毒，羊笑曰勿疑，倾壶而饮。陆卧病，羊赠药，部下说怕非良药，陆曰彼非毒人之人，服之，立愈。陆召集部下说：人家以德，我怎能以暴？边境遂平安无事。现实生活中最典型的例子是诺贝尔和平奖获得者、南非总统曼德拉，他年轻时推崇暴力，但二十七年的牢狱生活让他悟到必须超越一己一族之仇去追求人性之光，终于实现了民族和解。他在回忆录中写道："当我走出囚室……若不能把悲伤与怨恨留在身后，那么其实我仍在狱中。"他就职总统时请的嘉宾是曾看守过他的三位狱警。这么看来周恩来并不孤独，在历史的星空中，他们同属于那些让人们一举头望见就灵魂澄净的星辰。

人类历史并不只是一部阶级斗争史，还是文化史、道德史、人格史。阶级斗争只是文化史中的一小部分，而无论怎样的历史也逃不出人的思想和道德。如马克思所说："我们的事业将默默地、但是永恒发挥作用地存在下去，而面对我们的骨灰，高尚的人们将洒下热泪。"这也应了康德的那句话："有两种东西,我对它们的思考越深沉和持久,心中越是充满不断更新的认识和有增无减的敬畏,这就是我头上的星空和心中的道德定律。"

我们怀念周恩来,年复一年为他洒下热泪,默默地体悟着他那些大爱大德……

2014 年 2 月 20 日

二死其身的彭德怀

中国古代有一句为政格言："文死谏，武死战。"国家的稳定全赖文武官员各司其职，各守其责。神武之勇，战功卓著，名扬疆场者被尊为开国功臣、民族英雄，如韩信、如岳飞。敢说真话，为民请命，犯颜直谏者为诤谏之臣，如魏徵、如海瑞。进入现代社会，讲民主，讲法治，但个人的政治操守仍然是从政者必不可少的素质。在共和国历史上兼武战之功、文谏之德于一身并惊天动地、彪炳史册的当数彭德怀。

无彭则无军威，有军必有先生

在十大元帅中，彭德怀是唯一一个参加过两次国内革命战争、抗日战争，在新中国成立后又和美国人打过仗的。文天祥在《指南录后序》里，叙述他历经敌营，不知几死。彭德怀行伍出身，自平江起义、苏区反"围剿"，至长征、抗日、解放战争、抗美援朝，与死神擦边更是千回百次。井冈山失守，"石子要过刀，茅草要过火"，未死；长征始发，彭德怀为先锋，血染湘江，八万红军，死伤五万，未死；抗日，鬼子"扫荡"，围八路军前方指挥部，副参谋长左权牺牲，彭德怀奋力突围，未死；转战陕北，彭德怀身为一线指挥，以两万兵敌胡宗南二十八万，几临险境，未死；朝鲜战争，敌机空袭，大火吞噬志愿军指挥部，参谋毛岸英等遇难，彭德怀未死。

毛泽东对他曾是极推崇和信任的。长征途中曾有诗赠彭德怀："山高路远坑深，大军纵横驰奔，谁敢横刀立马？唯我彭大将军！"

十大元帅中，毛泽东除对罗荣桓有一首悼亡诗外，对部下赠诗直夸其功，这也是唯一一首了。抗日战争，彭德怀任八路军副总司令，后期朱老总回延安，他实际在主持总部工作。解放战争初期，彭德怀转战西北更是直接保卫党中央、毛主席。朝鲜战事起，高层领导意见不一，毛泽东急召彭德怀从西北回京，他坚决支持毛泽东出兵抗美，并受命出征。三次战役较量，打破了美军不可战胜的神话。杜鲁门总统事先没有通知朝战司令麦克阿瑟，就直接从广播里宣布将他撤职，可见其狼狈与恼怒之状。从平江起义到庐山会议，这时彭德怀的革命军旅生涯已三十多年，他的功劳已不是按战斗、战役能计算清的，而是要用历史时期的垒砌来估量。蔡元培评价民国功臣黄兴说："无公则无民国，有史必有先生。"此句亦可用于彭：无彭则无军威，有军必有先生。他不愧为国家的功臣、军队的光荣。

如果彭德怀到此打住，当他的元帅，当他的国防部长，可以善终，可以保官、保名、保一个安逸的日子。战争过去，天下太平，将军挂甲，享受尊荣，这是多么正常的事情。林彪不是就不接赴朝之命，养尊处优多年吗？但彭德怀不是这样的人。他是军人，更是人民的儿子。打仗只是他为国、为民尽忠的一部分。战争结束，忠心未了，民又有疾苦，他还是要管、要争。

没有倒在枪炮下，却倒在一封谏书前

1959年，新中国成立十周年。对战争驾轻就熟的共产党领袖们在经济建设上遇到了新问题，并发生了严重分歧。毛泽东心急，步子要快一些，周恩来从实际出发，觉得应降降温，提出"反冒进"。毛泽东说，你"反冒进"，我反"反冒进"，并多次批周恩来。怎么估计当前的经济形势，下一步该怎么办？在这样的背景下，中央召开了庐山会议，会议之初，毛泽东已接受一些反"左"意见，分歧已有一点小小的弥合。但彭德怀还是不放心。会前，他到农村做过认真的调查，亲眼见到人民公社、大食堂对农村生产力的破坏和对农民生活的干扰，而广大干部却不敢说真话。在小组会上他先后做了七次发言，直陈其弊，就是涉及毛泽东也不回避。他说："现在是个人决定，不建立集体威信，只建立个人威信，是很不正常的，是危险的。"

在庐山176号别墅，那间阴沉沉的老石头房子里，彭德怀夜不成眠，心急如焚。他知道毛泽东的脾气，他想当面谈谈自己的看法。他多么想，像延安时期那样，推开窑洞门叫一声"老毛"，就与毛泽东共商战事。或者像抗美援朝时期，形势紧急，他从朝鲜前线直回北京，一下飞机就直闯中南海，主席不在，又驱车直赴玉泉山，叫醒入睡的毛泽东。那次是解决了问题，但毛泽东也留下一句话："只有你彭德怀才敢搅了人家的觉。"现在彭德怀犹豫了，他先是想，最好面谈，踱步到了主席住处，但卫士说主席刚休息。他不敢再搅主席的觉，就回来在灯下展纸写了一封信。这真的是一封信，一封因公而呈私人的信，抬头是"主席"，结尾处是"顺致敬礼！彭德怀"。连个标题也没有，不像文章。后人习惯把这封信称为"万言书"，其实它只有三千七百字。他没有想到，这封信成了他命运的转折点，全党也没有想到，党史因这封信有了一大波折。这封信是党史、国史上的一个拐点，一块里程碑。

彭德怀是党内高级干部中第一个犯颜直谏、站出来说真话的人。随着历史的推进，人们才越来越明白，彭德怀当年所面对的绝不是一件具体的事情，而是一种制度、一种作风。当时毛泽东在党内威望极高，至少在一般人看来，他自主持全党工作以来还没有犯过任何错误。而彭德怀对毛泽东所热心的"大跃进"、人民公社、公共食堂提出了非议，这要极大的勇气。对毛泽东来说，接受意见也要有相当的雅量。梁漱溟在新中国成立初就农村问题与毛泽东争论时就直言，我倒要看看你有没有这个雅量。毛泽东对党外民主人士常有过人的雅量，这次对党内同志却没有做到。

彭德怀与毛泽东相处三十多年，深知毛泽东的脾气，他将个人的得失早置之脑后。果然，会上，他被定为反党分子，会后被撤去国防部长之职，林彪渔翁得利。庐山上的会议开完，不久就是国庆，又恰逢十年大庆，按惯例彭德怀是该上天安门的，请柬也已送来。彭德怀说我这个样子怎么上天安门，不去了。他叫秘书把元帅服找出来叠好，把所有的军功章找出来都交上去。秘书不忍，看着那些金灿灿的军功章说："留一个作纪念吧。"他说："一个不留，都交上去。"当年居里夫人得了诺贝尔奖后，把金质奖章送给小女儿在地上玩，那是一种对名利的淡泊；现在彭德怀把军功章全部上交，这是一种莫名的心酸。

没几天，他就搬出中南海到西郊挂甲屯当农夫去了。他在自己的院子里种了三分地，把粪尿都攒起来，使劲浇水施肥。他要揭破亩产万斤的神话。经请示毛泽东同意后，1961年11月他回乡调查了四十六天，写了五篇共十多万字的调研报告，涉及生产、工作、市场等，甚至包括一份长长的农贸市场价格清单，如木料一根两元五角，青菜一斤三到六分。他固执、朴实，真是一个农民，他还是当年湘潭乌石寨的那个真伢子。夫人浦安修生气地说："你当你的国防部长，为什么要管经济上的事？"他说："我看到了就不能不管。"生性刚烈的毛泽东希望他能认个错，好给个台阶下。但耿介的彭德怀就是不低头。

有时候一个人的命运、成败也许就是性格注定。庐山会议结束，彭德怀被扣上"反党集团头子"的帽子，其身份与阶下囚也相距不远。当大家都准备下山时，会务处打来一个电话，说为首长准备了一批上等的庐山云雾茶，问要不要买几斤，还特意说这种茶街上买不到。彭德怀大怒："街上买不到，为什么不拿到街上去卖？尽搞这些鬼名堂，市场能不紧张？"他还特别嘱咐秘书给接待处打一个电话："这是一种坏风气，以后不能再搞。"秘书提醒他，这种时候还是不要管这事吧。他无奈地说："看来我这脾气，一辈子也改不了。"

被贬的日子里，他一次次地写信为自己辩护。写得长一点的有两次。一次是在1962年的"七千人大会"前，他正在湖南调查，听说中央要开会纠"左"，他高兴地迅速回京，给中央写了一封八万字的信。庐山会议已过去了三年，时间已证明他的正确，他觉得可以还他一个清白了。但就在这个会上他又被点名批了一通，他绝望了。"文化大革命"期间，这位打败过日军、美军的战神被一群红卫兵娃娃玩弄于股掌，被当作囚犯关押、游街、侮辱。

他在狱中写了一份《自述》，作为交代材料。那是一份长长的辩护词，细陈自己的历史，又是八万字，是用在《朝鲜停战协议》上签字的那支派克笔写的，写在裁下来的《人民日报》的边条上。他给专案组一份，自己又抄了一份。这份珍贵的手稿几经周转，亲人们将它放入一个瓷罐，埋在乌石寨老屋的灶台下，直到"文化大革命"结束才重见天日。那年，我到乌石寨去寻访彭总遗踪，印象最深的就是这个黑乎乎的灶台和堂屋里彭德怀回乡调查时接待乡亲们的几条简陋的长板凳。

他愤怒了，1967年4月1日给主席写了最后一封信，没有下文。4月20日他给周总理写了最后一封信，这次没有提一句个人的事，却说了一件很具体的与己无关的小事。他在西南工作时看到工业石棉矿渣被随意堆在大渡河两岸，常年冲刷流失很是可惜。这是农民急缺的一种肥料，他说，这事有利于工农联盟，我们不能搞了工业忘了农民。又说这么点小事本不该打扰总理，但我不知该向谁去说。这时虽然他的身体也在受着痛苦的折磨，但他的心已经很平静，他自知已无复出的可能，只是放心不下百姓。这是他对中央的最后一次建议。

毛泽东在庐山会议后对彭德怀的评价只有一次比较客观。那是1965年，在彭德怀赋闲六年后，中央决定给他一点工作，派他到西南大三线去。临行前，毛泽东说："也许真理在你一边。"但这个很难得的转机又立即被"文化大革命"的洪水所淹没。彭德怀最终还是死于"文化大革命"冤狱之中。"文死谏，武死战"，他这个功臣没有死于革命战争却死于"文化大革命"，没有倒在枪炮下，却倒在一封谏书前。

二死其身，既经受住了"武死战"的考验，又通过了"文死谏"的测试

现在我们终于明白了"文死谏"的含义，它远比"武死战"要难。当一个将军在硝烟中勇敢地一冲时，他背负的代价就是一条命，以身报国，一死了之。敢将热血洒疆场，博得烈士英雄名。而当一个文臣坚持说真话，为民请命时，他身上却背负着更沉重的东西。首先可能失宠，会丢掉前半生的政治积累，一世英名毁于一纸；其次，可能丢掉后半生的政治生命，许多未竟之业将成泡影；最后，可能丢掉性命。更可悲的是，武死，死于战场，死于敌人之手，举国同悲同悼，受人尊敬；文死，死于不同意见，死于自己人之手，黑白不清，他将要忍受长期的屈辱、折磨，并且身后落上一个冤名。这就加倍地考验一个人的忠诚。彭德怀因为这封说真话的信，前半生功名全毁，任人批判谩骂为"右倾""反党""叛国""阴谋家"，扣在他背上的是一口何等沉重的黑锅。在监禁中他被病痛折磨得在地上打滚，欲死不能。而现在我们看到的哨兵关押记录竟是这样的文字："我看这个老家伙有点装模作样。""这个老东西从报上点他名后就很少看报。"这就是当时一个普通士兵对这个开国老帅的态度。可知他当时的处境，其所受之辱更甚于韩信钻胯。而许多旧友亲朋，

早已不敢与他往来，就连妻子也已提出与他离婚。

据统计，庐山会议后，全国有三百万人被打为"右倾机会主义分子"。一纸薄薄的谏书怎承载得起这样的压力？其时其境，揪斗可死，游街可死，逼供可死，加反党名可死，诬叛国罪可死。"文化大革命"中有多少老干部不堪其辱而自杀啊！但是，彭德怀忍过来了，他要"留取丹心照汗青"，他相信历史会给他一个清白。他在庐山上对毛泽东说过："我一不反党，二不自杀。"

就这样，经三十年的革命战争生涯后，他又有十五年的时间被批判、赋闲、挨斗、监禁，然后含冤而去。他是1974年11月去世的，骨灰被化名"王川"，送往成都一普通陵园。当时周恩来已在病中，特嘱此骨灰盒要妥善保存，经常检查，不得移位换架。直到四年后的1978年他才得以平反。当骨灰撤离成都从陵园到机场时，人们才明真相，泣不成声。专机落地前在北京上空环绕三圈，以慰忠臣之心。

中国古代，君即国，所以传统的忠臣就是忠君。但"君"和"国"毕竟还有不同。就是在古代，真正的忠臣也是：为民不为君，忧国不惜命。朗朗吐真言，荡荡无私心。既然为"臣"，当然是领导集团的一员，上有"君"下有民。他要处理好的第一个难题就是对领袖负责还是对人民负责。当出现矛盾时，唯民则忠，唯"君"则奸。"民为贵，社稷次之，君为轻"，真正的忠臣，并不是"忠君"，而是忠于国家、民族、人民。像海瑞那样，宁愿坚持真理，冒犯皇帝去坐牢。而彭德怀在毛泽东号召学海瑞后，真的在案头常摆着一本线装本《海瑞集》。第二个难题是敢不敢报真情，提中肯的意见，说逆耳的话。所谓犯颜直谏，就是实事求是，纠正上面的错误，准备承担"犯上"的最坏后果。这是对为臣者的政治考验和人格考试。"谏"文化成了中国传统政治文化中一个特有的内容。披阅中国历史，我们会发现一串长长的冒死也要说真话的忠臣名单：比干剖心，屈原投江，魏徵让唐太宗动了杀心，海瑞被打入死牢，林则徐被充军新疆……他们都是"不说真话毋宁死"的硬汉子。现在这个名单上又添了一个彭德怀。

彭德怀爱领袖，更爱真理；珍惜自己的生命，更珍惜国家的前途。他浴血奋战三十年，不知几死，经受住了"武死战"的考验；庐山会议三十天的争论和其后十五年的折磨，他又不知几死，通过了"文死谏"的测试。他是一位为人民、为国家二死其身的忠臣。

人民永远记住了庐山上的那场争论，记住了彭德怀。

2007年7月24日

带伤的重阳木

毛泽东有一首词，里面有一句："岁岁重阳，今又重阳。"今年重阳节刚过我就到湖南湘潭来看一棵树，树名重阳木。开始听到这个名字我还以为是当地人的俗称。后来一查才知道这就是它的学名。大戟科，重阳木属。产长江以南，根深树大，冠如伞盖，木质坚硬，抗风、抗污能力极强，常被乡民膜拜为树神。能以它为标志命名为一个属种，可见这是一种很常规、很典型的树。湘潭是毛泽东的家乡，也是彭德怀的家乡，我曾去过多次，而这次却是专门为了这棵树，为了这棵重阳木。

这棵重阳木长在湘潭县黄荆坪村外的一条河旁，河名流叶河，从上游的隐山流下来的。隐山是湖湘学派的发祥地，南宋时胡安国在这里创办"碧泉书院"，后逐渐发展成一个著名学派，出了周敦颐、王船山、曾国藩、左宗棠等不少名人。现隐山范围内还有左宗棠故居、周敦颐的濂溪书堂等文化景点。这条河从山里流出，进入平原的人烟稠密地带后，就五里一渡，八里一桥，碧浪清清，水波映人。而每座桥旁都会有一两棵枝繁叶茂的大树，供人歇脚纳凉。我要找的这棵重阳木就在流叶桥旁，当地人叫它"元帅树"，和彭德怀元帅的一段逸事有关。

我们到达的时候已是午后，太阳西斜，远山在天边显出一个起伏的轮廓，深秋的田野上裸露着刚收割过的稻茬，垄间的秋菜在阳光下探出嫩绿的新叶。河边有农家新盖的屋舍，远处有冉冉的炊烟，四野茫茫，寥廓江天，目光所及，唯有这棵大树，十分高大，却又有一丝的孤独。这树出地之后，在两米多高处分为两股粗壮的主干，不即不离并行着一直向天空伸去，枝叶遮住了路边的半座楼房。由于岁月的侵蚀，树皮高低不平，树纹左右扭曲，如山川起伏，河流经地。我们想量一下它的周长，三个人走上前去伸开双臂，还是不能合拢。它伟岸的身躯有一种无可撼动的气势，而柔枝绿叶又披拂着，轻轻地垂下来，像是要亲吻大地。虽是深秋，树叶仍十分茂密，在斜阳中泛着粼粼的光。五十五年前，一个人们永远不会忘记的故事就发生在这棵树下。

1958年，那是共和国历史上的特殊年份，也是彭德怀心里最纠结不解的一年。还是在上年底，彭德怀就发现报上出现了一个新名词："大跃进"。他不以为然，说跃进是质变，就算产量增加也不能叫跃进呀。转过年，1958年的2月18日，彭德怀为《解放军报》写祝贺春节的稿子，就把秘书拟的"大跃进"全改成了"大发展"。而事有凑巧，同天《人民日报》发表毛泽东修改过的社论却在讲"促进生产大跃进"。也许从这时起，彭德怀的头脑里就埋下了一粒疑问的种子。3月中央下发的正式文件说："这是一个社会主义的生产大跃进和文化大跃进的运动"。接着中央在成都开会，毛泽东在会上的讲话意气风发、势如破竹。彭德怀也被鼓舞得热血沸腾。8月北戴河会议通过《关于在农村建立人民公社的决议》，并要求各项工作"大跃进"，钢产量比上年要翻一番，彭也举手同意。

会后的第二天他即到东北视察，很为沿途的跃进气氛所感动。他向部队讲话说："过去唱'起来，饥寒交迫的奴隶'，中国人民几千年饿肚子，今年解决了。今年钢产量一千零七十万吨，明年两千五百万吨，'一天等于二十年'，我是最近才相信这番话的。"10月他到甘肃视察，看到盲目搞大公社致使农民杀羊、杀驴，生产资料遭破坏，公社食堂大量浪费粮食，社员却吃不饱，又心生疑虑。回到北京，部队里有人要求成立公社，要求实行供给制。他说："这不行，部队是战斗组织，怎么能搞公社？不要把过去的军事共产主义和未来'各尽所能，按需分配'的共产主义分配混为一谈。"12月中央在武汉召开八届六中全会，说当年粮食产量已超万亿斤，彭德怀说怕没有这么多吧，被人批评保守。他就这样在痛苦与疑惑中度过了1958年。

武汉会议一结束，彭德怀没有回京，便到湖南做调查，他想家乡人总是能给他说些真话。湖南省委书记周小舟陪同调查，他介绍说全省建起5万个土高炉，能生火的不到一半，能出铁的更少。而为了炼铁，群众家里的铁锅都被收缴，大量砍伐树木，甚至拆房子、卸门窗。

彭德怀没有住招待所，住在彭家围子自己的旧房子里。当天晚上乡亲们挤满了一屋子，七嘴八舌说社情。他最关心粮食产量的真假，听说有个生产队亩产过千斤，他立即同干部打着手电步行数里到田边察看。他蹲下身子拔起一蔸稻子，仔细数秆、数粒。他说："你们看，禾蔸这么小，秆子这么瘦，能上千斤？我小时种田，一亩五百，就是好禾呢。"

他听说公社铁厂炼出六百四十吨铁，就去看现场，算细账，说为了这一点铁，动用了全社的劳力，稻谷烂在地里，还砍伐了山林，这不合算。他去看公社办的学校，这里也在搞军事化，从一年级开始就全部住校。寒冬季节，门窗没有玻璃，冷风飕飕直往屋里灌。孩子们住上下层的大通铺，睡稻草，尿床，满屋臭气。食堂吃不饱，学生们面有菜色。他说："小学生军事化，化不得呀！没有妈妈照顾要生病的。快开笼放雀，都让他们回去吧。"当天学生们就都回了家，高兴得如遇大赦。

彭德怀这次回乡住了两个晚上一个白天，看了农田、铁场、学校、食堂、敬老院。他用筷子挑挑食堂的菜，没有油水。摸摸老人的床，没有褥子，眉头皱成了一团。他说："这怎么行，共产主义狂热症，不顾群众的死活。"那天，他从黄荆坪出来看见一群人正围着一棵大树，熙熙攘攘，原来又是在砍树。他走上前说："这么好的树，长成这个样子不容易啊。你们舍得砍掉它？让它留下来在这桥边给过路人遮点阴凉不好吗？"这时大树的齐根处已被斧子砍进一道深沟，青色的树皮向外翻卷，木质部已被剁出一个深窝，雪白的木茬飞满一地。而在桥的另一头，一棵大槐树已被放倒。他心里一阵难受，像是在战场上看到了流血倒地的士兵，紧绷着嘴一句话也不说，便默默地上了车，接着前去韶山考察人民公社。周小舟见状连忙吩咐干部停止砍树，这天是1958年12月17日。

这个彭老总护树的故事，我大约三年前就已听说，一直存在心里，这次才有缘到现场一看。这棵重阳木紧贴着石桥，桥边有一座房子，房主老人姓欧阳，当年他正在现场，讲述往事如在眼前。他印象最深的还是那句话：给老百姓留一点阴凉！

我问那棵阻拦不及而被砍掉的古槐在什么位置，老人顺手往桥那边一指，桥外是路，路外是收割后的水田，一片空茫，我就去凭吊那座古桥。这是一座不知修于何年何月的老石桥，由于现代交通的发达，旁边早已另辟新路，它也被弃而不用，但石板仍还完好，桥正中留有一条独轮车碾出的深槽。石板经过无数脚步、车轮，还有岁月的打磨，光滑得像一面镜子，在夕阳中静静地沉思着。车辙里、栏杆底下簇拥着刚飘落的秋叶，这桥还在不停地收藏着新的记忆。

我蹲下身去，仔细察看树上当年留下的斧痕。这是一个方圆深浅都近一尺的树洞，可知那天彭总喝退刀斧时，这可怜的老树已被砍得有多深。我们知道，树木是通过表皮来输送营养和水分的，五十五年过去了，可以清晰地看到，树皮小心地裹护着树心，相濡以沫，一点一点地涂盖着木质上的斧痕，经年累月，这个洞在一圈一圈地缩小。现在虽已看不到裸露的伤口，但还是留下了一个凹陷着的脸盆大的疤痕。疤痕成一个圆窝形，这令我想起在气象预告图上常见的海上风暴旋动的窝槽，又像是一个旧社会穷人卖身时被强按的红手印，似有风雨、哭喊、雷鸣回旋其中。

五十五年的岁月也未能抚平它的伤痛，就像一只受伤的老虎，躲在山崖下独自舔着自己的伤口，这棵重阳木偎在石桥旁，靠树皮组织分泌的汁液，一滴一滴地填补着这个深可及骨的伤洞。我用手轻轻抚摸着洞口一圈圈干硬的树皮，摸着这些枯涩的皱褶，侧耳静听着历史的回声。

彭德怀湘潭调查之后，又回京忙他的军务。但"大跃进"的狂热，遍地冒烟的土高炉，田野里无人收割的稻谷、棉花，公社大食堂没有油水的饭菜，一幕一幕，在他的脑子里总是挥之不去。转过年，就是1959年，彭德怀万没有想到这竟是他人生的转折之年，也是中国共产党命运的转折之年。其时"大跃进"、人民公社造成的经济败象已逐渐显露出来，这年7月中央在庐山召开会议准备纠"左"，彭根据他的调查据实给毛泽东写了一封信。他不知道，毛泽东是绝不允许别人否定"大跃进"、人民公社的，于是雷霆震怒，就将他及支持他意见的黄克诚、张闻天、周小舟一起打成"彭、黄、张、周反党集团"。从此，党内高层噤若寒蝉，再也听不到不同意见，党和毛泽东的自我纠错能力也日弱一日，直到发生"文化大革命"大难。

彭德怀生性刚正不阿，又极认真。罢官后他被安置在北京郊外一处荒废的院子里，就自己开荒、积肥、种地，要验证那些亩产千斤、万斤的神话。1961年9月他再次向毛泽东写信申请回乡调查。这又是一个寒冷的冬季，他回乡住了一个多月。经过1958年的大砍伐，家乡举目四望，已几乎看不到一棵树。他对陪同人员说："你看山是光秃秃的，和尚脑壳没有毛。我二十三四岁时避难回家种田，推脚子车（独轮车）沿湘河到湘潭，一路树荫，都不用戴草帽。再长成以前那样的山林，恐怕要五十年、八十年也不成。现在农民盖房想找根木料都难。"

他一共写了五个调查报告,其中有一个是专门在黄荆坪集市调查木料的价格。回京后他给家乡寄来四大箱子树种,嘱咐要想尽法子多种树。他念念不忘栽树、护树,是因为这树连着百姓的命根子啊。

他虽是戎马一生,在炮火硝烟中滚爬,却是爱绿如命。抗日战争中,八路军总部设在山西武乡。山里人穷,春天以榆钱(榆树花)为食。彭德怀就在总部门口栽了一棵榆树,现在已有参天之高,老乡呼之为"彭总榆",成了永久的纪念。

1949年,他率大军进军西北,驻于陕西白水县之仓颉庙外。庙中有"二龙戏珠"古柏一株。炊事班做饭无柴,就爬上树将那颗"珠子"割下来烧了火。彭德怀严肃批评并当即亲笔书写命令一道:"全体指战员均须切实保护文物古迹,严格禁止攀折树木,不得随意破坏。"这命令现在还刻在树下的石头上。

彭总不忘百姓,百姓也不忘彭总。他的冤案昭雪之后,这棵重阳木就被当地群众称为"元帅树",年年祭奠,四时养护。我在树旁看到农民刚砌好的一口井,上面也刻了"元帅井"三个字。而树下还有一块石碑,辨认字迹,是1998年有一个企业来领养这棵树,国家林业局还为此正式发了文,并作了档案记录。那年它的树龄是四百九十年,树高二十米,胸径一点二米。又十五年过去了,这树已过五百大寿,更加高大壮实。彭总又回到了湘潭大地,回到了人民群众之中。

因为当年回乡调查是周小舟陪同,他在庐山上又支持彭德怀的意见,也被罚同罪,归入"反党集团"。周小舟也是湘潭人,他的故居离这棵重阳木只有二里地,我顺便又去拜谒。这是一座白墙黑瓦的小院,典型的湘中民居。周小舟在这里度过了童年,后来到北方学习,参加革命,领导"一二·九运动",极有才华。因为到延安汇报工作，被毛泽东看中，便留下当了一年的秘书。后又南下，直到任湖南省委书记。

毛泽东本是十分欣赏他的，1956年曾对他说："你已经不是小舟了，你成了承载几千万人的大船。"可惜他和彭德怀一样，也是为民请命不顾命的人。庐山会议后，他一下子从省委书记被贬为一个公社副书记。但他还是尽自己所能保护百姓。在那个非常时期中他的公社是最少饿肚子的。

看过这棵重阳木的当晚，我夜宿韶山，窗外就是毛泽东广场，月光如水，"共产党最好，毛主席最亲"的老歌旋律在夜空中轻轻飘荡。我清理着白天的笔记和照片，很为毛泽东未能听取彭德怀、周小舟的逆耳忠言而遗憾。周小舟曾是他的秘书，而彭德怀从长征到抗美援朝，也是他很倚重的人，毛泽东曾有诗"谁敢横刀立马？唯我彭大将军"，但终因政见不合，自损大将，自折手足。谁能想到三个曾经出生入死的战友、忠诚共事的同志、不出百里的老乡，在庐山上面对自己家乡的同一堆调查材料，却得出不同的结论，翻脸为仇，指为"反党"。这真是一场悲剧。

直到1965年，毛泽东才重新起用彭德怀，并说："也许真理在你那边。"但这一点友谊和真理的回光又很快被第二年开始的"文化大革命"的狂潮所吞灭。现在毛泽东、彭德怀、周小舟三人都早已作古。"岁岁重阳，今又重阳"，人们年复一年地讲述着重阳木的故事，三个战友和老乡却再也不能重聚。这棵重阳木却不管寒往暑来，风吹雨打，还在一圈一圈地画着自己的年轮。我想，随着岁月的流逝，中国大地上如果要寻找1958年到1959年那场灾难的活着的记忆，就只有这棵重阳木了，而且这记忆还在与日俱长，并随着尘埃的落定日见清晰，它是一部活着的史书。

作为自然生命的树木却能为人类书写人文记录，这真是万物有灵，天人合一。它还会超出我们生命的十倍、百倍，继续书写下去。

半个多世纪后,当人们再来树下凭吊时,也许那伤口已经平复,但总还会留下一个疤痕。树木无言,无论功过是非,它总是在默默地记录历史。正是:

> 元帅一怒为古树,喝断斧钺放生路。
> 忍看四野青烟起,农夫炼钢田禾枯。
> 谏书一封庐山去,烟云缈缈人不复。
> 唯留正气在人间,顶天立地重阳木。

麻田有座彭德怀峰

彭德怀元帅生前不喜照相,一生留下的照片不多,但有一幅特别经典。那是他指挥百团大战时,身先士卒,在距敌只有五百米的交通壕里,双手举着望远镜瞭望敌情,神清气定,巍然如山。我每每翻阅有关彭总的书籍、资料时,总能遇到这幅照片。但是,当我在天地之间,在群山峻岭中又发现这幅杰作时,一时更惊得目瞪口呆。

去年秋,我有事去山西,办完正事,想了却一个心愿,就到左权县参观八路军总部旧址。抗战八年,八路军总部共转移驻地八十次,但驻扎时间最长的是在左权县麻田镇,前后两次共四年,一千四百五十七天。彭德怀作为前线最高首长在这里指挥了最艰苦阶段的抗战。这是一块群山环抱的小平原,中间有清漳河水流过,可种麦、种稻,还可养鱼、栽藕。这在北方的太行山深处,真是天赐福地。那天我们是上午进山的,一路上脑子里总是想着电影里、书上见过的那些烽火岁月。车子刚拐过一个山口,突然迎面扑来了一座山峰,主人指着说:"快看!"看到了什么?一个巨大的身影,一整座山峰就是一个人。这时车子也停了,我们立即跳下车,"天啊!这不是彭总吗?"这整座山就是彭德怀那张经典照的剪影,惟妙惟肖,出神入化。

参观完总部旧址,我们还从原路返回,不由得在彭德怀峰前又停了下来,留恋再三,不忍离去。刚才参观时,陈列室里将彭总的真人照与这张山影照叠放在一起,两两相似,几乎是原图放大,看者无不叫绝。彭德怀去世后无碑、无坟,甚至骨灰都不许用真名,不许存放北京。但在这太行深处，在八路军总部旧址附近却悄悄地长出一座彭德怀峰。难道这是天意？

抗日战争已经胜利七十年了，当年的战场现在已是荷花连连，藕香鱼肥。当年的一颗种子也已长成了参天大树，当年的孩子都成了古稀老人，但是彭总却还是一点没有变。你看他紧锁着眉头，似有所思；微弯的肩背，永在负重；一双粗壮的手臂，举着望远镜，像是架起了整个天空。他栉风沐雨，柱天立地，整个身子与大山已经化为一体。彭总，你还在瞭望什么，思索什么？

他在望着山的那边，硝烟从他的眼前慢慢飘过，他在企求和平，盼望安宁。彭总鞍马一生，凡中国革命最苦、最危险的时刻都有他的身影。土地革命时，王明路线的错误使根据地损失殆尽。他气得大骂："崽卖爷田不心痛！"长征进入陕北，敌骑兵尾追不舍，他在吴起镇布阵，一刀砍掉了这个尾巴。这有点像张飞一声喝断当阳桥。毛兴奋地送诗给他："山高路远坑深，大军纵横驰奔，谁敢横刀立马？唯我彭大将军！"

抗战八年他一直在八路军总部工作。1940年敌疯狂"扫荡"，华北根据地缩小，最困难时只剩下平顺和偏关两个县城。他毅然发起百团大战，一战消灭日伪4.6万余，收复并巩固县城二十六座。毛泽东高兴地来电："百团大战真是令人兴奋，像这样的战斗是否还可以组织一两次？"解放战争，转战陕北，彭德怀率两万五千人与胡宗南的二十四万大军周旋，敌我军力十比一。半年中四战四捷歼敌过半，活捉了五个师、旅长。你看他指挥大战时何等镇定。他的副手习仲勋事后在《彭总在西北战场》中有这样一段回忆：

使我永远难忘的是，蟠龙镇战斗之前，敌主力部队摆成长宽几十里的方阵，铺天盖地向北扑去。而我野战军指挥机关，就驻扎在这"方阵"当中的一个小山沟里。我们周围山头四面八方都有狂呼乱叫的敌人，大家都很紧张，人人都持枪在手。侦察员和参谋们不断送来十万火急的报告，我焦灼地在窑洞里来回走动。而彭总却若无其事地躺在我身边的炕上，聚精会神地思考着马上就要进行的战斗如何打。敌人刚从头顶上过去，他立刻跳下炕，率领我们向蟠龙镇扑去。"敌人向北，咱们向南，各办各的事噢！"

新中国成立后，别人都解甲归田了，他又挂帅出征打了一场朝鲜战争。在彭总的大半生里，眼前总是过不尽的硝烟。就在他临去世前的几年，中国大地上又起"文化大革命"之乱。而这时他却成了"革命"的对象，成了造反派手中的"战俘"。他在铁窗中愤怒地以头撞墙，无奈地望着外面打、砸、抢的硝烟，听着大喇叭里的狂喊，郁郁地离开了人世。

他在望着远处的村庄，白云从眼前飘过，脚下是一望无际的藕田。他还在关心民生，不知现在老百姓的日子过得怎么样？彭德怀穷苦出身，十三岁下窑挖煤，十五岁当堤工挑泥，十八岁吃粮当兵。他一生总是念着百姓的苦。

八路军总部驻麻田四年，正是中国抗战史上黎明前的黑暗。军队浴血奋战，百姓苦苦支撑。为什么发动百团大战，彭自述，一个重要原因是敌步步压迫，根据地已缩小成来回拉锯的游击区，百姓要负担敌我两头的供应，已经无法生存。他奋起一战痛歼日伪，根据地重见明朗的天，老百姓又过上正常的日子。

1942年北方大旱，紧邻的国统区河南饿殍遍野，山西根据地却无一人饿死。彭令机关每人每天节约二两粮，救济灾民。军队开荒种地，任务到人，就连军马也要下地。警卫员不忍心用他的马去拉犁，他说："我都要下地，我的马还能搞特殊？"春荒难熬，他命令部队不得与民争食，附近山上的野菜一苗不许动，部队度荒只可捋树叶、扒树皮。他带领战士筑坝引渠，为百姓浇地，又垒石架桥，方便百姓出行。

1979年,"文化大革命"刚结束不久,麻田村的一位老房东到北京看望当年曾住麻田的一个老干部,一见面就说:"你还没死呀?"这位同志以为是说他"文化大革命"大难不死,便答:"活得好呢。"不想老房东大怒:"我以为你们都死光了呢!"对方问:"什么意思?"房东说:"没有死光?老彭挨整时,你们怎么没有一个人出来说话!"

麻田人没有忘记彭总,中国的老百姓没有忘记彭总。是他在1959年的庐山会议上说出了"大跃进"带来的经济危机,说出了人民公社让百姓饿肚子,才被打成反党分子,从此就再也没有翻身。夫人说:"你是国防部部长,为什么要管经济上的事?"他说:"我是政治局委员,不能不管百姓死活。"他一个军队的元帅,到基层视察却总要到百姓家里掀掀缸盖,摸摸炕席,问问吃穿。1958年回家乡调查,听说有亩产千斤的高产田,他不信,连夜打着手电到地里数秧苗。去看公共食堂,他用勺子在大锅里搅了一圈,一锅青菜汤,他说这食堂散了吧。就这样,他为民请命,丢掉了政治生命直至肉体生命。

秋凉如水,残阳如血。他颤抖的手臂好像就要托不动这个沉重的望远镜了。太行山和湘江相隔万里,他在遥望家乡,想亲人何时能团圆,也愿天下家庭都幸福。彭德怀政治上不顺,生活中也是一个苦命人,父母早亡,两个弟弟是最近的亲人。但是,1940年10月,就在他正举镜望敌,指挥百团大战时,国民党发动第二次反共高潮,血洗了他在湘潭的家,枪杀了他的两个弟弟,弟媳重伤,侄子们逃亡在外。他的结发妻子成了"匪属",亡命他乡,后只好嫁人。

1938年彭德怀与浦安修结婚,这对患难夫妻在炮火中不知几过生死关。1942年5月的"大扫荡"是最危险的一次,麻田撤退,我后方机关被打散，损失惨重。左权副参谋长牺牲。浦安修死里逃生，彭德怀在事后集合队伍，清点人数时才意外地发现她还活着。但就是这样的患难夫妻在1959年后的"反右倾"政治高压下，妻子提出离婚，彭德怀一人在孤苦中走完挨批斗、坐牢和病痛折磨的最后历程。

彭德怀无子女，格外爱怜两个弟弟留下的遗孤。1949年一进城就把六个衣食无着的孩子全接到北京上学。6月他在北京饭店开会，利用一个周末，把他们接来，这是他和侄儿们的第一次见面。警卫员要去订个房间，他说不要增加国家负担。就和孩子们在地毯上打地铺，一晚上他看着这六个苦水里泡大的孩子，一会儿摸摸这个的脑袋，一会儿又给那个掖掖被子。十年后，他庐山受难，为不使亲人受牵连，他断然不许孩子们再来看他。但侄儿们还是未能免祸，被下放、批斗、围攻，赶出北京。

他那两任早已离异的妻子，也被无数次地批斗。他在吴家花园被软禁的日子，不但亲人被隔绝，就连老战友也不能再见面，一位老部下知道他每天要出来散步，便守在进出的路上，希望能远远看上一眼。为免株连，他发现后立即转身。"文化大革命"前安排他到成都工作，他意外地知道老部下、志愿军副司令员邓华住在成都，便乘夜色去访，但走到楼下，犹豫再三，又折返回来。他不愿因自己再牵连任何人。他是一个最重亲朋感情的人，但在他身上，这种天赋之爱却被一而再、再而三地剥夺一空。

抗日战争的胜利是近代史上中华民族第一次洗却屈辱，扬眉吐气。国家民族摆脱了屈辱，作为八路军副总司令的彭德怀却在无尽的屈辱中受尽折磨。在"文化大革命"蒙难的国家领导人中，彭德怀是最冤最苦的一个。虽然他像张闻天一样，同被打成反党分子，死后又都不许用真名，但张闻天在晚年被发配外地，远离政治旋涡，还算平静；虽然他像刘少奇一样被百般折磨而死，但刘少奇身后还有子女为其争公平；虽然他像周总理一样没有子女，但周总理还有一个坚强的妻子陪伴终生。十帅之中，他是经历战争、战役、战斗最多的一个，也是挨自己人的批判、斗争和拳打脚踢最多的一个。生前他被比作海瑞来批判，其实他只有在耿直这一点上像海瑞，他更像岳飞、于谦、袁崇焕，是中国历史上功劳最大却下场最惨的一类功臣。

  秋风夕阳中我静静地伫望着这座彭德怀峰。中国大地上有无数的名山，名山里有无数象形的山峰。但怎么恰恰就在彭总曾冒着炮火手举望远镜指挥战斗的地方，长出了这样一座举镜远望的彭德怀峰呢？中国哲学，天人合一。一个人，只要人民心里念叨他，在大自然中就总能找到他。太行山孕育了八路军，孕育了彭德怀这样的英雄。英雄替天行道，天地就来为英雄造像扬名。彭总不死，他在望世界，望后人，他还在望穿秋水，求索人生。

2015 年 5 月 5 日

第三章

上下求索

觅渡，觅渡，渡何处？

　　常州城里那座不大的瞿秋白纪念馆，我已经去过三次，从第一次看到那个黑旧的房舍，我就想写篇文章。但是六个年头过去了，还是没有写出。瞿秋白实在是一个谜，他太博大深邃，让你看不清摸不透，无从写起但又放不下笔。

　　去年我第三次造访瞿秋白故居时，正值他牺牲60周年，地方上和北京都在筹备关于他的讨论会。他就义时才三十六岁，可人们已经纪念了他六十年，而且还会永远纪念下去。是因为他当过党的领袖？是因为他的文学成就？是因为他的才气？是，又不全是。他短短的一生，就像一幅永远读不完的名画。

　　我第一次到纪念馆是1990年，纪念馆本是一间瞿家的旧祠堂，祠堂前原有一条河，河上有一桥叫觅渡桥。一听这名字我就心中一惊，觅渡，觅渡，渡在何处？

　　瞿秋白是以职业革命家自许的，但从这个渡口出发，并没有让他走出一条路。八七会议，他受命于白色恐怖之中，以一副柔弱的书生之肩，挑起了统率全党的重担，发出武装斗争的吼声。但是他随即被王明，被自己人的一巴掌打倒，永不重用。后来在长征时又借口他有病，不带他北上。而比他年纪大身体弱的徐特立、谢觉哉等都安然到达陕北，活到了新中国成立。他其实不是被国民党杀的，是为"左"倾路线所杀。是自己的人按住了他的脖子，好让敌人的屠刀来砍。而他先是仔细地独白，然后从容就义。

　　如果瞿秋白是一个如李逵式的人物，大喊一声："你朝爷爷砍吧，二十年后又是一条好汉！"也许人们早已把他忘掉。他是一个书生啊，一个典型的中国知识分子，你看他的照片，一副多么秀气但又有几分苍白的面容。他一开始就不是舞枪弄刀的人。

他在黄埔军校讲课，在上海大学讲课，他的才华熠熠闪光，听课的人挤进礼堂，爬上窗台，甚至连学校的老师也挤进来听。后来成为大作家的丁玲，这时也在台下瞪着一双稚气的大眼睛。瞿秋白的文才曾是怎样折服了一代人。后来成为文化史专家、新中国文化部副部长的郑振铎，当时准备结婚，想求秋白刻一对印，秋白开的润格是五十元，郑付不起转而求茅盾。婚礼那天，秋白手提一手绢小包，说来送礼金五十元，郑不胜惶恐，打开一看却是两方石印。可想他当时的治印水平。秋白被排挤离开党的领导岗位之后，转而为文，短短几年他的著译竟有五百万字。

鲁迅与他之间的敬重和友谊，就像马克思与恩格斯一样完美。秋白夫妇到上海住鲁迅家中，鲁迅和许广平睡地板，而将床铺让给他们。秋白被捕后鲁迅立即组织营救，他就义后鲁迅又亲自为他编文集，装帧和用料在当时都是一流的。秋白与鲁迅、茅盾、郑振铎这些现代文化史上的高峰，也是齐肩至顶的啊。

他应该知道自己身躯内所含的文化价值，应该到书斋里去实现这个价值。但是他没有，他目睹人民沉浮于水火，目睹党濒于灭顶，他振臂一呼，跃向黑暗。只要能为社会的前进照亮一步之路，他就毅然举全身而自燃。他的俄文水平在当时的中国是数一数二的，他曾发宏愿，要将俄国文学名著介绍到中国来。他牺牲后鲁迅感叹说，本来《死魂灵》由秋白来译是最合适的。

这使我想起另一件事，和秋白同时代的有一个人叫梁实秋，在抗日高潮中仍大写悠闲文字，被左翼作家批评为"抗战无关论"。他自我辩解说，人在情急时固然可以操起菜刀杀人，但杀人毕竟不是菜刀的使命。他还是一直弄他的"纯文学"，后来确实也成就很高，一人独立译完了《莎士比亚全集》。现在，当我们很大度地承认梁实秋的贡献时，更不该忘记秋白这样的、情急下用菜刀去救国救民，甚至连自己的珠玉之身也扑上去的人。如果他不这样做，留把菜刀作后用，留得青山来养柴，在文坛上他也会成为一个甚至十个梁实秋。但是他没有。

如果瞿秋白的骨头像他的身体一样柔弱，他一被捕就招供认罪，那么历史也早就忘了他。革命史上有多少英雄，就有多少叛徒。曾是共产党总书记的向忠发、政治局委员的顾顺章，都有一个工人阶级的好出身，但是一被逮捕，就立即招供。此外像陈公博、周佛海、张国焘等高干，还可以举出不少。而秋白偏偏以柔弱之躯，演出了一场泰山崩于前而色不变的英雄戏。

他刚被捕时，敌人并不明他的身份，他自称是一名医生，在狱中读书写字，连监狱长也求他开方看病。其实，他实实在在是一个书生、画家、医生，除了名字是假的，这些身份对他来说一个都不假。这时，上海的鲁迅等正在设法营救他，但是一个听过他讲课的叛徒终于认出了他。特务乘其不备突然大喊一声："瞿秋白！"他却木然无应。敌人无奈只好把叛徒拉出当面对质，这时他却淡淡一笑说："既然你们已认出了我，我就是瞿秋白，过去我写的那份供词就权当小说去读吧。"

蒋介石听说抓到了瞿秋白，急电宋希濂去处理此事。宋在黄埔时听过他的课，执学生礼，想以师生之情劝其降，并派军医为之治病。他死意已决，说："减轻一点痛苦是可以的，要治好病就大可不必了。"当一个人从道理上明白了生死大义之后，他就获得了最大的坚强和最大的从容。这是靠肉体的耐力和感情的倾注所无法达到的，理性的力量就像轨道的延伸一样坚定。

一个真正的知识分子向来是以理行事，所谓士可杀而不可辱。文天祥被捕，跳水、撞墙，唯求一死。鲁迅受到恐吓，出门都不带钥匙，以示不归之志。毛泽东赞扬朱自清宁可饿死也不吃美国的救济粉。秋白正是这样一个典型的已达到自由阶段的知识分子。蒋介石见威胁利诱实在不能使之屈服，遂下令枪决。刑前，秋白唱《国际歌》，唱红军歌曲，泰然自行至刑场，高呼"中国共产党万岁"，盘腿席地而坐，令敌开枪。从被捕到就义，这里没有一点死的畏惧。

如果瞿秋白就这样高呼口号为革命献身，人们也许还不会这样长久地怀念他、研究他。他偏偏在临死前又抢着写了一篇《多余的话》，这在一般人看来真是多余。我们看他短短的一生，斗争何等坚决：他在国共合作中对国民党右派的批驳，在党内对陈独秀右倾路线的批判何等犀利；他主持八七会议，决定发动武装斗争，永远功彪史册；他在监狱中从容斗敌，最后英勇就义，泣天地恸鬼神。这是一个多么完整的句号。

但是他不肯，他觉得自己实在渺小，实在愧对党的领袖这个称号，于是用解剖刀，将自己的灵魂仔仔细细地剖析了一遍。别人看到的他是一个光明的结论，他在这里却非要说一说这光明之前的暗淡，或者光明后面的阴影。这又是一种惊人的平静。就像敌人要给他治病时，他说，不必了。他将生命看得很淡。现在为了做人，他又将虚名看得很淡。

他认为自己是从绅士家庭、从旧文人走向革命的，他在新与旧的斗争中受着煎熬，在文学爱好与政治责任的抉择中受着煎熬。他说以后旧文人将再不会有了，他要将这个典型而痛苦的改造过程如实地录下，献给后人。他说过："光明和火焰从地心里钻出来的时候，难免要经过好几次的尝试，试探自己的道路，锻炼自己的力量。"他不但解剖了自己的灵魂，在这《多余的话》里，还嘱咐死后请解剖他的尸体，因为他是一个得了多年肺病的人。这又是他的伟大、他的无私。

我们可以对比一下，世上有多少人都在涂脂抹粉、挖空心思地打扮自己的历史，极力隐恶扬善。特别是一些地位越高的人越爱这样做，别人也帮他这样做，所谓为尊者讳。而他却不肯。作为领袖，人们希望他内外都是彻底的鲜红，而他却固执地说，不，我是一个多重色彩的人。在一般人是把人生投入革命，在他是把革命投入人生，革命是他人生实验的一部分。当我们只看他的事业，看他从容赴死时，他是一座平原上的高山，令人崇敬；当我们再看他对自己的解剖时，他更是一座下临深谷的高峰，风鸣林吼，奇绝险峻，给人更多的思考。他是一个内心既纵横交错，又坦荡如一张白纸的人。

我在这间旧祠堂里，一年年地来去，一次次地徘徊。我想象着当年门前的小河，河上来往觅渡的小舟。秋白就是从这里出发，到上海办学，去会鲁迅；到广州参与国共合作，去会孙中山；到苏俄去当记者，去参加共产国际会议；到汉口去主持八七会议，发起武装斗争；到江西苏区去，主持教育工作。

他生命短促，行色匆匆。他出门登舟之时一定想到"野渡无人舟自横"，想到"轻解罗裳，独上兰舟"。那是一种多么悠闲的生活，多么美的诗句，是一个多么宁静的港湾。他在《多余的话》里一再表达他对文学的热爱，他多么想靠上那个码头。但他没有，直到临死的前一刻他还在探究生命的归宿。他一生都在觅渡，可是到最后也没有傍到一个好的码头，这实在是一个悲剧。但正是这悲剧的遗憾，人们才这样以其生命的一倍、两倍、十倍的岁月去纪念他。

如果他一开始就不闹什么革命，只要随便拔下身上的一根汗毛，悉心培植，他也会成为著名的作家、翻译家、金石家、书法家或者名医。梁实秋、徐志摩现在不是尚享后人之飨吗？如果他革命之后，又拨转船头，退而治学呢，仍然可以成为一个文坛泰斗。与他同时代的陈望道，本来是和陈独秀一起筹建共产党的，后来退而研究修辞，著《修辞学发凡》，成了中国修辞第一人，人们也记住了他。

可是秋白没有这样做，就像一个美女偏不肯去演戏，一个高个儿男子偏不肯去打篮球。他另有所求，但又求而无获，甚至被人误会。一个人无才也就罢了，或者有一分才干成了一件事也罢了。最可惜的是他有十分才只干成了一件事，甚而一件也没有干成，这才叫后人惋惜。

你看岳飞的诗词写得多好，他是有文才的，但世人只记住了他的武功。辛弃疾是有武才的，他年轻时率一万义军反金投宋，但南宋政府不用他，他只能"醉里挑灯看剑，梦回吹角连营"，后人也只知他的诗才。瞿秋白以文人为政，又因政事之败而反观人生。如果他只是慷慨就义再不说什么，也许他早已没入历史的年轮。但是他又说了一些看似多余的话，他觉得探索比到达更可贵。当年项羽兵败，虽前有渡船，却拒不渡河。项羽如果为刘邦所杀，或者他失败后再渡乌江，都不如临江自刎这样留给历史永远的回味。项羽面对生的希望却举起了一把自刎的剑，秋白在将要英名流芳时却举起了一把解剖刀，他们都把行将定格的生命的价值又向上推了一层。

哲人者，宁肯舍其事而成其心。

秋白不朽！

原载于《中华儿女》1996 年第 8 期

特利尔的幽灵

《共产党宣言》的第一句话就是:"一个幽灵,共产主义的幽灵,在欧洲游荡。"我不知道德文的原意,中文翻译时为什么用了"幽灵"这个词。中国人的习惯,幽灵者,幽远神秘,缥缈不定,威力无穷,看不见,摸不着。似有似无,信又不信,几分敬重里掺着几分恐惧,冥冥中看不清底细,却又摆不脱对它的依赖。大概这就是幽灵。

或许就是这幽灵的魅力,我一到德国就急着去看马克思的故居。马克思出生在德国西南部的特利尔小城,那天匆匆赶到时已近黄昏,我们在一条小巷里找到了一座灰色的小楼。在清静的街道上,在鳞次栉比的住宅区,这是一处很不引人注意的房舍,落日的余晖正为它洒上一层淡淡的金黄。我推门进去,正面一个小小的柜台,陈列着说明书、纪念品。门庭很小,窗明几净,散发出一种家庭式的温馨。最引人注目的是墙上的一张马克思像,不是照片,也不是绘画,是一幅用《共产党宣言》的文字组成的肖像。连绵不断的字母排成长长的线,勾勒出马克思的形象,我们所熟悉的大胡子、宽额头和那深邃的目光。我在这张特殊的肖像前默站了好大一会儿。一个人能用自己驰名世界的著作来标志和勾勒自己的形象,这真是难得的殊荣。

故居的小楼共分三层,环形,中间有一个小小的天井。一层原是马克思父亲从事律师职业时的办公室,现在做了参观的接待室。二层是马克思出生的地方,现在陈列着各种资料,介绍马克思的生活情况和当时国际共运的背景。三层陈列马克思的著作。其实,马克思出生后在这里只住了一年半,他父亲1818年4月租下这座房子,5月5日马克思出生,第二年10月全家便搬走了。马克思于此地可以说毫无记忆,他以后也许再没有来过。

但是后人记住了它。1904年,这座房子被特利尔一位社会民主党人确认为马克思的出生地,党组织多次想买下它,限于财力,未能如愿。到1928年才用十万金马克从私人手中买下,并进行修复,计划在1931年5月5日开放。但接着政治形势恶化,希特勒上台,1933年5月房子被没收,并做了纳粹地方组织的党部。直至第二次世界大战结束,社会民主党才重新收回了这座房子,1947年5月5日终于第一次开放。

世事沧桑,从马克思1818年在这座房子里出生,到现在已过了二百多年,其间世界变化之大,超过了这之前的一千八百年,但是世界仍然在马克思的脑海里运行。陈列馆里有一张当年马克思投身工人运动和为研究学问四处奔波的路线图,一条条细线在欧洲大地来回穿梭,织成一张密网。英国伦敦是细线交会最集中的地方,我将目光移驻在这个点上,自然想到那个著名的故事:马克思在大英博物馆读书、写作,时间长了脚下的地板给蹭出了一条浅沟,就像少林寺石板上留下了武僧的脚窝一样。

不管是文功还是武功,都是要下功夫的。马克思从一开始就把整个地球,把地球上的经济形态、生产关系、科学技术、人的思维,以及这个世界上的哲学,等等,全部做了他的研究对象。他要为世界究出个道理,理出个头绪。他是如阿基米德或者中国的老子那样的哲人,他看到了工人阶级的贫困,但他绝不只是想改变一时一地工人的境况。他不是像欧文那样去搞一个具体的慈善实验,就是巴黎公社,他一开始也不同意。他是要从根本上给这个乱糟糟的世界求一个解法。

这座楼里保存最多的资料是马克思的各种手稿和著作的版本。

我们最熟悉的当然是《共产党宣言》和《资本论》了。这里有最珍贵的《共产党宣言》第一版。在这之前还没有哪一本书能这样明确地告诉人们换一种活法，能在全世界范围内掀起一场持续百年而不衰的运动。我们只要看一看这橱窗里所陈列的从1848年首次出版以来，各地层出不穷的《宣言》版本，就知道它的生命力。它怎样为世界所接受，又怎样推动着世界。

据统计，《宣言》共出版过二百多种文字的数千种版本。它传到中国是1920年，由陈望道先生译出第一个中文本。从此，起起落落经历了两千年农民起义的神州大地，卷起了一场崭新的风暴——共产主义的风暴。那些在油灯下捧读了麻纸本《宣言》的"泥腿子"，他们再不准备打倒皇帝做皇帝，而是头戴斗笠，肩扛梭镖，高喊着"全世界无产者联合起来"，呼啸着冲过山林原野。

三楼的第二十二展室是专门收藏和展出《资本论》的，最珍贵的版本是《资本论》第一卷的平装本。《资本论》是一本最彻底地教人认识社会的巨著，全书两百多万字，马克思为它耗费了四十年的心血，为了写作，前后研究书籍达一千五百种。在这之前谁也没有像他这样讲清资本和劳动的关系。

恩格斯在马克思的墓前说，马克思一生有两大发现。一是发现了物质生产是精神活动的基础，二是发现了资本主义的生产规律。这本书不只是教人认清剥削，消灭剥削，它还教人认识生产力和生产关系，组织经济，发展经济。甚至它的光焰逼得资本家也不得不学《资本论》，不得不承认劳资对立，设法缓和矛盾。《资本论》是一个海，人类社会的全部知识，经过了在历史河床上的长途奔流，又经过了在各种学科山林间的吸收过滤，最后都汇到了马克思的脑海里来，汇到了这本大书里来。

我看着这些发黄的卷了边的著作，和各种文字的密密麻麻的手稿，看着墙上大段的书摘，还有规格大小不一、出版时间地点不同的各种版本,一种神圣的感觉爬上心头。我仿佛从大海里游上来,长途跋涉,溯流而上来到青藏高原,来到了长江的源头。这时水流不多,一条条亮晶晶的水线划过亘古高原,清流漫淌,纯净透明,整个世界静悄悄的。头上是举手可触的蓝天白云,夕阳的光线从天井里折射进来,给室内镀上了一层灿烂的金黄。

一百五十年前,马克思宣布了"共产主义幽灵"的出现,欧洲一切反动势力真是茫茫然,吓得手忙脚乱。一百五十年后,当我站在特利尔这座小房子里时,西方人已经不怕马克思了,这窗户外面就是资本主义世界,这个世界完整地保存了这座房子,还在它的旁边开辟了马克思纪念图书馆。在对"马克思主义的幽灵"进行了那个"神圣的围剿"后,现在已不得不承认它的存在,并认真地从中汲取着养分。

1983年马克思逝世100周年时,当时的联邦德国曾专门发行了八百三十二万枚铸有马克思头像的硬币,其中三十五万枚专供收藏。而在此前,德国马克上只铸历届总统的头像。联邦政府国务秘书就此事在议会答辩说:"马克思的政治观点在西方虽有争论,但他无疑是一位重要的学者,应该受到人民的尊敬。"牛津大学希腊文教授休·劳力埃德琼斯说:"现有的大量文献,包括一部分很有价值的,都是在马克思主义的基础上产生的。不仅在历史、政治、经济和社会各门学科中,而且在美学和文学批评领域中,马克思主义都是每个有常识的读者必须与之打交道的一种学说。"他们就像输在对方剑下的武士,拱手垂剑,平心静气地讨教技艺。

从留言簿上看,来这里参观最多的是中国人。马克思主义于中国有太多太多的悲欢,这个"幽灵"在中国一登陆,旧中国的一切反动势力立即学着欧洲的样子,"对这个幽灵进行神圣的围剿"。就是共产党内,在经历了十月革命一声炮响送来马克思主义的一刹那的兴奋之后,接着便有无穷的磨难。这个幽灵一入国门,人们便围绕着怎样接纳它、运用它，开始了痛苦的争论。幽灵是万灵之药，是看不见的，是来自遥远欧洲的提示，是冥冥中的规定，是马克思的在天之灵。中国这个封建文化深厚、崇神拜上、习惯一统的国度，总是喜欢有一个权威来简化行动的程序，省却思考的痛苦。

中国历次农民起义总要先托出一个神来。陈胜、吴广起义托狐仙传话，刘邦起义假斩蛇树威，直到洪秀全创拜上帝教，自称是上帝的代言人。总之，要从幽冥之处借来一个威严的声音，才好统一行动。于是传播"共产主义幽灵"的书一到中国，便立即有了革命的"本本主义"，这种借天上的声音来指导地上的革命所造成的悲剧，择其大者有两次。

一次是土地革命时期，王明的"左"倾路线，导致根据地和红军损失殆尽。是毛泽东摒弃了"洋本本"，包括摒弃了共产国际派来的那个马克思的老乡——军事指挥官李德，而只用其神，只用其魂。他不要德国的、欧洲的外壳，他用中国语言，甚至还带点湖南味道大声说，打得赢就打，打不赢就走，农村包围城市。一下就讲清了中国革命的战略问题。幽灵才真的显灵了，革命重又"六盘山上高峰，红旗漫卷西风"。

第二次是中华人民共和国成立后，对生产关系的错误估计，导致了"大跃进"、人民公社对生产力的破坏，直至全面崩溃的"文化大革命"。是邓小平再次摒弃了"洋本本"，他再一次甩开强加给"共产主义幽灵"的沉重外壳，用中国语言，甚至还有点四川味道说了一声："不管黑猫白猫，抓住老鼠就是好猫。"并大胆问了一句："什么是社会主义？"一下子就使中国这个社会主义国家跳出了共产主义的狂想，跳出了红色纯正的封闭。

当我们这几年逐渐追上了发展着的世界时，回头一看，不禁一身冷汗，一阵后怕。马克思当年批评大清帝国说："一个人口几乎占人类三分之一的大帝国，不顾时势，安于现状，人为地隔绝于世，并因此竭力以天朝尽善尽美的幻想自欺。这样一个帝国注定最后要在一场殊死的决斗中被打垮。"如果我们还是那样封闭下去,将要重蹈大清帝国的覆辙。

读了几十年马克思的书,走了几十年曲曲折折的路,难得有缘,来到马克思最初降临人间的地方,观看这些最早出现在人世的福音珍本。但这时我已不像当年在课堂里捧读时那样,脑海一片空白,心中的思考有如眼前这些藏书一样沉重。我注视着墙上用《宣言》文字组成的马克思肖像,他忽然清晰,又忽然模糊。一会儿浮现出来的是马克思的形象,他的宽额头大胡子;一会儿人不见了,只是一行行的字母,字里行间是百年工运的洪流和席卷全球的商业大潮。

我想,我们还是不了解马克思,许多年来我们对他若即若离,似懂非懂。这几年,我们也曾急切地追问:资本主义为什么腐而不朽,打而不倒呢?这个幽灵为什么不灵了呢?但是就在这个房间里,翻开这尘封褪色的书稿,马克思老人早在1859年就指出:无论哪一个社会形态,在它所容纳的全部生产力发挥出来以前,是绝不会灭亡的。而新的更高的生产关系,在它的物质存在条件在旧社会的胞胎里成熟以前,是绝不会出现的。

过去我们也曾认真地对照马克思的书,计算过雇几个工人就算是资本主义,数过农民家养几只鸡就算是资本主义。但是我们又忽略了,仍然在这些书稿里,马克思在人们急切地询问他社会主义的步骤时说,现在提出这个问题是虚无缥缈的。恩格斯说得更明白,我们不打算把什么最终规律强加给人类,关于未来社会组织方面的详细情况和预定看法嘛,您在我这里连它们的影子也找不到。

马克思是一个伟大的思想家,而我们却硬要把他降低为一个行动家。共产主义既然是一个"幽灵",就高深莫测,它是一种思想,而不是一个方案。可是我们急于对号入座,急于过渡,硬要马克思给我们说个长短,强捉住幽灵要其显灵。现在回想我们的心急和天真实在让人脸红,这就像一个刚会走路说话的毛孩子嚷嚷着说:"我要成家娶媳妇!"马克思老人慈祥地摸着他的头说:"孩子,你先得吃饭,先得长大。"

到一个半世纪后,中国共产党在北京召开十五大,认真地总结二十世纪以来的经验教训,指出党绝不能提什么超越现阶段的任务和政策,这就是历史唯物主义。俗话讲:日久见人心。心者,思想也。常人之心,年月可观;哲人之心,世纪方知。马克思实在是太高深博大了,在过去的岁月里,无论是东方的还是西方的学者,无论是资本主义的还是社会主义的实践者,其实都才刚刚从皮毛上理解了他的一小部分,便就立即或好或恶地注入感情,生吞活剥地付诸行动。他们经过许多跌跌撞撞、磕磕碰碰之后,再又来到他的肖像前、他的故居、他的墓旁、他的著作里重新认识马克思。

从故居出来,天已擦黑。特利尔很小,只有十万人口,却是德国最古老的城市。街上灯火辉煌,我们找了一家很有现代味道的旅馆,便匆匆住下了。如今我从东方飞到西方,就像唐僧非得要到释迦牟尼的老家去一趟不可,跋涉万里,终于还了这个愿。我带着圣地给我的兴奋和沉思慢慢进入梦乡。

第二天早晨一醒来,满屋阳光。推开窗户,惊奇地发现街对面竟是一座古罗马时的城堡,有一座完整的城门和向两边少许延展的残墙,距今已两千四百余年。城堡全由桌子大小的石块砌成,石面已长满绿苔,石缝间也已长出了手臂粗的小树。就像一位已经石化了的罗马老人,好一派幽远的苍凉,我感觉到了历史的灵魂。而越过城堡的垛口向南望去,还有一座尖顶的古教堂,据说也已经一千四百余年。沉重的红墙、窄窄的窗口,里面安置着主的灵魂。城堡和教堂只隔几条街,历史却跋涉了一千年,到它再走进我们住的这座旅馆,又用了五百年。咫尺方寸地,岁月两千年啊!

我注视着这个宁静的历史港湾,不禁想到,凡先驱者的思想,总是要留给我们一段长时间以理解和等待。就在离特利尔不远的乌尔姆，还诞生了德国的另一个大哲人爱因斯坦，他的相对论发表之初，据说全欧洲只有三个人能看懂，到四十年后第一颗原子弹爆炸，人们才信服了他。而就是现在许多人对其深奥也还是似懂非懂。我又想起一件事。也是马克思的老乡，天文学家开普勒经过十九年的呕心沥血，终于发现了行星运行规律，他欣喜若狂，在实验笔记上大书道：大事告成，书已写出，可能当代就有人读它，也可能后世才有人读它，甚至可能要等一个世纪才有读者，就像上帝等了六千年才有信奉者一样，这我就管不着了。

  思想家只管想，具体该怎么做，是我们这些后人的事。既然是灵魂，它就该有不同的躯壳，它就会有永远的生命。

1997 年 3 月草于特利尔

原载于《光明日报》1997 年 10 月 18 日

一个大党和一只小船

中国共产党现在是一个拥有六千五百多万党员的大党，是一个有着九百六十万平方公里国土、十三亿多人口的国度的执政党。可是谁能想到，当初她却是诞生在一只小船上。在中国共产党成立80周年之际，我特地赶到嘉兴南湖瞻仰这只小船。

这是一只多么小的船啊，要低头弯腰才能进入舱内，刚能容下十几个人促膝侧坐。它被一条细绳系在湖边，随着轻风细浪慢慢地摇荡。我真不敢想，我们轰轰烈烈、排山倒海的八十年就是从这条船舱里倾泻出来的吗？

因为它是党史的起点，这条船现在被称为红船。1921年7月23日，中国共产党第一次全国代表大会在上海法租界的一栋房子里召开，但很快就被巡捕监视上了。不得已，立即休会转移。代表之一的李达，他的夫人王会悟是嘉兴人，是她提议到这里来开会的。8月1日，王会悟、李达、毛泽东先从上海来到嘉兴，租好了旅馆，就出来选"会场"。他们登上南湖湖心岛上的烟雨楼，见四周烟雨茫茫，水面上冷冷清清地漂着几只游船，灵机一动，就租一只船来当"会场"。当时还计划好游船停泊的位置，在楼的东北方向，既不靠岸，也不傍岛，就在水中来回漂荡。第二天，其余代表分散行动，从上海来到南湖，来到这只小船上。下午，通过了最后两个文件，中国共产党就这样诞生了。

今天，我重登烟雨楼，天明水静，杨柳依依。这烟雨楼最早建于五代，原址是在湖岸上。明嘉靖年间，当地知府赵瀛疏浚城河，用所挖淤泥在湖心垒岛，第二年又在岛上起楼。有湖有岛有楼，再加上此地气候常细雨蒙蒙，南湖烟雨便成了一处佳景。

清乾隆皇帝曾六下江南，八到烟雨楼，至今岛上还留有御碑。现在楼头大匾上"烟雨楼"三个大字是当年的一大代表董必武亲笔所书。历史沧桑烟雨茫茫，我今抚栏回望，真不敢想象我们这样一个大党，当初是那样艰难。那时百姓穷无立锥之地，要想建一个代表百姓利益的党，却没有落脚之处。列宁说，群众分为阶级，阶级有党，党有领袖。当时这十二个领袖是何等窘迫，举目神州，无我寸土。

我眼看手摸着这只小船，这些小桌小凳，这竹棚木舫。我算了一下，就是把舱里全摆满，顶多只能挤下十四个小凳，这就是现在有六千五百万党员的中国共产党的第一次代表大会的会场吗？但这个会场仍不安全，王会悟是专管在船头放哨的。下午，忽有一汽艇从湖面驶过，她疑有警情，忙发暗号，船内就立即响起一片麻将声。他们俨然是一伙租了游船来玩的青年文人啊！汽艇一过，麻将撤去，再低声讨论文件，同时也没有忘记放开留声机作掩护。但不管怎样，中国共产党在这只褴褛似的小船里诞生了。距南湖不远是以大潮闻名的钱塘江，当年孙中山过此，观潮而叹曰："世界潮流浩浩荡荡，顺之则昌，逆之则亡。"共产党在此顺潮流而生，合乎天意。于是党的肌体里就有了船的基因，从此就再也离不开船。

宋人潘阆有一首写弄潮儿的词："来疑沧海尽成空，万面鼓声中。弄潮儿向涛头立，手把红旗旗不湿。"共产党就是立于涛头的弄潮人。

一大之后，毛泽东一出南湖便买船票南下到湖南组织农民运动。大革命失败，他振臂一呼，发动秋收起义，上了井冈山。这时全国正处在白色恐怖之中，许多人不知革命的希望在何方。他挺立井冈之巅大声说道，革命高潮是站在海岸遥望海中已经看得见桅杆尖头了的一只航船。

秋收起义前，周恩来也领导了南昌起义，兵败后南下广州，只靠一只小木船，深夜里偷渡香港，又转回上海，再埋火种。谁曾想到，惊涛骇浪中，这只小木船上坐着的就是未来共和国的总理。

蒋介石曾希望借中国大地上的江河之阻扼杀革命，但革命队伍却一次次地利用木船突围决胜。天险大渡河曾毁灭了石达开的十万大军，但是当蒋介石重兵围追红军赶到这里时，只见到远去的船影和留在岸上的几只草鞋。

解放战争中，共产党从陕北东渡黄河，问鼎北平，而渡河时靠的还是老艄公摇的一条木船。船仍然不大，以至于连毛泽东转战陕北时骑的白马也没能装上，中国革命的整个司令部就这样在一条木船上实现了战略大转移。不久就有百万雄师乘着帆船过大江，解放全中国。中国历史上的秦皇汉武们喜欢说他们是马上得天下，而中国共产党真正是船上得天下，是船上生、浪里走而夺得天下的啊。

英雄造时势，时势造英雄。历史长河的巨浪也颠簸着最早上船的十二名领袖。第一个为革命牺牲的是邓恩铭，这位从贵州南部大山中走出来的水族革命家，在山东从事工人运动，两次被捕，1931年被杀害。接着是何叔衡，红军长征后，他在一次突围中为不连累同志跳崖而死。以后脱党的有刘仁静，叛党的有陈公博、周佛海、张国焘。毛泽东则成了党的最长期的领袖。十二个人中只有董必武重回过故地。毛泽东1958年到杭州时，专列经过南湖，他急令停车，在路边凝望南湖足有四十分钟，想伟人当时胸中涛翻云涌，其思何如。

中国古代有一个著名的关于船的寓言：刻舟求剑，是指不讲实事求是，不会发展地、辩证地看问题。我们不讳言也曾犯过这样的错误，曾急切地追求过新的生产关系，追求理想的社会模式，硬要在刻舟之处去找到想要的东西。因此也曾有几次尽兴放舟，争渡，争渡，"误入藕花深处"。最危险的一次是"文化大革命"，险些翻船。

但是我们敢于承认错误，改正错误。这时的中国共产党早已是一条大船，都说船大难掉头，但是邓小平成功地指挥它掉了过来。在我们坚持社会主义数十年后，又敢于重新问一句"什么是社会主义"，敢于说社会主义初级阶段至少需要一百年。这勇气不亚于当年在南湖烟雨中问苍茫大地，船向何处。

红船自南湖出发已经航行了八十年。其间有时"春和景明，波澜不惊"；有时"阴风怒号，浊浪排空"。八十年来，党的领袖们时时心忧天下，处处留意行船的规律。

历史上第一个以舟水关系喻治国驭世者是荀子，魏徵曾以此来提醒唐太宗说："水可载舟，亦可覆舟。"当我们这只小船航行到第二十四个年头，时在1945年7月1日，中国共产党刚开过七大，胜利在即，将掌天下。民主人士黄炎培赴延安，与毛泽东有一次著名的谈话。黄问："如何能逃出新政权'其兴也勃，其亡也忽'的周期律？"毛泽东答："靠民主，靠相信人民群众。"依靠人民群众，我们打造出一只共和国的大船。

后来，红船航行到第七十一个年头，1992年，邓小平南行再指航向："逆水行舟，不进则退。""发展才是硬道理。"我们扬起中国特色社会主义的风帆，又一次勇敢地冲上浪尖。浪里飞舟八十年，心忧天下几代人。我们的事业蒸蒸日上，中国共产党已是一个伟大的成熟的党。

南湖边上现在还停着这只小小的木船，烟消雨歇，山明水静。游人走过，悄悄地向它行着注目礼，这已经是一种政治的象征和哲学意义的昭示。六千五百万党员的大党就是从这里上岸的啊。从贫无寸土，漂泊水上；到神州万里，万里江山。党在船上，船行水上，不惧风浪，不忘忧患，顺乎潮流，再登彼岸。

原载于《人民日报》2001年6月21日

红毛线，蓝毛线

政治者，天下之大事，人心之向背也。

向来政治家之间的斗争就是天下之争，人心之争。孙中山以"天下为公"为口号，一个政治家总是以他为公的程度，以他对社会付出的多少来换取人民的支持度，换取社会的承认度。有人得天下，有人失天下。中国从有纪年的公元前841年算起，不知有多少数得上名的君臣、政客，他们讲操守，也讲牺牲，以换取人心，换取天下。

唐太宗爱玩鹞鹰，魏徵来见，忙放在怀中，话谈完了，鹞鹰也闷死在怀中。王莽篡位前为表明不徇私情，甚至将自己的儿子处死。汪精卫年轻时也曾有行刺清朝大臣的壮举。人来人去，政权更替，这种戏演了几千年，但真正把私心减到最小，把公心推到最大的只有共产党和她的领袖们。当历史演进到二十世纪四十年代末，又将有一次政权大更替时，河北平山县西柏坡这个小山村，再次为我们提供了这个证明。

如今，在西柏坡村村口立着当时党的五位书记的塑像，他们是：毛泽东、刘少奇、周恩来、朱德、任弼时。五位书记刚从村里走出来，正匆匆忙忙像是要到哪里去。这时中国革命已到了最关键的时候，曾经觊觎并蹂躏了中国河山达半个世纪之久的日寇终于心衰力竭，无可奈何地举手投降了，中国大地上突然又只剩下两大势力集团：以毛泽东为主要代表的共产党和以蒋介石为主要代表的国民党。

二十年前，蒋介石就"剿共"，现在日本人走了，蒋介石又重做这个梦。你看东北"剿总"、华北"剿总"，又到处扯起"剿"字旗，他想在北方重演一场当年在江西的戏。但这时，早已南北易位，时势相异。毛泽东从容地将五位书记一分为二，他说，他和周恩来、任弼时在陕北拖住胡宗南，刘少奇和朱德可先到河北平山组织一个工作班子。平山者，陕北与北平间一块过河的"踏石"，此时一收天下之势已明矣。

虽然已经有人马数百万，土地数千里，就要进京开国了，但是当五位书记住进这个小村时，并没有什么金银细软。他们和其他所有的干部一样，只有一身灰布棉制服。刘少奇带着那只跟随了他多年的文件箱，那是一个如农家常用的小躺柜，粗粗笨笨，一盖上盖子就可以坐人。这箱子后来进了北京，在"文化大革命"抄家中，幸亏保姆在上面糊了一层花纸才为我们保存了下来。现在这小木箱又按原样放在刘少奇同志房间的右角。

而左角则是一个只有二尺宽、齐膝高的小桌，这是当时从老乡家借来的。刘少奇同志就是伏在这个小桌上起草了《中国土地法大纲》。他写好"大纲"后，就去村口召开全国土改工作会。露天里搭了一个白布棚算是主席台，从各边区来的代表就搬些石头块子散坐在棚前。座中最年轻的代表，是毛泽东的长子毛岸英。这将是一次要把全国搅得天翻地覆，有里程碑意义的大会啊！会场没有沙发，没有麦克风，没有茶水，更没有热毛巾。这是一个真正的会议，一个舍弃了一切形式、只剩下内容、只剩下思想的会议。今天，当我们看到这个小桌、这个会场时，才能顿然悟到，开会本来只有一个目的，那就是工作，大家聚在一起是为了接受新思想，通过交流碰撞产生新思想，其他都是多余的，都是附加上去的。可惜后来这种附加越来越多。

这个朴素的会议，讲出了中国农民一千多年来一直压在心里的一句话：分土地。这话经太行山里的风一吹，便火星四溅，燃遍全国。而全国早已布满了干柴，这是已堆了一千多年的干柴啊！从陈胜、吴广到洪秀全，这场火着了又熄，熄了又着，总没有着个透。现在终于大火熊熊，铺天盖地。土改极大地调动了农民的积极性，三大战役中民工支前参战就达八百八十六万人，八百多万啊，相当于国民党的全部陆海空军。

解放战争实质上是十年土地革命的继续，是中国农民一千多年翻身闹革命的总胜利，而土改则是开启这股洪流的总闸门。但开启这个闸门的仪式竟是这样地平静，没有红绸金剪的剪彩，没有鼓乐，没有宴会，摆在我们面前的只是这个木箱、这张二尺小桌，和河滩里这一片曾作为会场的光秃秃的石头。

1948年5月，毛泽东、周恩来和任弼时在陕北转战一年，拖垮了胡宗南后也来到了这里。五位书记重新会合了。毛泽东决定在这里摆文、武两着棋。

第一着是打三大战役。他在隔壁的院子里布置了一间作战室，国共两党已经斗了十多年，他要在这里再最后斗一斗蒋介石。

这是一间普通的农家房舍，大约不到三十平方米，里面摆着三张大桌子。一张作战科用，一张情报科用，一张资料科用。大屋子里彻夜灯火通明（那时已开始有电灯，但又常离不开油灯），来自全国各战场的电报汇集到这里，参谋们紧张地分析、研究、报告。讲解员说当时很难买到红蓝铅笔，为了节省使用，参谋们就用红毛线、蓝毛线在地图上标识敌我态势。虽然我们这时已在进行着百万大军的总决战了，但其实还穷得很呢。这时南京国防部的大楼里是呢绒大桌、真皮沙发、咖啡香烟，他们也绝对想不到共产党会这样穷。

其实到这时共产党还从来没有富过，尤其是党中央最不富。当年中央红军走到陕北时只剩万数人马，一千元钱，人均一毛钱。毛泽东只好向红二十五军去借，徐海东也没有想到中央会这么困难，忙从全军七千五百元的积蓄中抽出五千元。毛泽东、周恩来留在陕北，晋察冀吃穿用都比陕北强。贺龙过河来看毛泽东，毛泽东的警卫员看着贺龙警卫员身上的枪直眼馋。贺龙也大吃一惊,他无论如何都想不到中央机关会这么苦,赶快对警卫员说:"换一下。"共产党是穷惯了,党的最高层是穷惯了。不是他们爱穷,而是他们遵守一个原则:只要中国的老百姓还穷,党就耻于高过百姓;只要党还穷,第一线还穷,中央机关、党的领袖就绝不肯优于他们。这种生活的清贫、工作条件的清苦,清澈见底地表示着他们的一片心,这就是只有解放全人类,才能最后解放自己。

九百多年前,范仲淹就提出"先天下之忧而忧,后天下之乐而乐"的崇高理念,但真正实现了这一理念的只有共产党。毛泽东和他的参谋班子,就是在这间最简陋的指挥部里和蒋介石斗法的。这反倒生出一种神秘,就像武侠小说上写的,突然有一个貌不惊人的高手,随便抽出一把扇子或者一根旱烟管,就挑飞了对方手中的七星宝刀。作战室旁那个有一盘小石磨的小院子里,毛泽东在石磨旁抽烟、踱步,不分日夜地草拟电报。

据统计,三大战役时毛泽东亲手写了一百九十封电报,电报发出了,作战参谋们就在地图上用红毛线一圈一圈地去拴。先是拴住了沈阳,接着又套住了徐州、淮海,最后红毛线干脆套到了平津的脖子上,三大战役共歼敌一百五十四万。共产党的普通干部们在延安大生产时就学会了纺毛线,想不到这毛线今天派上了大用场。黄维在淮海战役中被俘,改造出狱后坚持要来西柏坡看一看,当他看到这间简陋的作战室时,感慨唏嘘,连呼:"蒋先生当败!蒋先生当败!"蒋介石怎么能不败呢?共产党克己为民,其公心弥盖天下,已经盖住并熔化了敌人的营垒,连蒋介石派来的谈判代表邵力子、张治中都服而不归了。

一着武棋下完,再下一着文棋。1949 年 3 月 5 日,党的七届二中全会在中央机关的一间大伙房里召开了。现在会议室里还保留着原来主席台上的样子。说是主席台,其实没有台,就是在伙房一头的墙上挂一面党旗，旗下摆一张长方桌，后面放一把旧藤椅，台两侧各有一张桌子是记录席。会场没有麦克风，更没有录音机。出席会议的共三十四名中央委员、十九名候补中央委员，毛泽东坐在长桌后面，其余的人都坐在台下。台下也没有固定的椅子，开会时个人就从自己的家里或办公室带个凳子。

会议开了九天，委员们仔细地讨论军事、政治、党务、政权接收等大事。轮到谁发言时就走到那张长桌旁面向大家站着讲话，讲完后又坐回到自己的凳子上。毛泽东亲自记录，不时插话。领袖与代表咫尺之近，寸许之间。其实这已是老习惯了，许多人都见过一张照片，毛泽东在延安窑洞前站着做报告，黄土地上摆一个小凳子，凳子上放一只大瓷缸子。大家在木凳前席地而坐，据说前排的人口渴了，就端起毛泽东的茶缸喝一口水。不仅是党内，就是领袖和人民群众也亲密无间。西柏坡坡下有水，有稻田，毛泽东是从小干惯了稻田活儿的，工作之余就挽起裤腿去和农民插秧。朱德一脸敦厚，在村头背着手散步，常被误认为是下地回来的老乡。任弼时全家睡的土炕上至今还放着一架纺车。

五位书记走过雪山草地，到过东洋西洋，统率千军万马，熟悉中国的经济，遍读经史子集和马恩列斯，有的还坐过国民党的大牢。他们知识渊如海，业绩高如山，但是他们却这样自然地融入革命队伍，作为普通人。伟人者，其思想、作风、境界、业绩已经自然地达到了一个高度，如日升高，如木参天，如水溢岸，你想让它降都降不下来，他当然不会再另外摆什么样子。

1949年，中国共产党的五位书记、中央委员，就这样平平静静地坐在北方小山村的这间旧伙房里，决定着中国的命运，也决定着党在历史的转折关头该怎么办。住了二十年山沟，现在要进城了，党没有忘记存在决定意识这条哲学的基本原理，没有忘记党员在改造客观世界的同时，也要改造主观世界这个准则。

在这间简陋的会议室里,共产党通过了自己的"陋室铭"。毛泽东说,要警惕"糖衣炮弹""夺取全国胜利,这只是万里长征走完了第一步""务必使同志们继续地保持谦虚、谨慎、不骄、不躁的作风,务必使同志们继续地保持艰苦奋斗的作风"。本来会议开始时主席台上并排挂着马恩列斯毛的像,到闭幕时就不这样挂了。会议过程中渐渐形成了一个共识,并立下了六条规定:不以党的领导者名字为地名、街名、企业名,不祝寿,中国同志不与马恩列斯并列,少拍巴掌,少敬酒,不送礼。这真让人吃惊了,党的中央全会竟决定如此细小的事。战战兢兢,如履薄冰,其心之诚,其行之洁,天地可鉴。

当年袁世凯筹备登基,光龙袍上的两颗龙眼珠就值三十万大洋,而共产党为新中国奠基却只借用了一间旧伙房。我们常说像真理一样朴素,只要道理是真的,裹着这道理的形式是不需多讲究的。这话是用镀金的话筒说出来的,还是扯着嗓子喊出来的,关系并不大。

真理不需要过多的形式来打扮,不需要端着架子来公布,它只要客观真实,只要朴素。清皇室册封嫔妃是用金页写成,每页就用十六两黄金。可她们的名字有哪一个被后人记住了呢?红毛线、蓝毛线、二尺小桌、石头会场、小石磨、旧伙房,谁能想到在两个政权最后大决战的时刻,共产党就是祭起这些法宝,横扫江北,问鼎北平的!真是撒豆成兵,指木成阵,怎么打怎么顺了。其实那时使用什么都已无关紧要了,因为我们的心早已到了,任何一件普通东西上都附着我们的理想、信念和为人民服务的宗旨,心诚则灵,天下来归;传檄而定,望风披靡。而蒋介石政权人心已去,好比一株树,水分跑光了,叶子早已枯黄,不管谁来轻轻摇一下都会枝折叶落的。

当参观结束后,几乎每一个人都要到村口和五位书记合影。五位书记昂首向前,似将远行。到哪里去?当年在村口毛泽东说了一句风趣的话：我们进京赶考去，要考好，不要做李自成。周恩来说，要及格，不要被退回来。

1996 年 11 月 20 日记于西柏坡

原载于《人民日报》1997 年 1 月 23 日

西柏坡赋

西柏坡乃冀中一普通山村。然其声沸海内，名传八方；瞻者益众，研者益广。天降大任，托国运于僻壤；小村何幸，成历史之拐点。

1948年春，中国北方大地正寒凝将消，阳气初升，国共两党还胜负未分。时毛泽东方战罢陕北，过黄河，进太行，一路西来；刘少奇正经略华北，闹土改，分田地，发动群众。五大书记自一年前在延安分手，重又际会于此，设立中国革命之最后一个农村指挥部，将要夺取大城市，问鼎北平。

是时也，日寇甫败，蒋介石心气正盛，仍欲圆"剿匪"旧梦。于是设指挥部于南京，乃六朝古都，纸醉金迷之城。共产党则选定这个山沟，乃穷乡僻壤，无名无姓之村。当是时，势虽必胜，党却还穷。战事紧，参谋竟无标图之笔，而以红蓝毛线推盘演兵；文电急，领袖苦无办公之所，只就炕桌马灯草拟电文。借得民房一室三桌，是为情报、作战、资料三部；假小院石碾一盘，以供毛、周、朱选将、发令、点兵。虽军情火急，院门吱呀，不废房东荷锄归；指挥若定，读罢战报，还听窗外磨面声。谈笑间，一战而取辽沈，二战而收淮海，三战而下平津。全国解放，大局已定。

当此乾坤逆转，将开国定都之时，中共高层却格外之冷静。一间大伙房里正在开党的中央全会。静悄悄，审时度势，析未来；言切切，防微杜渐，议党风。斯是陋室，无彩旗之张挂，无水茶之递送；甚而上无主席台之摆设，下无出席者之席尊。主持者唯有一把旧藤椅，代表席即老乡家的几十个小柴凳。通过的决议却是不祝寿、不敬酒、不命名。务必艰苦朴素，务必谦虚谨慎。其心之诚，直叫拒者降、望者归，大江南北，传檄而定；其风之严，令贪者收、贿者敛，军政上下，两袖清风。孟子言，先贤而后王；哲人曰，先忧而后乐。共产党人，未曾掌权，先受戒骄之洗礼；五大领袖，进京之前，相约不做李自成。

中国革命乃土地革命，政权之争实民心之争。仰观自陈胜、吴广至太平天国，起起灭灭，热血空洒黄土旧，悲歌唱罢王朝新。只有共产党，地契旧约照天烧，彻底解放工与农。党无己利，人无私心，决心走出人亡政息周期律；言也为民，行也为民，载舟覆舟如履薄冰。西柏坡，一块丰碑，一面铜镜，一声警钟；二中全会，两个务必，两个预言，再三提醒。自古成由艰辛败由奢，谦则受益满招损。正西风烈，柏松翠，坡草青，精神在，长久存。

原载于《人民日报》2011年6月29日

张闻天：一个尘封垢埋却愈见光辉的灵魂

纪念从来都是史实的盘点与灵魂的再现。

中国共产党成立90周年了。这是一个欢庆的日子，也是一个缅怀先辈的日子。我们当然不会忘记毛泽东、邓小平这两个使国家独立富强的伟人，我们不该忘记那些在对敌斗争中英勇牺牲却未能见到胜利的战士和领袖。同时，我们还不能忘记那些因为我们自己的错误，在党内斗争中受到伤害甚至失去生命的同志和领导人。一项大事业的成功，从来都是由经验和教训两个方面组成；一个政党的正确思想也从来是在克服错误的过程中产生。恩格斯说，一个苹果切掉一半就不是苹果。一个九十年的大党，如果没有犯错并纠错的故事，就不可能走到今天。当我们今天庆祝九十年的辉煌时，怎能忘记那些为纠正党的错误付出代价，甚至献出生命的人。

其中的一个代表人物就是张闻天。

一把钥匙解党史

张闻天曾是中国共产党的总书记。毛泽东曾说，在他之前中共有五任书记：陈独秀、瞿秋白、向忠发（实际工作是李立三）、博古、张闻天。张闻天算是第五任了。毛泽东称张闻天是"明君"，并开玩笑叫张闻天的夫人刘英为"娘娘"（毛泽东是长征时为张、刘二人牵得姻缘的"红娘"）。因他在张闻天领导下分管军事，就自称"大帅"。

1935年1月遵义会议后，张闻天接替博古做总书记（陈云称为

"负总的责任"），真正是"受任于败军之际，奉命于危难之间"。算到1938年共产国际明确支持毛泽东为首领，张闻天任总书记是四年；算到1943年3月中央政治局正式推定毛泽东为主席，在组织上完成交替，张闻天任总书记是八年。无论四年还是八年，张闻天领导的"第五届"班子处于中共和中华民族命运的重要的转折期。因为中共从1921年成立到1949年取得政权总共才二十八年。

现在回头看，张闻天在第五任总书记任上干了三件影响中国历史的大事。

一是把毛泽东推上了领袖的位置，成就了一个伟人。遵义会议后毛泽东开始只是协助周恩来指挥军事。张闻天是总书记，知人善任，他说："二次回遵义后，我看出周恩来同志领导战争无把握，故提议毛泽东同志去前方当前敌总指挥。"后来又决定毛泽东分管军事，从此毛周就调换了位置，周成了毛的军事助手。毛泽东借军事方面的才能进而在全党一步步确立了权威。

二是正确处理西安事变，抓住了这个千载难逢的机会实现了第二次国共合作。共产党得到了难得的喘息之机，并日渐壮大。

三是经过艰苦工作，实现了国内战争向民族抗日战争的转变。共产党取得了敌后抗战领导权，获得民心，从此步步得势，直至取得政权。可见这"第五任"是从中国共产党成立到新中国成立的关键一期，就算这期间毛泽东在逐渐过渡接班，张闻天这个"明君"至少也有半朝之功吧。但是在以往的宣传中，张闻天却几无踪影。他生前被逐渐地闲置、淡化、边缘化，直到悄无声息地去世。可是东边日出西边雨，历史无情又有情。在他去世几十年后，终于潮落石出，他的功绩又渐渐显现出来，他的思想终又得到后人的认同。这不能不说是党史上的一个奇观，是历史唯物主义在"显灵"。

按毛泽东的说法，张闻天是"五任"，毛泽东就是"六任"。张闻天与毛的交接既是党内五、六任之间的交替，又是中共从夺权到掌权、从革命党到执政党的转变，还是张、毛这两个出身、修养、性格截然不同的领袖之间的交班。在五任时，张为君，毛为臣，瓦窑堡会议两人合作甚洽，完成了党的抗日统一战线策略的重大转变。到六任时倒了过来，毛为君，张为臣，两人吵架于庐山会议，党犯了"左"的错误，元气大伤。时势相异，结果不同，两人的合作或好或坏，党的工作局面就或盛或衰。可以说毛、张的恩恩怨怨、分分合合，是解开党史、国史谜团的一把钥匙，也是留给后人的一笔文化财富。

张闻天与毛泽东都有强烈的革命理想和牺牲精神，但两人的出身、经历、知识结构和性格都差异很大。张闻天上过私塾，读过技术学校，留日、留美、留苏，系统研究过并在大学讲授过马列，翻译过马恩作品。他爱好文学，写过诗歌、散文、小说，也译介过外国文学作品，发表过大量文艺批评文章。1922年诗人歌德逝世90周年时，他发表了两万字的长文，这是中国第一篇系统介绍歌德《浮士德》的论文。他属于开放型的知识结构，性格随和包容，与周恩来、邓小平、聂荣臻等人同属党内留过洋的人。

毛泽东出身农家，受传统国学教育较深，几乎未出国门。他熟读史书，特别是熟知治国御人的典故，思想高远，性格刚烈、好斗。他自己也知道这个缺点，曾讲其弟毛泽覃批评他说，在党内，都是同志，不是在毛家祠堂。张、毛两人这种不同的知识背景、性格基因决定了他们的命运甚至党和国家的命运。

惹人怨怒因红颜

毛泽东与张闻天（洛甫）曾有一段合作的蜜月，即1935年遵义会议后到1943年延安整风前。这也正是前面所说张闻天为党建树三大功劳的时期。据何方先生考证，1935年10月红军长征到达陕北，到 1938 年 9 月六中全会，两人联名（多署"洛、毛"）发出的电报就有两百八十六件。这时期他们以民族利益为重，小心合作，互相尊重。如西安事变一出，张闻天主张和平处理，毛泽东随即同意。红军到陕北后到底向哪个方向发展，张闻天要向北，毛泽东要东渡，后来张闻天又同意了毛泽东的意见，并率领中央机关随军，"御驾亲征"。

向来历史上"明君"与"能臣"的合作都是国家的大幸，会出现政治局面的上升期，如刘备与诸葛亮、唐太宗与魏徵、宋仁宗与范仲淹的合作等。当毛泽东称张闻天为"明君"，自己为"大帅"的时候，也正是中共第五朝兴旺之时，总书记民主，将帅用心，内联国军，外御日寇，民心所聚，日盛一日。这时毛分管军事，随着局面的打开，其威信也水涨船高。张闻天、毛泽东合作的这一段蜜月期也正是全党政治局面的上升期。

但这时发生了一件不大不小的事。贺子珍与毛泽东不和出走苏联，江青乘虚而入。但是党内高层几乎一片反对声，纷纷向张闻天这个总书记进言，就连远在敌后的项英也发来长电，他们实在不放心江青的历史和在上海的风流表现，认为这有损领袖形象。张闻天无奈，便综合大家的意见给毛泽东写了一封信，劝其慎重考虑。谁知毛泽东看后勃然大怒，将信撕得粉碎，说："我明天就结婚，谁管得着！"他第二天就在供销社摆酒，遍请熟人，却不请张闻天这个"明君"。时在 1938 年 11 月，这是毛泽东与张闻天的第一次结怨。

每一个历史事件，哪怕是一件小事，就像树枝上的一个嫩芽，总是在它必然要长出的地方悄悄露头，然后又不知会结出一个好果子还是坏果子。江青的出现恰到好处，从私生活上讲，正是贺子珍的出走之际；从政治上讲，又正是毛泽东的地位已经初步确立之时（两个月前刚开过六届六中全会），他已有资格与上级和战友们拍桌子。要是在遵义会议前，毛泽东正落魄之时，估计也不会这样发威。

毛泽东江青结婚这个嫩芽后来结出了什么政治果子，这是大家都知道的。其实毛泽东这一怒可能还有更深一层的原因。毛泽东在文化上是本土派，从骨子里排斥留洋回来的人，瑞金时期对他的不公正让他痛恨从莫斯科回来的人，延安整风他大反宗派主义，其实他心里也是有一个"派"的。1938年周恩来从苏联养伤回来，顺便转述共产国际负责人的话，说张闻天是难得的理论家，毛泽东愤而说："什么理论家，背回一口袋教条。"可知其内心深处芥蒂之深。

张闻天性格温和，作风谦虚，绝不恋权。他任总书记后曾有三次提出让位，第一次是遵义会议后党需要派一个人到上海去恢复白区工作，这当然很危险，他说"我去"，中央不同意，结果派了陈云。第二次是张国焘搞分裂，向中央要权，为了党的团结，张闻天说"把我的总书记让给他"，毛泽东说不可，结果是周恩来让出了红军总政委一职。第三次就是1938年的六中全会，会前王稼祥明确传达了共产国际支持毛泽东为领袖的意见，张闻天就立即要把总书记的位子让给毛泽东。因为其时王明还在与毛争权（张国焘这时已经没有多大的"力气"了），毛泽东的绝对权威也未确立，还需要张闻天来顶这个书记，毛泽东就说这次先不议这个问题。

张闻天在后来的《反省笔记》中说：

六中全会期间我虽未把总书记一职让掉，但我的方针还是把工作逐渐转移，而不是把持不放。自王明同志留延工作后，我即把政治局会议地点，移到杨家岭毛泽东同志住处开。我只在形式上当主席，一切重大问题均由毛主席决定。

那时共产党很穷，政治局也没有个会议室，谁是一把手，就在谁的窑洞里开会。张闻天把实权让掉后就躲开权力中心，到晋西北、陕北搞农村调查去了。

忍辱负重二十年

1945年日本投降后,张闻天作为政治局委员要求去东北开展工作(就像当年要求到上海开展工作一样),立即得到批准。他先后任两个小省省委书记,而还不是政治局委员的李富春却任东北局的副书记。这样显然有点大材小用,但张闻天不在乎,只要有工作干就行。

早在晋西北、陕北调查时,张闻天就对经济工作产生了极大的兴趣。这回有了自己的管辖地,他急切地想去为人民实地探索一条发展经济、翻身富裕的路子,而勤于思考、热心研究新问题,又几乎是张闻天的天赋之性。1936年12月西安事变后,他和战友们成功地促成了从国内战争向民族战争的转变,这次他也渴望着党能完成从战争向建设的转身。他热心地指导农村合作社,指出不能急,先"合作供销",再"合作生产"。合作社一定要分红,不能增加收入叫什么合作社?新中国将要成立,他总结出未来的六种经济形式,甚至提出中外合资,这些思想大都被吸收到毛泽东七届二中全会的报告中。东北时期是他工作最舒心的时光。

但是好景不长,1951年中央调他任驻苏联大使。一个政治局委员任驻外大使,这在中国和整个社会主义国家都是空前绝后的。这中间有一件事,1952年刘少奇带中共代表团出席苏共十九大,团员有中央委员饶漱石、陈毅、王稼祥,候补委员刘长胜,却没有时为政治局委员的驻苏大使张闻天,这是明显的政治歧视。试想,张闻天以政治局委员身份为几个中央委员、候补委员服务,以大使身份,为代表团跑前跑后,却又上不了桌面,是何心情?这就像当年林则徐被发配新疆,皇上命他勘测荒地。林则徐风餐露宿,车马劳顿,终于完成任务,但最后上呈勘测报告时,却不能署他的名字,因为他是罪臣。这些张闻天都忍了,他向陈云表示,希望回国改行去做经济工作。陈云向他透露,毛的意思,不拿下他的政治局委员,不会给他安排工作。周恩来兼外长工作太忙,上面同意周的建议调他回来任常务副部长,但外事活动又不让他多出头。

1956年党的八大,他以一个从事外交工作的政治局候补委员的身份要做一个外交方面的发言,不许。这种歧视倒使他远离权力中心,反而旁观者清。他在许多大事上表现出惊人的冷静。1957年反右,他在外交部尽力抵制,保护了一批人。1958年"大跃进",全国处在一种燥热之中,浮夸风四起,荒唐事层出。他虽不管经济,却力排众议,到处批评蛮干,在政治局会议上大胆发言。

1958年8月北戴河会议是个标志,提出钢铁产量翻一番,全国建人民公社,运动一哄而上。10月他在东北考察,见土高炉遍地开花,就对地方领导说这样不行。回京一看,他自己的外交部大院也垒起了小高炉。他说这是胡来,要求立即下马。1958年10月13日《人民日报》发表张春桥的文章《破除资产阶级的法权思想》,否定按劳分配,宣扬一步跨进共产主义。毛泽东很欣赏此文,亲自加按语。当人们被那些假马列弄得晕头转向时,他轻轻一笑说,这根本不是马列主义,恰恰违背了马列理论的最基本常识。按劳分配是社会主义阶段的分配原则,是唯一平等的分配标准,怎么能破除呢?而毛泽东却认为按劳分配的工资制是资产阶级法权,甚至想恢复战时的供给制。

对于"人有多大胆,地有多大产"之类的口号,张闻天说这违背主客观一致的辩证法原则,并且他在这些现象背后已经看到了更可怕的个人崇拜的问题。上面好大喜功,下面就报喜不报忧,他到海南视察,那里都饿死人了也不敢上报。

在1958年4月的上海会议上,毛泽东说要提倡海瑞精神,不要怕杀头。张闻天说,海瑞精神固然重要,但更重要的是民主气氛,要使人不害怕，敢讲话。当时为迎合毛泽东，领导干部送材料、写文章都争着引毛泽东的话。而张闻天的文章中据理说事，很少引语录去阿谀迎合。毛泽东对此心知肚明，认为他骄傲、犯上，两人就隔膜更深。当然，今非昔比，现在已是毛泽东为"君"张闻天为"臣"，为大局张闻天也不得不委曲求全，多有隐忍。

1958年4月他向毛泽东写信汇报看到的跃进局面，本想再提点意见，犹豫再三还是决定暂不说为好。毛泽东看了很高兴，遂给他回一信，但仍不忘教训和挖苦：

你这个人通了，我表示热烈的欢迎和祝贺。我一直不大满意你。在延安曾对你有五个字的批评，你记得吗？进城后我对陈云、恩来几次说过，你有严重的书生气，不大懂实际。记得好像也对你当面说过。今天看这个报告，引起了我对你热情欢迎。

上述看法"可能对你估计过高，即书生气，大少爷气，还没有完全去掉，还没有完全实际化。若果如此，也不要紧，你继续进步就是了"。这哪里是对当年的"明君"说话，完全是对一个小学生的训斥。信里说的当年给张闻天的那五个字是"狭、高、空、怯、私"，可见在毛泽东的眼里，张闻天一无是处，而且还总记着他的老账，张闻天也是强为隐忍。

从1938年到1958年，这二十年间，张闻天的职务是六届中央政治局常委（还有几年是总书记）、七届政治局委员、八届政治局候补委员。但是在整风后，张闻天只分工管一个四五人的中央材料室，后又下基层，出国任大使，长期高职低配，久处江湖之远，而再未能登庙堂之高。就是对他在遵义会议后主持全党工作的那段经历也绝口不提。张闻天在党内给人留下的形象是犯过错误，不能用，可有可无。对张闻天来说，二十年来给多少权，干多少活，相忍为党，尽力为国，只要能工作就行。但他又是一个勤于思考的人，可以忍但不能不想。这也应了毛泽东的那句话："卑贱者最聪明，高贵者最愚蠢。"张闻天远离"庙堂"，整日在基层调查研究，接触"卑"工"贱"农，工作亲力亲为，又有扎实的理论基础，自然会有许多想法。无论毛泽东怎样地看他、待他、压他，为党、为国、为民、为真理，他还是要说实话的。庐山上的一场争论已经不可避免。

一鸣惊破庐山雾

1959年6月中旬张闻天刚动了一个手术，中央7月2日召开庐山会议，他本可不去，但看到议题是"总结经验，纠正错误"，他决定去。这时彭德怀刚出访八国回来，很累，不准备上山，张闻天力劝彭去，说当此总结经验、纠正错误之时，不可不去，哪怕听一听也好。不想这一劝竟给他们俩惹下终身大祸。

庐山会议本是要纠"左"的，但是船大难掉头。思想这个东西像浮尘一样，一旦飘起来，就是日落风停，也得等到明天早晨才能尘埃落定。何况这又不是一个人的一时之念，而是一个大党的指导思想。这时总路线、"大跃进"、人民公社在人们心中鼓起的狂热，已是尘嚣难停。"大跃进"出现了问题，不得不纠"左"，自揭其短，毛泽东本来就不大情愿，而这时干部中的狂热者还不在少数。有一拨儿高干围在毛泽东的身边，说再纠"左"就要把气泄光了，鼓动他赶快反右倾。田家英在小组会上只如实说了一点在四川看到的问题，西南局书记李井泉就立即打断，不容揭短。

1959年，新中国刚成立十年啊，共产党的干部还保留着不少战争思维，勇往直前，不计代价，不许泄气，不许动摇军心。还有一些人则是投毛泽东所好，摇旗呐喊，如上海的柯庆施、张春桥等。这时正好彭德怀有一封信，认为中央的错误检讨得还不够彻底，毛泽东就借题发挥，小题大做，抓住彭德怀这个典型，上纲上线，转而大批右倾了。这种轻率的转向反映了当时全党对经济建设的规律还不熟悉，而在政治上一言堂、个人崇拜已经露头。

张闻天早就有话要说，不吐不快，眼见会议就要收场，他加紧准备发言提纲，三十二开的白纸，用圆珠笔写了四五张，又用红笔圈圈点点。田家英听说他要发言，忙电话告之，"大炼钢铁"的事千万不要再说，上面不悦。他放下电话沉吟片刻，对秘书说："不去管他！"胡乔木也感到山雨欲来，21日晨打来电话，劝他这个时候还是不说为好，一定要说也少讲缺点。张闻天表示：吾意已决。21日下午，张闻天带着这几天熬夜写就的发言提纲，带着秘书，吩咐仔细记录，便从177号别墅向华东组的会场走去。又一颗炸弹将在庐山爆炸。

与彭德怀的信不同，张闻天的发言除讲事实外，更注重找原因，并从经济学和哲学的高度析事说理。如果说彭德怀的信是摸了几颗瓜给人看，张闻天的发言就是把瓜藤提起来，细讲这瓜是怎么长出来的。针对会上不让说缺点、怕泄气，他说缺点要讲透，才能接受教训；泄掉虚气，实气才能上升。总结教训不能只说缺乏经验就算完，这样下一次还会犯错误，而是要从观点、方法、作风上找原因。如"刮共产风"，就要从所有制和按劳分配上找原因。他说好大喜功也可以，但主客观一定要一致；政治挂帅也行，但一定要按经济规律办事。坏事可以变好事，是指接受教训，坏事本身并不是好事，我们要尽量不办坏事。他特别讲到党风，说不要听不得不同意见，不要怕没有人歌功颂德。毛主席说要敢提意见，不要怕杀头，但人总是怕杀头的，被国民党杀不要紧，被共产党杀要遗臭万年的。领导上要造成一种空气，使下面敢于发表不同意见。最后，他提到最敏感的彭总的信。明知这时毛泽东已表态，彭德怀正处在墙倒众人推的境地，但他还是泰然支持，并为之辩护、澄清。说到信中最敏感的一句话"小资产阶级狂热性",他为之辩道:这话不说可能好一点,说了也可以。"共产风"不就是小资产阶级狂热性吗?

他发言的华东组,组长是柯庆施。柯庆施最善看毛泽东的眼色,跟风点火,连毛泽东都说"大跃进"的发明权要归于柯庆施。1958年1月南宁会议,毛泽东批周恩来,嫌他保守,曾一度动了以柯庆施取代周恩来当总理的念头。柯庆施在"文化大革命"前病逝,有人说柯庆施要不死,"文化大革命"一起来就不是"四人帮"而是"五人帮"了。

张闻天在柯庆施主持的小组发言,可谓虎穴掏子,引来四周怒目相向。柯庆施等频频插话,他的发言不断被打断,会场气氛如箭在弦。在一旁记录的秘书直捏一把汗。张闻天却泰然处之,紧扣主旨,娓娓道来。他没有大声强辩,也没有像给毛泽东写信时那样违心地掩饰,他知道这是力挽狂澜的最后一搏了,就像当年在扭转危局的遵义会议上一样,一切都置之度外。遇有干扰,他如若不闻,再重复一下自己的观点,继续讲下去,条分缕析,一字一顿,像一个远行者一步一步执着地走向既定的目标。

他知道这也许是飞蛾扑火,但自燃的一亮也能引起人们的一点关注。正像谭嗣同所说,变法总得有人流血,就让我来做流血第一人吧!二十年来,他的官愈当愈小,问题却看得愈来愈透。那些热闹的"大跃进"场面,那些空想的理论,在他看来是皇帝的新衣,是百姓和国家的灾难,总得有人来捅破。迟捅不如早捅,就让他来做这个捅破皇帝新衣的第一人。

他足足讲了三个小时,整个下午就他一人发言。稿子整理出来有八千多字。这个讲话戳到了毛泽东的两个痛处:一是不尊重经济规律,搞"大跃进";二是作风不民主,听不得不同意见。当年马克思讲,有一个共产主义的幽灵在欧洲游荡。现在又有一个"幽灵",一个清醒的反"左"的声音在庐山上回荡。

毛泽东大为震怒。两天后的7月23日，毛泽东做了一个疾言厉色的发言，全场为之一惊，鸦雀无声，整个庐山都在发抖。散会时人人低头看路，默无一言，只闻窸窸窣窣、挪步出门之声。8月2日毛泽东又召所有的中央委员上山（林彪说是搬来救兵），工作会议变成了中央全会（八届八中全会）。这天，毛泽东在会上点了张闻天的名，说他旧病复发。这还不够，当天又给张闻天写成一信并印发全会，批评、质问、讽刺、挖苦、戏谑，洋洋洒洒，玩弄于股掌，溢于纸表：

闻天：

怎么搞的？你陷入那个军事俱乐部里去了，真是物以类聚，人以群分。你这次安的是什么主意？那样四面八方，勤劳艰苦，找出那些漆黑一团的材料。真是好宝贝！你是不是跑到东海龙王敖广那里取来的？不然，何其多也！然而一展览，尽是假的。讲完没两天，你就心烦意乱，十五个吊桶打水，七上八下，被人们缠住脱不得身。自作自受，怨得谁人？

我以为你是旧病复发，你的老而又老的疟疾原虫远未去掉，现在又发寒热症了。昔人咏疟疾词云："冷来时冷的冰上卧，热来时热的在蒸笼里坐，痛时节痛的天灵破，战时节战的牙关挫。真个是害杀人也么哥，只被你害杀人也么哥，真是个寒来暑往人难过。"同志，是不是？如果是，那就好了。你这个人很需要大病一场。《昭明文选》第三十四卷，枚乘《七发》末云："此亦天下之要言妙道也，太子岂欲闻之乎？于是太子据几而起，曰：'涣乎若一听圣人辩士之言。涊然汗出，霍然病已。'"你的病与楚太子相似。如有兴趣，可以一读枚乘的《七发》，真是一篇妙文。你把马克思主义的要言妙道通通忘记了，于是乎跑进了军事俱乐部，真是文武合璧，相得益彰。现在有什么办法呢？愿借你同志之箸，为你同志筹之，两个字，曰

"痛改"。承你看得起，打来几次电话，想到我处一谈。我愿意谈，近日有些忙，请待来日。也用此信，达我悃忱。

毛泽东 8月2日

7月23日和8月2日的讲话，还有这封信让张闻天大为震惊。他本是拼将忠心来直谏，又据实说理论短长的，想当此上下头脑发热之际，掏尽脏腑，倾平生所学，平时所研，为党开一个药方。事前田家英、胡乔木曾劝他不要说话时，他也不是没有考虑过，在再三思量后，曾手抚讲稿对秘书说："比较成熟，估计要能驳倒这个讲话也难。"他天真了，何必依理来驳呢，只需一根棍子打来就是！毛泽东的讲话和信给张闻天定了调子——"军事俱乐部""文武合璧，相得益彰""反党集团"。会议立即一呼百应，展开对他的批判，并又翻起他的老账，说什么历史上忽左忽右，一贯摇摆。就这样他成了"彭德怀、黄克诚、张闻天、周小舟反党集团"的副帅。

张闻天知道，根据过去党内斗争的经验，如果他不检查，庐山上的这个会是无法收场的。为了党的团结，他顾全大局再一次违心地检查，并交了一份一万字的检查稿。但是毛泽东还是不依不饶，又怀疑他里通外国，大会小会穷追猛打，非得逼出一个具体的反党组织和反党计划。9日那天他从会场出来，一言不发，要了一辆车子，直开到山顶的望江亭，西望山下江汉茫茫，四野苍苍，乱云飞渡，残阳如血。他心急如焚，欲哭无泪。正是：

"明君"虽明不再君，屈为"大帅"帐下臣。
延水叮咚犹在耳，庐山雾深深几重。

望江亭，望江亭，江山如画，他却心乱如麻。他抚亭向晚，痛拍栏杆。天将降大任于是党也，必先苦其历程，炼其思想，正其路线，外能审时度势，内能精诚团结，行拂乱其所为，才能执政、治国、安邦、富民啊！

他几次求见毛泽东，毛泽东拒而不见。会议结束，8月18日张闻天下山，回到北京，家人和朋友说你管外交，不干经济，何苦上山发言闯此大祸？他却冷静地以哲学相对：不上山，就没有这个发言，是偶然性；肚子里有意见总是要讲，这是必然性。但这一讲，他的名字从此就在报纸上消失了。接着召开的全国外事会议开始追查他的"里通外国"和历史问题，而这些与在庐山会议上的发言毫无关系，是欲加之罪再索事实。他只好任污水一盆盆地泼来。

留得光辉在人间

庐山一别，张闻天与毛泽东竟成永诀。

1960年春，张闻天大病初愈，便写信给毛泽东希望给一点工作，不理。他找邓小平，邓小平说可研究一点国际问题。又找刘少奇，刘少奇说还是搞经济吧，最好不要去碰中苏关系。他就明白了，自己还不脱"里通外国"的嫌疑。他去找管经济的李富春，李富春说正缺你这样的人，三天后却又表示不敢使用。后来中组部让他到经济研究所去当一个特约研究员，他立即回家把书房里的英文、俄文版的外交问题书籍全部换成经济学书刊，并开始重读《资本论》。

1962年"七千人大会"前后，全国形势好不容易出现一个亮点，中央开始检讨1958年以来的失误，毛泽东、刘少奇在会上都有自我批评。张闻天很高兴，在南方调查后向中央报送了《关于集市贸易等问题的一些意见》。没想到这又被指为"翻案风"，立即被取消参加中央会议和阅读一切文件的权利，送交专案组审查。毛泽东说别人能平反，他和彭德怀不能平反。他不知道，中央工作的缺点别人说得，而他却是不能置一词的。

到"文化大革命"一起，他这个曾经的总书记（前五任的总书记当时仅存他一人了，陈、瞿、向、博都已不在世）又受到当年农民游街斗地主式的凌辱。他经常是早晨穿戴整齐，怀揣月票，挤上公共汽车，准时到指定地点去接受批斗。下午，他的妻子刘英，一起从长征走过来的老战友，门依黄昏，提心吊胆，盼他能平安回来。他有冠心病，在挨斗时已不知几次犯病，仅靠一片硝酸甘油挺过来。只1968年7、8、9三个月就被批斗十六七场。他还被强迫作伪证，以迫害忠良。遇有这种情况他都严词拒绝，牺牲自己保护干部。他以一个有罪之身为陈云、陆定一等辩诬，特别是康生和"四人帮"想借"六十一人叛徒案"打倒刘少奇，他就挺身而出，以时任总书记的身份一再为刘少奇证明和辩护（尽管刘少奇在庐山会议和"七千人大会"上是帮毛泽东整他的）。

士穷而节见，他已经穷到身被欺，名被辱，而命难保的程度，却不变其节，不改其志。他将列宁的一句话写在台历上，作为自己的座右铭："为了能够分析和考察各个不同的情况，应该在肩膀上长着自己的脑袋。"

1969年10月18日，他被勒令即日起不得再用"张闻天"三个字，而被化名"张普"流放到广东肇庆。在肇庆的五年是他生命的末期，也是他思想的光辉顶点。"文化大革命"中关押"走资派"或"反动权威"的地方叫"牛棚"，季羡林就专有一本书名《牛棚杂忆》。而现在软禁张闻天的这个小山坡就叫"牛冈"，比牛棚大一点，但仍不得自由。后来张闻天的夫人刘英回忆那段日子说：

没有熟人，没有电话，部队设岗"警卫"我们的住所。从"监护"到"遣送"，我们只不过是从四壁密封的黑房换进了没有栅栏的"鸟笼"。就这样我们被抛弃在一边，开始了长达六年孤寂的流放生活。

张闻天像一个摔跤手,被人摔倒后又扔到台下,但他并不急着爬起来,他暂时也无力起身,就索性让自己安静一会儿,躺在那里看着天上的流云,听着耳边的风声,回忆着刚才双方的一招一式,探究着更深一层的道理。一个有历史责任感的政治家总是把自己作为一种元素,放在社会这个大烧瓶里进行着痛苦的实验。他把鲁迅的三段话抄在卡片上,置于案头:

只要能培一朵花,就不妨做做会朽的腐草。

对于为了远大的目的,并非因个人之利而攻击我者,无论用怎样的方法,我全都没齿无怨言。

革命者为达目的,可用任何手段的话,我是以为不错的,所以即使因为我罪孽深重,革命文学的第一步,必须拿我来开刀,我也敢于咬着牙关忍受。杀不掉,我就退进野草里,自己舔尽了伤口上的血痕,绝不烦别人敷药。

他每日听着高音喇叭里的最高指示,感受着"文化大革命"的喧嚣,回忆着自己忽上忽下、国内国外的经历,思考着党、国家、民族的前途。他本来就是一个思想家,在以往的每一个岗位上都有新思想的萌芽破土而出,写成调查报告或文章送毛泽东,送中央。涓流归海,竭诚为党。他希望这个新芽能长成大树,至于这树姓张闻天还是姓党,或者姓毛泽东,他都不在乎。思考和写作已经成了他生活的惯性,成了他自觉为党工作的一部分,但现在"休去倚危栏,斜阳正在,烟柳断肠处"!他明白不会再有人听他的什么建议,也没有地方发表他的文章,写作只是为了探求真理。他只求无愧生命,无愧青史。正像一首诗所说的:

> 能工作时就工作，
> 不能工作时就写作。
> 二者皆不能，
> 读书、积累、思索。

每当夜深人静，繁星在空，他披衣揽卷，细味此生。他会想起在苏联红色教授学院时的学习，想起在长征路上与毛泽东一同反思第五次反"围剿"的失利，想起庐山上的那一场争吵。毛泽东比他大七岁，他们都垂垂老矣，但是直到现在还没有吵出个结果，而国家却日复一日地政治混乱，经济崩溃，江河日下。是党的路线出了毛病，还是庐山上他说的那些问题，今犹更甚。

归纳起来就是三点：一是滥用阶级斗争，国无宁日，人无宁日，无休无止；二是不尊重经济规律，狂想蛮干；三是个人崇拜，缺乏民主。他将这些想法，点点所得，写成文章。但这些文字早不是他当年二十岁时写小说、写诗歌了，已是红叶经秋，寒菊着霜，字字血、声声泪了。牛冈本为一部队农场之地，虽"文化大革命"之乱，仍不废鸡犬牛羊，所以他常于夜半凝神之时，遥闻冷巷狗吠之声而奋笔疾书，却又雄鸡三唱，东方渐白。有哪一位画家要是能作一幅《牛冈夜思图》，或是前面所说的《望江亭远眺》，那真是摄魂、留魄、传神、言志，为历史写真，为英雄存照了。

张闻天接受"七千人大会"后的教训，潜心写作，秘而不露。眼见"文化大革命"之乱了无时日，他便请侄儿将文稿手抄了三份，然后将原稿销毁。这些文章只有作为"藏书"藏至后世了。这批珍贵的抄件，后经刘英呈王震才得以保存下来，学界称之为《肇庆文稿》。

多少年后当我们打开这部文稿时，顿觉光芒四射，英气逼人，仿佛是一个前世的预言家在路边为后人埋下的一张纸条。我们不得不惊叹,在那样狂热混乱的年代里作者竟能如此冷静大胆地直刺要害。只需看一下这些文章的标题,就知道他是在怎样努力拨开时代的迷雾:《人民群众是主人》《论社会主义和共产主义》《无产阶级专政下的政治和经济》《论我国无产阶级专政下有关阶级和阶级斗争的一些问题》《党内斗争要正确进行》。

我们不妨再打开书本,听一听他在四十年前发出的振聋发聩的声音:

生产力是决定因素,离开发展生产力去改革生产关系是空洞可笑的。社会主义与共产主义是不同的阶段,不要急着跨进共产主义。阶级斗争就是各阶级为自己阶级的物质利益的斗争,不能改善人民的生活,共产主义就是画饼充饥。共产党执政后最危险的错误是脱离群众,不要以为党决定了的东西就是对的。为保证党的正确先要作风民主,不要老是喜欢听歌功颂德、个人专断。党内矛盾是同志矛盾,没有什么"资产阶级代理人",党内斗争只能批评与自我批评,不能镇压……

他的这些话从理论上解剖了新中国成立以来反右派、"大跃进"、反右倾、"文化大革命"等运动的错误,是在为党开药方、动手术。这还不够,他更从哲学高度大喊一声"一分为二"的说法有缺点,矛盾的解决不一定都要发展为分裂,许多时候可以不分裂。这是釜底抽薪,是对我们党长期信奉的"斗争哲学"的否定。

试想从中国共产党成立以来,党内就没有停止过残酷斗争,动辄上纲上线,或批或整,或斗或杀,不知打了多少右派、右倾分子和"反党集团"。大者如他这样的总书记、刘少奇那样的国家主席,小者各级干部、党员不计其数。只有张闻天这种读透哲学又身经国内外、党内外复杂斗争的人才能悟出这个道理啊。

1974年2月经周恩来干预，张闻天恢复了组织生活。10月他给毛泽东写信说自己已是风烛残年，希望能回京居住治病，毛泽东批示："到北京住，恐不合适，可另换一地方居住。"张闻天欲回老家上海，不许，1975年8月被安置到无锡。越明年，1976年7月1日，在党的55周年生日这一天，这个第五任总书记就默默地客死他乡（这一年中共去世四位元老，1月：周恩来；7月：张闻天、朱德；9月：毛泽东）。他临死前遗嘱，将解冻的存款和补发的工资上交党费。这时距打倒"四人帮"只剩三个月。上面指示：不开追悼会，骨灰存当地，火化时不许用真名字。妻子刘英送的花圈上只好写着："送给老张同志。"（两年前彭德怀在京去世，骨灰盒上也是用了一个假名字"王川"。）火化后，骨灰又不让存入骨灰堂，而放在一储物间里，对他的这种凌辱竟一直被带到了骨灰里去。

正是：

在世时难别亦难，春风无力百花残。
哲人到死恨不尽，英雄成灰灰含冤。

他是为共产党天设地造的一头老黄牛，一个思想家，一个受难者，一个试验品和牺牲品啊！

张闻天一生三次让位，品高功伟，但又三次受辱，长期沉埋。在延安时因劝毛泽东勿娶江青，被当面怒斥，整风中又屡做检查，此为一辱；庐山会议劝毛反思"大跃进"，被打成"反党集团"，此为二辱；"文化大革命"中被整、被关、被流放，死而不得复其名，此为三辱。大半生都是"人为刀俎，我为鱼肉"，低房檐下难展身。但他一辱见其量，有大量，从容辞去总书记，到基层工作；二辱见其节，有大节，不低头，不屈服，转而去潜心研究经济理论，为治国富民探一条路；三辱见其志，不改共产主义的大志，虽为斗室之因，却静心推演社会进步之理，最后留下雄文四卷，一百一十万言。辱之于他如尘埃难掩珠玉之光，如浮云难遮丽日之辉，他甚至于懒得伸手去掸掉这些浮尘，而只待历史的清风去慢慢打扫它。

果然，清风徐来，云开雾散。他去世后三个月"四人帮"倒台，三年后中央为他开追悼会平反昭雪。邓小平致悼词曰："作风正派，顾全大局，光明磊落，敢于斗争。"1985年，他诞辰85周年之际《张闻天选集》出版；1990年，他诞辰90周年之际四卷本一百一十万字的《张闻天文集》出版。到2010年他诞辰110周年之际，史学界、思想界掀起一股张闻天热，许多研究专著出版。2011年《人民日报》出版新年第一期的《文史参考》杂志，封面主题是："遵义会议后中共最高领导人不是毛泽东而是张闻天。"《北京日报》刊出中国共产党成立90周年特稿《张闻天在中共党史上的十大贡献》。

桃李不言，下自成蹊；人心有秤，公道归来，一个时代的巨人又站在历史的云端。历史有时会开这样的玩笑：一个胜者可以成就功业霸业，为自己建造一座富丽堂皇的宫殿，把他的对手打倒在地并踩在脚下。但历史的风雨会一层一层地剥蚀掉那座华丽的宫殿，败者也会凭借自己思想和人格的力量，重新站起身来，一点一点地剥去胜者的外衣。这就是历史唯物主义。

还汝洁白漫天雪

2011年元旦，我为寻找张闻天的旧踪专门上了一次庐山。刚住下我就提出要去看一下他1959年庐山会议时住的177号别墅。主人说，已拆除。我知道庐山上的老别墅是一景，是文物，六百多座都是专门编号的，怎么会拆呢？主人说因旅游业发展的需要，那年就选了两栋拆建改造。老天不公啊！六百选二，怎么偏偏就轮上他呢？我说那就到原址凭吊一下吧。改造过的房子是一座崭新的二层楼，已经完全找不到旧日的影子。里面正住着一位省里的领导，我说是来看看张闻天的旧居，他一脸茫然。我不觉心中一凉，连当地的高干都不关心这些，难道他真的已经在人们的记忆里消失了吗？

第二天一觉醒来，好一场大雪，一夜无声，满山皆白。要下山了，我想再最后看一眼177号别墅。这时才发现，从我住的173号别墅顺坡而下，就是毛泽东1970年上山时住的175号别墅，再往下就是1959年彭德怀住的176号和张闻天住的177号。三个曾在这里吵架的巨人，原来是这样的相傍为邻啊。

我不觉起了好奇心，便用步子量了一下，从175号毛泽东的窗下，到176号彭德怀门前的台阶只有二十九步，而从176号到177号是九十九步。历史上的那场惊涛骇浪，竟就在这百步之内与咫尺之间。当然，1959年上山时毛住的是"美庐"（离这里也不远），但1970年他在175号住了二十三天，每日出入其间，抬头不见低头见，睹"屋"思人，难道就没有想起彭德怀和张闻天？而且那些天为减少毛泽东住所的油烟污染，175号只住人不开伙。毛泽东每天的三顿饭是就近在176号做好送过来的。

现在是冬天，本就游人稀少，这时天还早，177号就更显得冷清。新楼的山墙上镶着重建时一位领导人题的两个字："秀庐。"我却想为这栋房子命名为"冷庐"或"静庐"。这里曾住过一个最冷静、最清醒的思想家。当1959年，庐山会议上的多数人还在头脑发热时，张闻天就在这座房子里写了一篇极冷静的文章，一篇专治极左病的要言妙道，这是一篇现代版的《七发》。

我在院子里徘徊，楼前空地上几棵孤松独起，青枝如臂，正静静地迎着漫天而下的雪花。石阶旁有几株我从未见过的灌木，一米多高，叶柔如柳，枝硬如铁，缀着一串串鲜红的果实，在这白雪世界里如珠似玉，晶莹剔透。我就问送我下山的郑书记（他曾在庐山植物园工作）这是何物？他说："很少见，名字也怪，叫平枝栒子，属蔷薇科。"我大奇，这山上我少说也上来过五六次，怎么却从未见过？是今日，苍天特冥冥有指吧。平者，凭也；栒者，寻之。我忽闻天语解天意，这是叫我来凭吊和寻访英灵的啊。难怪昨夜突降大雪，原来也是要还故居主人一个洁白。我在心底沉吟着这样的句子：

凭子吊子，惆怅我怀。寻子访子，旧居不再。飘飘洒洒，雪从天来。抚其辱痕，还汝洁白。水打山崖，风过林海。斯人远去，魂兮归来！

我转身下山一头扑入飞雪的怀抱里，也迈进了 2011 年的门槛。这一年正是中国共产党成立 90 周年，张闻天同志诞辰 111 年。

原载于《人民文摘》2012 年第 5 期

方志敏的最后七个月

今年是红军长征胜利80周年。纪念胜利，我们不应该忘记那些留在苏区未能长征，或虽已踏上征途却未能走到陕北的先烈，其中最让我难忘的是中共早期领袖瞿秋白和方志敏。红军长征胜利80周年，也是他们牺牲81周年。长征的队伍一走，他们即死于敌人的屠刀下。他们是同年生，同年死，又是在同样的背景下死去，死时都才只有三十六岁。

在80周年这个特殊的日子里，我有缘采访了方志敏当年战斗过的地方，江西的上饶、弋阳、横峰。又重读了《方志敏全集》，特别是他狱中的文稿，感触最深的是他在生命的最后时刻怎样对待生与死。

一

方志敏是一个有思想、有能力的领袖。他独自创立了一支红军，一块有五十个县、一百万人口的赣东北根据地，被中央称为模范根据地，并授予他"红旗勋章"一枚。根据地内经济繁荣，教育免费，"隔日有肉吃"，还发行了股票。但是，由于当时中央的"左"倾错误，第五次反"围剿"失败，红军厄运降临。中央红军西去前，他奉命率孤军北上，调虎离山，全军覆亡已成定势。

兵败后，他本来是可以不死的。1935年1月15日，他已与参谋长粟裕带八百人冲出重围。但他说，作为领导人，我不能丢下后面的部队，便又返身回去。后队被敌打散后他又有一次生机：

> 本来我是可以到白区暂避一下，但念着已有一部分部队回赣东北，中央给我们的任务又刻不容缓地要执行，所以决心冒险很快转回赣东北，一方面接受中央的批评和处分，开会总结皖南行动，做出结论，同时，整顿队伍，准备再出。
>
> 《我从事革命斗争的略述》

这样，他终于被捕。他知必死，为免与敌啰唆，遂索一纸，写下：

> 革命必能取得最后的胜利，我愿意牺牲一切，贡献于苏维埃和革命。
>
> 《方志敏自述》

便再不多言。敌人押他到上饶、南昌等地示众，他戴镣铐，昂首立于台上，凛然不可撼。当时一美国记者报道："（在场的人）个个沉默不语，连蒋介石总部的军官也如此。这种沉默表示了对昂首挺立于高台之上的毫无畏惧神色的人的尊敬和同情。"

方志敏自1月29日被捕，到8月6日就义，在狱中不到七个月。开始，他只求速死，但敌想以高官厚禄诱降他，就将他移至优待牢房。于是他便改变主意，尽量拖延时间，做两件事，一是争取越狱；二是以笔代枪，写文章。越狱需要外应，而极"左"路线不但毁了红军，也毁了地下党，他一时与外面接不上头。他长叹，难道南昌城里连一个地下党也没有吗？眼见，每天都有一批批的战友被拉出去枪毙，他由孤军更又变成了孤身。他只好一人背水作战，去做狱吏和高级囚犯中国民党人的工作，居然小有成功。虽不能越狱，但这些人帮他传送出了珍贵的手稿。他在狱中写了《可爱的中国》《狱中纪实》等十二篇文章、著述，共十三万多字。

我们可以算一下，他1月29日（长征中，这天正召开遵义会议）被捕，先是被来回转移示众，3月中旬才相对安定下来，到8月6日（长征中，一、四方面军已经会师，这天正召开沙窝会议）就义，大约一百三十天。这期间仍要不断应付敌人的提审，要做团结动员难友的工作，做争取狱吏的工作。他无任何资料，又要防敌突然搜查（有几篇还化为小说，他化名祥松）。他戴着脚镣，又有十多年的痔疮，流血化脓，不能平坐。每天平均要完成一千多字。这是何等的意志力。这种精神和人格上的贡献，已远超出他具体领导的军事斗争，是红军精神、长征财富的另一个重要组成部分。

二

这些手稿到他死后五年才辗转送到党在重庆的机关，叶剑英含泪读罢即赋诗道："血染东南半壁红，忍将奇绩作奇功；文山去后南朝月，又照秦淮一叶枫。"文山是文天祥的号，叶帅将方志敏比之文天祥，实为不过。

现在我们重读他的狱中文稿，提到最多的是"死"，随时准备死，怎样死，死前再抓紧为革命做点什么。当然，和死相对应的还有"生"，为谁而活，怎样活。这是抢分夺秒，在敌人的屠刀下书写的一部生死书，一篇人生解读录。

读狱中稿，我们首先看到的是他坦然面对死亡。同室中还有独臂将军刘畴西等三个红军高级干部，他们吃饭、下棋、谈天、写文章。

我们为革命而生，更愿为革命而死！到现在无法得生，只有一死谢党的时候，我们就都下决心就义。只是很短时间的痛苦，砰的一枪，或啪的一刀，就完了，就什么都不知道了！我们常是这样笑说着。

他们准备好了临刑前呼的口号，每天牢门一响，就准备敌人上来打开脚镣，拉去枪毙。但是，他们没有想到敌人更残忍，居然懒得打开脚镣，推出枪毙后连镣同埋。多年后，人们就是凭着脚镣上的型号，才确认了烈士的身份。

读狱中稿，我们明白了他在死亡面前，为什么这样从容。原来他是在为民族赎难，明知是死，也要飞蛾扑火，以身殉国。文稿中有一大部分是分析当时中国社会的矛盾，揭示民族的苦难。

佃户向地主租田种，一般都四六分，即是佃户只得收获物的四成，地主坐得六成。土地日益集中于少数地主的手里，多数农民破产卖了原来就很不够的土地，成为少地或无地的农民。工农群众的生活水平日益下降，以至于受饥挨冻，甚至不能生存。最苦的，就是每年一度的旧历年关，地主债主们很凶恶地向穷人逼租逼债，逼到无法可想的时候，卖妻鬻子，吊颈投水一类的悲惨事情，是不断发生。

他以自己出生的村子为例：

共有八十余户，其中欠债欠租，朝夕不能自给的，就有七十余户；负累不多，弄到有饭吃有衣穿，差堪自给的，只有七八户；比较富有的只有两户。

他家是一个中农，还要租种地主的地才能维持生活，男孩子只能勉强读个私塾，他少年时印象最深的是父母为他读书举债的愁容。

"中国农村的衰败、黑暗、污秽,到了惊人的地步。"所以农民造反是必然的,到年关时,常主动催促地下党举行暴动。读着这些文字,我们很容易联想到林觉民在《与妻书》里说的"遍地腥云,满街狼犬",国难当头,唯有一死。这是共产党及它之前的一切革命党共同的抱负。

读狱中稿,我们还看到了他身处党内斗争夹缝中的痛苦。他在狱中痛定思痛,细理根据地建设的经验教训。黑暗的监狱不但没能夺走他的志向,反而成了他冷静思考问题的地方。

这次因为我们政治领导的错误和军事指挥的无能(客观的困难是有的,但都可以设法克服的),致红十军遭受怀玉山的失败,我亦因之被俘,囚禁于法西斯蒂的军法处,历时已五个来月了。何时枪毙———明天或后天,上午或下午,全不知道,也不必去管。在没有枪毙以前,我应将赣东北苏维埃的建设,写一整篇出来。我在这炎暑天气下,汗流如雨,手执着笔,一面构思在写,一面却要防备敌人进房来。我下了决心,要在一个月内,写好这篇文字。

他在临死前两个月写成了一万五千字的《赣东北苏维埃创立的历史》,为党史研究留下了珍贵的资料。

读狱中稿最让人落泪的地方,是他自知生之无望,但对事业仍不改初心。他的《在狱致全体同志书》自叹再也不能为党工作,沉痛自责。

没有下最大决心,硬冲过去。

这就算是决定了我们的死命!我们虽囚狱中,但我们的脑中,仍是不断地思念着同志们的奋斗精神,总祈祷着你们的胜利和成功!

在《可爱的中国》一书的结尾,他甚至用诗一般的语言来写自己的身后事,充满了浪漫、憧憬,而无一丝的悲哀:

假如我不能生存——死了,我流血的地方,或者我瘗(yì,埋)骨的地方,或许会长出一朵可爱的花来,这朵花你们就看作是我的精诚的寄托吧!在微风的吹拂中,如果那朵花是上下点头,那就可视为我对于为中国民族解放奋斗的爱国志士们在致以热诚的敬礼;如果那朵花是左右摇摆,那就可视为我在提劲儿唱着革命之歌,鼓励战士们前进啦!

他写这一段话的时间是1935年5月2日,是时红军正在抢渡金沙江。

三

凡革命都是拼命,都是因活不下去才铤而走险的。陈胜、吴广之谓:"今亡亦死,举大计亦死。"而革命运动的领导者,这些知识精英们大多不是因个人之苦,而是为阶级献身。林觉民所谓:"当亦乐牺牲吾身与汝身之福利,为天下人谋永福也。"马克思则提炼为,无产阶级只有解放全人类,才能最后解放自己。所以革命时期,共产党员的死是很正常的。毛泽东说:"要奋斗就会有牺牲。"他一家就为革命献出了六个亲人。贺龙一家牺牲了一百多人,加上远亲家族达上千人。聂荣臻回忆,红军打仗,打的是党团员,打的是干部。一仗下来,党团员伤亡四分之一,甚至二分之一。一面红旗万滴血,我们今天纪念某某胜利,最不该忘记的是那些没有等到胜利这一天的烈士们。

说到烈士,我们常概念化为"抛头颅,洒热血"。符号化为碉堡前的董存瑞，铡刀下的刘胡兰。其实，还有那些敢为信仰而死的第一代领袖们，他们是又一类的烈士。他们都是些知识精英，有情有义，有才有貌，既不缺智商，也不缺情商，如果任选一行，都能业有大成。只是为了革命，为了民族解放，他们甘愿牺牲。我们看四十万字的《方志敏全集》，诗、文、小说、剧本、公文、信札，文采飞扬。

方志敏小时即聪慧，父母才咬牙借贷让他多读了几年书。他十六岁时就发豪言："心有三爱，奇书骏马佳山水；园栽四物，青松翠竹白梅兰。"他愤于上海租界公园的牌子"华人与狗不得入内"，一创立根据地就为农民修了一个公园，内有游泳池，每年还举办运动会。在公园内他亲植一株梭柁树（传说，这就是月亮里吴刚永远砍不倒的桂花树），现已有两抱之粗。树旁有一六角亭。闲时，方志敏就在亭子里看书。他才华横溢，仪表堂堂，常有女性暗恋之，无以表达，就偷偷往其身后放一双亲手做的布鞋。据说，看一上午书走后，工作人员能收好几双鞋。这事我有点半信半疑，但县里的人说确有其事，他们还能讲出许多类似的故事。

那天擦黑时，我们去看苏区政府旧址，一老人听说是采访方志敏，主动上来搭话，又返身回家捧了几个红薯一定要塞到我们怀里。我们婉言谢绝，直到走出七八步后，他在后面说了一句："我们家有三个烈士。"我们都为之一怔，顿脚回首，一时不知该说什么。心事浩茫，繁星在天，这大山深处不知藏着多少红色情结。陪同的人说，现在还有一位活着的在方志敏身边工作过的老人。已经晚上十点了，我们摸黑找到枫林村的一座寺庙，见到了九十七岁的周桂兰。

这是一座不大不小的佛寺，沉沉的夜色中，空寂苍凉。老人已出家五十年，平时有一个徒弟陪伴，今恰有事外出，就她一人独守孤庙。我们就在佛殿前的台阶上摆了几个小凳，听她谈八十年前的往事。她印象最深的是方志敏的和蔼可亲，发动妇女剪发、放开裹脚、扫盲识字。还有他对肃反的不满和无奈,常独自感叹。我说:"你现在怎么还记得这些事?"她说:"好人啊!我现在还供着他的灵位呢,每天还给他念经上香。"这一句话把我们六七个人都惊呆了,不敢相信自己的耳朵。我抬头扫一眼堂上的佛祖和沉沉的夜色,大家都不说话,空气凝固了几秒钟。座中有女士轻轻地问:"在哪里?能看一下吗?""在三楼上。"于是我们扶着这个近百岁的老人,打着手电,颤颤巍巍地爬上三层楼。

这是一个专给人做佛事超度亡灵的小佛堂,墙上供着超度人的名单。但在三排名单之上单用稍大一点的字写着一个名字:方志敏。她每天念经超度,已五十年。她说:"好人啊,死得太惨!我一闭眼,就见他戴着脚镣,浑身是血的样子。"原来,她认为方志敏死于非命,魂游他乡,一直在为他招魂。八十年了,也许在喧闹的都市里,在匆忙的官场上,人们早已淡忘了一个叫方志敏的人。但是在赣东北的青山绿水间,在老区人民的心里,甚至在这座乡间古寺里,还有人没有忘记他。天黑得更沉了,我们都没有说话,默默地赶回住地。

四

方志敏确实是大志未展,大业未成,死不瞑目。他的英魂还一直在身后留下的文稿中游走,壮志未遂,憾悔难平。

读方志敏的文稿,让人联想起许多狱中文章,这是在特殊年代、特定背景下的作品,是时代人格、事业、生命相撞击的火花,它已远超出党派、意识形态而成为人格的宣言。中国史上最有名的狱中文章是文天祥的《正气歌》。共产党领袖中,有瞿秋白狱中《多余的话》,胸怀坦荡,明月清风;有张闻天"文化大革命"羁押于肇庆期间的《肇庆文稿》,明经析理,忧国忧民;有彭德怀在"文化大革命"关押中，形成的《我的自述》，堂堂正正，掷地有声（张闻天、彭德怀都是经过长征的）。

这些文字，不但内容高洁，就是成稿过程之艰难曲折，也足够为一部传奇。其时他们都是以命相押，以死相抵，只愿留下事实，留下思想，"留取丹心照汗青"的。这意义远超于我们纪念某一个具体的事件。因为一个人总会死去，一些事总会过去。就是当年对立的国共两党，也已经几分几合。而现在我们读史，看到的只是各种不同的灵魂，只有人格和精神不死。

人类永在进行寻找文明的新长征，这些文稿是征途上一盏永不熄灭的灯。

原载于《人民日报》2016年9月21日

将军几死却永生

今年是新中国成立 70 周年,共和国的由来有多块奠基石,其中之一就是抗日战争的胜利。诚如天安门广场上人民英雄纪念碑的碑文所说:"三年以来,在人民解放战争和人民革命中牺牲的人民英雄们永垂不朽。三十年以来,在人民解放战争和人民革命中牺牲的人民英雄们永垂不朽。由此上溯到一千八百四十年,从那时起,为了反对内外敌人,争取民族独立和人民自由幸福,在历次斗争中牺牲的人民英雄们永垂不朽。"抗日战争中,国共两党团结御敌,同仇敌忾。国军方面牺牲之最高将领为张自忠将军,八路军方面为副参谋长左权将军。他们所代表的无数先烈,用热血凝铸了共和国的基石。

但是,张自忠将军受国人的尊重和纪念,还有更深的一层背景。他是一个人格受辱,曾被误认为汉奸,几乎被舆论的唾沫星子淹没的人。然而他决然为国捐躯,以死来证明自己的清白。

我第一次知道张自忠将军这个名字,是五十六年前考入北京的中国人民大学,那时学校就坐落在张自忠路上。想不到五十多年后我有事过湖北宜城,这里竟是他 1940 年的战死之地。2015 年 9 月,世界反法西斯战争胜利 70 周年,宜城在当年的旧战场处修了巨大的纪念碑,从山脚至山顶铺一千两百余级步道。步道中段留出一段保留原来的地貌,约三十平方米,为将军牺牲之地,内有七块坚石、一片绿草、一丛怒放的杜鹃花。激战之后在这里发现了他的遗体,当时将军身受八处伤,有枪伤、炮弹炸伤、刺刀伤,可见搏斗之惨烈。一位上将级战地最高指挥官,这样慷慨赴死于刀丛弹雨之中,实为现代战争中所罕见。将军的热血浸透了身下的土地。后来这个地方就名"血窝",作特别保留。现在每一个从血窝旁走过的人都会驻足致敬,流下热泪。

将军出身行伍,成名于1933年长城抗战,以大刀杀敌。其时中日两国之国力、军力甚为悬殊。我军还使用冷兵器,每人背大刀一把,只能靠夜战、近战,摸入敌营。一曲《大刀进行曲》响彻长城内外。

1937年"七七事变"后,在和战两难、进退维谷的状态下,上面命他留在北平,任北平市长,与敌虚与委蛇。他明知这是一件要背黑锅的事,为挽大局只好委屈受命。他给南撤的战友送行时说,以后诸君是民族英雄,我怕要被骂为汉奸了。果然民情汹汹,一片喊骂。没过多久日寇野心膨胀,残局已无法维持,他逃出北平,过济南时群众在站台上围攻喊骂,高呼打倒汉奸,他都无法下车。后转道青岛,到南京述职,反接到蒋介石的一纸处分令,这更坐实了他应对平津败局负责。

其实,抗战初期我方研判失误,一不战而失东北,二稍战即退出平津热河。国土沦丧,这本是应由最高当局负责的,而骂名却不公正地落在了他一个人的头上。敌犯土失,官责民斥,百口莫辩,其内心之煎熬可想而知。他明白,如不能洗污,将成秦桧,就誓以死明志。

将军以民族大义为重,团结抗敌,处事有节。国共合作,常有摩擦,张部却从未有此事。1939年4月上面下达《限制异党活动办法》,时两名红色女记者安娥、史沫特莱正在他的防区采访。将军毫不刁难,立派人将她们送至新四军李先念防区。他的干训团有进步教员讲社会发展史,团长说是通共,将人捆绑,他立令释放。西北军另一悍将庞炳勋与张自忠同是冯玉祥的部下,兄弟多年,但中原大战庞炳勋叛冯投蒋,并突袭张自忠的师部,欲置其死,张逃得一命。从此两人结下怨仇。

抗战中，冤家路窄，张、庞又同在五战区。临沂战事，庞被日军围困，危在旦夕。当时李宗仁帐下无人，急召张自忠说："我知你们有旧怨，但那是打内战时的私仇。今庞在前方浴血，是为国难。望你受点委屈，捐弃前嫌，急救之。"张自忠二话没说，带队驰援。出生入死，如赵子龙七进七出，两救庞于临沂，击败号称铁军的日板垣师团，板垣羞极，几欲自杀，张部也因此损失五千多人。蒋介石大受感动，亲致电嘉勉，并撤销了对他因"七七事变"失守北平的处分。

将军一向治军极严。临沂之战最激烈时，一营长逃阵，立即枪毙；一旅长进攻不力，阵前撤职。他有这样一个绰号：扒皮将军。他经常训诫部下要遵守军纪、爱护百姓。常挂在嘴边的一句话是："看我不扒了你的皮！"这让我想起三十多年前看到的一则旧事。张自忠带军驻扎某地，借宿民房，一军官侵犯民女，第二天被指认出来，立判枪毙。此人是一员猛将，战功无数，对此事供认不讳，只求暂留一命，让他明天死在杀敌的战场上。众将也为之求情。张自忠不许，只是吩咐去买一副好棺材。事有蹊跷，这个跟随他多年的老部下被枪决入棺，因未至要害，人醒过来后又翻棺而出，不但没有逃走反倒回来向他报到，并要求杀敌而后死。张自忠仍不许，二次枪毙。

在襄阳我还听到另一个故事，二十世纪七十年代有一跟随张自忠的抗日老兵退伍在襄阳。一日被驻军请去干活，正遇上新兵训练。此老兵不由梦回沙场，上前接枪示范，白发皓眉，雄姿勃发，吼声震天，全场为之震惊。可见张将军的治军之风。

将军待民以亲，待下以慈，持己则严。虽是战时，仍不忘民生。襄阳著名的战国时期水利工程白起渠年久失修，他就向当时已流亡到恩施的湖北省政府打报告，倡议修复，并亲率士兵挖渠。他常说军队离不开老百姓，抗战胜利全赖民资助，每驻一地，即筹划生产，公平贸易。这一点很像左宗棠，虽在行伍，却有政经胸怀。

他的部队开饭前先唱《吃饭歌》，歌词大意是："这些饭食人民给，救国救民我天职。"逢节日时常有座谈联欢，对六十岁以上的老人亲送礼品一件。一次宿劫后山村，见百姓极苦，他就吩咐军需官每户发洋十元。一老妪感激下跪，他急忙搀起说："是该我们当兵的给您下跪，我们没有保护好老百姓。"

他爱兵如子，每宿营，兵无食，他必不食。伤员出院归队，他必亲自一一验伤，凡子弹从身前穿入者，即大声点名，让其站前排，表彰其英勇。伤者无不感无上光荣，人人争先恐后，奋勇杀敌。临沂战役，跟随他多年的冉营长负重伤，自知性命难保，留下遗言。一是望司令见其遗体一面，二是勿告家属，三是墓上立一小碑。张自忠抱尸痛哭，亲写碑文，后将遗属接到部队说："冉营长为国牺牲，死得有价值。今天我张自忠还在，说不定哪一天也会死在抗日战场上。这是一个军人在国难当头时的责任。今后，有我张自忠的一天，就有你们母子的一天。两个孩子的教育费由我负责。以后我的家属在哪里，就送你们去哪里，与我的家眷在一块。"而他严于律己，为当时高官所罕见。一次指挥部转移新地，荒村破舍，副官调几名战士打扫卫生，他批评说："士兵是国家的士兵，不是我张自忠的奴仆。他们保卫国家，战死沙场是本分，但没有给我打扫卫生的义务。弟兄们行军已走得很累，你让他们累上加累，很不应该。"

他历充要职，却持身极俭。他的参谋长张克侠（共产党员）回忆他："如偶有过人享受，辄有不安之意……公殁后，余回部，过其所居，见报纸糊壁，敝席悬门，其刻苦奉公之状如在目前，不禁泣下。"1940年3月文人梁实秋到前线慰问，遍访九个战区，张自忠的司令部最为简陋。他留下这样一段文字："张将军司令部固然简单，张将军本人却更简单……穿普通的灰布棉军服，没有任何官阶标识。他不健谈，更不善应酬……他见了我们只是闲道家常，对于政治军事一字不提。他招待我们一餐永不能忘的饭食，四碗菜，一只火锅。菜以青菜豆腐为主，火锅是豆腐青菜为主……我看得出来，这是他在司令部里最大的排场……大概高级将领之能刻苦自律如张自忠将军者实不可多见。"长官如师如父，可见一支军队之炼成，首先是长官人格意志之造就。张自忠将军带出来的这支军队，后来在淮海战场上由张克侠、何基沣两将军带领起义，投向人民的怀抱。

自从大刀抗战之后，将军又有几次痛快的杀敌。1937年底他辗转回到自己的部队，失声痛哭，言今日回来乃为杀敌报国，共寻死所，部下皆泣不成声，誓死追随。他重新出山后一战淝水，二战临沂，皆建奇功。不到一年，除撤销处分外，连获晋升。由军长而军团长、集团军总司令、战区右翼兵团总司令。他说别人都可以打败仗，唯有我张自忠不能打败仗。

1939年5月日寇进犯襄阳，张率部在襄河东岸指挥了一场漂亮的伏击，毙伤敌九百余，更重要的是缴获了敌人准备大规模渡河的舟船辎重，其中竟有张学良放弃东北后日军借其兵工厂生产的折叠船，可见当年不放一弹而失东北之恶果，张立令全部烧毁。此役虽小，却粉碎了敌突破汉水，攻占襄阳、宜城之企图。其时将军拔剑独立汉、襄两水之间，一如当年屹立长城。

岳飞有名言，只要武官不怕死，文官不爱钱，国就不会亡；文天祥在《指南录》中谈到他于国难中不知几死；纵观张自忠将军之精神，就是抱定武人必为国赴死的信念。自敌寇压境，他经常挂在嘴边的一个字就是"死"。一个人只要拼得一死，总能干成一件事，一件轰轰烈烈的大事。

他每见长官必言死，战前他致电蒋介石："职现亲率三十八师之两团渡河，攻击北窜之敌，如任务不能达到，决一死以报钧座。"他去重庆述职，行前别老上司冯玉祥，突然下跪。冯忙拉住说："这是干什么？"他答："蒙先生栽培，终身难忘。此去我死也死个样子，决不给先生丢脸！"冯一时语塞，不知该如何劝慰。

他给部下训话，常说的是："不惜一切牺牲，阵地就是棺材！"他给亲人（弟弟）写信："吾自南下作战，濒死者屡矣。濒死而不死，是天留吾身以报国耳……吾一日不死，必尽吾一日杀敌之责；敌一日不去，吾必以忠贞，死而后已。"他答记者问："现在的军人，很简单地讲句话，就是怎样找个机会去死。因为中国所以闹到这个地步，可以说是军人的罪恶。十几年来，要是军人认清国家的危机，团结御敌，敌寇决不会来犯。我们军人要想洗刷他的罪恶，完成对于国家的义务，也只有一条路——去死，光荣地死！"这是他由一个旧军阀部队的将领，在国难当头时自觉转化为一个爱国将领的心声。他到日本考察，日本人说你们中国有文德而无武德，女人死节者多，男子捐躯者少，很刺痛他的心。他说这一回，我一定要给日本人看一看。每有大战，他便将军务推给副司令，亲上前线督战。正如他言："濒死者屡矣。"

1940年5月，敌再犯襄阳。他又如以往，从容做好以死报国的准备。会战刚开始，5月1日他即致信五十九军团以上将校，表示共赴国难：

看最近之情况，敌人或要再来碰一下钉子。只要敌来犯，兄即到河东与弟等共同去牺牲。国家到了如此地步，除我等为其死，毫无其他办法。更相信我等能本此决心，我们的国家及我五千年历史之民族，决不致亡于区区三岛倭奴之手。为国家民族死之决心，海不清（枯），石不烂，决不半点改变。愿与诸弟共勉之。

小兄张自忠手启

5月4日又给副司令留下遗书：

现已决定今晚往襄河东岸进发……奔着我们最后之目标（死）往北迈进。无论做好做坏，一定求良心得到安慰。以后公私均得请我弟负责。

开作战会议时，他见一团长未佩手枪，便说："长官上前线一定要带手枪，一为自卫，二为必要时杀身成仁。"大家预感不妙，劝他说主将不应冒险到前线去拼命，他说："不是日本人不怕死，而是中国人当大官的太怕死了。"5月16日遭敌最后包围，他说："你们每个人都可以走，唯有我张自忠不可以走。"遂从容指挥，将苏联顾问、文职、后勤、伤员等一一安排护送走。然后带少数警卫与敌激战，先是左臂被子弹打穿，后弹片划伤肩、胸、肋多处，此时敌已近身，将军昂然而立，怒目逼视，大呼杀敌，又遭枪击、刀刺，终于殉职。

张自忠将军的牺牲震动国共两党。其遗体被我军拼死抢回，前线将领抚其伤口，放声大哭，十天前将军的遗言犹在耳旁，部下瞻仰遗容，皆泣不成声。前线总部作简单吊唁后入殓，楠木棺内置《孟子》一本，彰其为富贵不淫、贫贱不移、威武不屈的大丈夫；又置《三民主义》一本，"三民"之第一义即求民族独立，彰其为争民族独立之英雄。

灵柩过宜昌，十万人送行，敌机在头顶盘旋，送灵的人群无一慌乱。抵达重庆后，蒋介石以下军政要员在码头迎灵。国民政府先后宣布为其国葬，入祀忠烈祠，改宜城县为自忠县。8月15日，延安各界举行追悼大会。1943年将军牺牲三周年之际，周恩来又亲在《新华日报》著文："每读张上将于渡河前亲致前线将领及冯治安将军的两封遗书，深觉其忠义之志，壮烈之气，直可以为我国抗战军人之魂！"1945年10月毛泽东赴重庆谈判，专门去拜望将军在世的老母，表达崇敬之情。

新中国一成立,张自忠即被追封为烈士,北京、天津、武汉等地设张自忠路。2009年,新中国成立60周年,张又被评为"一百位为新中国成立做出突出贡献的英雄模范人物"。2015年纪念世界反法西斯战争胜利70周年,又为之重立丰碑。

死生,人之大节也。将军在世时,不知曾经几死;其死后实又每日犹生,与国同在。痛哉!天不留其身,然其忠魂长在,壮我华夏。他如岳飞、如文天祥,是一位彪炳青史的民族英雄。

百年革命　三封家书

今年是辛亥革命100周年，中国共产党成立90周年。纪念活动少不了拜谒故地，披览文物。

3月，我有事去福州，公余又去拜谒了一次林觉民故居。林觉民的《与妻书》是辛亥革命的重要文物。黄花岗七十二烈士，其事迹大多湮灭，幸有这篇美文让我们能窥见他们的心灵。广州黄花岗烈士碑上七十二人名单（随着后来的发掘，实际上已超过七十二人）中，"林觉民"三字人们抚摸最多，色亦最重。《与妻书》早已选入中学课本和各种文学的、政治的读本，我亦不知读了多少遍。印象最深的是"即此爱汝一念，使吾勇于就死也""当亦乐牺牲吾身与汝身之福利，为天下人谋永福也"。他反复给妻子解释，我很愿与你相守到老，但今日中国，百姓水深火热，我能眼睁睁看他们受苦、等死吗？我要把对你的爱扩展到对所有人的爱，所以才敢去你而死。林家福州故居我过去也是去过的，这次去新增的印象有二。

一是书信的原物。在广州起义前三天，1911年4月24日，林觉民知自己必死，就随手扯来一方白布，给妻子陈意映写下这封信，竖书，二十九行。其笔墨酣畅淋漓，点画如电闪雷劈，走笔时有偏移，可知其时"泪珠与笔墨齐下"，心情激动，不能自已。其挥墨泣血之境，完全可与颜真卿的《祭侄稿》相媲美。

二是牺牲前后之事。起义失败，林受伤被捕。审讯时，林痛斥清廷腐败，慷慨陈词，宣传革命，说到激动处撕去上衣，挺胸赴死。敌审讯官都不由得敬畏，下令去其镣铐，给以座位。两广总督张鸣岐，不得已下令枪决，后惋惜道："惜哉，林觉民！面貌如玉，肝肠如铁，心地光明如雪，真算得奇男子。"某日晨，家人在门缝里发现有人塞进来的《与妻书》，同时还有给父亲的一封信，只有三十九个字："不孝儿叩禀父亲大人：儿死矣，惟累大人吃苦，弟妹缺衣食耳，然大有补于全国同胞也。大罪乞恕之。"其壮烈而平静之举概如此。

福州之后又两月，有事去重庆之江津，才知道这是聂荣臻元帅的家乡，便去拜谒纪念馆和故居。聂帅抗日时主持晋察冀根据地建设，被中央称为"模范根据地"，新中国成立后主持"两弹一星"研究，为国防建设立了大功，终其一生都是在默默地干大事。他在二十岁那年离开家乡去法国勤工俭学，开始了探求真理、苦学报国的革命生涯。与周恩来、朱德、邓小平、陈毅等同为我党领导集体中的早期留欧人员。聂帅留法时期的家书保存完好，现在收书出版的就有十三封，且都有手迹原件，从中可以看到这批革命家的少年胸怀（去法国时聂二十岁，周二十二岁，邓十六岁）。现在故居前庭的正墙上有一封放大的家书手迹，是聂荣臻1922年6月3日写给父母的：

父母亲大人膝下：

不得手谕久矣。海外游子，悬念何如？又闻川战复起，兵自增，而匪复猖，水深火热之家乡！父老之苦困也何堪？狼毒野心之列强！无故侵占我国土！二十一条之否认被拒绝，而租地期满，又故意不肯交还！私位饱囊之政府，只知自争地盘，拥数十万之雄兵，无非残杀同胞，热血男儿何堪睹此？男也虽不敢云以天下为己任，而拯父老出诸水火，争国权以救危亡，是青年男儿之有责！况男远出留学，所学何为？决非一衣一食之自为计，而在四万万同胞之均有衣食也。亦非自安自乐以自足，而在四万万同胞之均能享安乐也！此男素抱之志，亦即男视为终身之事业也！……

叩禀！

金玉安

男荣臻跪禀

六月三号

我拜读这封近九十年前（中国共产党成立之第二年）海外游子的家书，不觉肃然起敬。那个时代的有为青年留学到底为了什么？"决非一衣一食之自为计，而在四万万同胞之均有衣食也。亦非自安自乐以自足，而在四万万同胞之均能享安乐也！"这与林觉民"当亦乐牺牲吾身与汝身之福利，为天下人谋永福"何其相通。

要考察一个人的思想，家书大概是最可靠的。因为对亲人可以说真话，而且他也想不到日后会发表这信件。看了林、聂的两封家书，又使我联想到五年前在河北涉县参观八路军一二九师师部旧址时，见到的另一封家书。那是一个不知名的普通八路军战士（或是干部）在大战前夕写给妻子的一封短信，是一个共产党员的《与妻书》。从重庆回来我就赶快翻检所存资料，终于找出那张发黄的照片，但手迹还清晰可辨，全信如下：

喜如妹：

我俩要短期之分开了。这是我们的敌人给我们的分开之痛苦，只有消灭了我们的敌人，才能消除这个痛苦。

我的病暂时也没有什么要谨（紧），因病得的很长，一时亦难除根。我很高兴在党和上级爱护之下给我这五个月的时间休养很不错。我这此（次）决心到前方要与我们当前的敌人搏斗，拿出最大决心和牺牲精神与人民立功。我第二个高兴是你很好，特别是对我尽到一切的关心和爱护。同时我有两个很天真活泼的小孩,又有男又有女。你想这一切都使我很满足,永远是我高兴的地方。

战斗是比不得唱戏,不是开玩笑,是有牺牲的精神才能打垮和消灭敌人。赵(倘)我这次到前方或负伤牺牲都不要难过,谨记我如下之言:

无产阶级的革命一定会成功的,只是时间之长短,但也不是很长的。家人一定要翻身。要求民主与独立,这是全世界劳苦大众都走革命这条道路,苏联革命成功是我们的好榜样。

就是我牺牲了也是很光荣的,是为革命而牺牲,是有价值。在任何情况下我是不屈不挠,坚决□□□部队与敌人战斗到底。一直把敌人消灭尽尽为止。

望你好好保重身体,多吃饭,不生病,我就死前方放心。同时希你好好教育丰丰小儿、小女雪雪,长大完成我未完成之事。一直完成社会主义革命到共产主义社会。谨记谨记。

我生于一九一九年十月(即民国八年十二月二十四日),家居安徽省霍山县石家河保瓦嘴□。

茂德

一九四七·四·二·□于魏□

临别之写

这封信写得很镇静、乐观又有几分悲壮,作者和林觉民一样也是抱定必死的决心,但其悲剧气氛要少些,更多的是充满胜利的信心。刘、邓领导的一二九师1940年6月进驻涉县时不足九千人,到1945年12月挥师南下时已发展到三十万正规军,四十万地方部队。这个署名"茂德"的作者,就是这支大军中的普通一员。也许他真的已经在战火中牺牲,那一双可爱的小儿女丰丰、雪雪现在也该是古稀老人。这封上战场前匆匆写给妻子的信,让我们看到了那个时代的人的真实生活。

我把三封家书的手稿影印件放在案头,轻抚其面,细辨字迹,目既往还,心亦吐纳,感慨良多。这三件文物,都是用毛笔书写,所书之物,一件是临时扯的一块白布,一件是异国他乡的信纸,一件是随手撕下来的五小张笔记本纸页,皆默默地昭示着其人、其地、其时的特定背景。

论时间,从第一封信算起已经整整一百年,恰是辛亥革命百年祭;第二封已经八十九年,与共产党党龄相仿;第三封也已六十四年,比共和国还长两岁。而写信者当时都是热血青年,都是为自己的理想而奋斗,准备牺牲的普通的战士。其结果,一个成了名垂青史的烈士,一个成了共和国的元帅,一个没入历史的烟尘代表着那些无数的无名英雄。细看就会发现,这三封跨越百年、不同时代的家书中却有一条红线一以贯之,就是牺牲个人,献身革命,为国家、为民族不计自己和家庭的得失。林信说:"当牺牲吾身与汝身之福利,为天下人谋永福。"聂信说:"决非为一衣一食,而为四万万同胞之均有衣食。"茂信说:"我或负伤牺牲你都不要难过,是为革命而牺牲,是光荣的,有价值。"

百年革命,三封家书,一条红线,舍己为国。我们还可由此上推一千年,政治家范仲淹说:"先天下之忧而忧,后天下之乐而乐。"再上推两千年,思想家司马迁说:"人固有一死,或重于泰山,或轻于鸿毛,用之所趋异也(目的不同)。"其一脉相承的都是这种牺牲精神——为理想、为事业、为进步而牺牲。国歌唱道:"把我们的血肉筑起我们新的长城。"还有一首歌唱道:"为什么战旗美如画,英雄的鲜血染红了她;为什么大地春常在,英雄的生命开鲜花。"正是这一代代的前仆后继、不计牺牲才铸就我们这个民族,铸就中华文明。这是一种伟大的民族精神、历史精神,而它在革命,特别是战争时期更见光辉，又由代表人物所表现。唯此，历史才进步，人类才进步。

我从百年历史的烟尘中检出这三封革命家书，束为一札，献给祖国，并祭先烈。这是一束永不凋谢的历史之花。

原载于《人民日报》2011年6月23日

（按：本文见报后有热心读者多方查找，终于弄清茂德姓查，在写这封遗书的第二年牺牲于南阳战役，牺牲时为副旅长。）

四十年前开启国门的那一刻

今年是中国改革开放四十年。改革开放,这四个字已成了一个时代的标志,一代人永恒的记忆。

现在的中国人,小学生假期出国游,都已是很平常的事了,但是不可想象,四十年前中国的大部分高干都未曾踏出国门,"文化大革命"已使我们多年隔绝于世。1978年,中央决定派人出去看看,由副总理谷牧带队,选了二十多位主管经济的高干,出访西欧五国。行前,邓小平亲自谈话送行,嘱咐好生考察学习。

代表团组成后才发现,二十多人中只有两个人出过国,一个是水利部部长钱正英,也只就去过苏联等社会主义国家,还有一个是外交部给配的工作人员。这些高干出国后诸多不习惯。宾馆等场合到处是落地玻璃门,工作人员提醒千万别碰头,但有一次还是碰碎了眼镜。吃冰激凌,有人怕凉,就有人说:"可以加热一下嘛。"言谈举止,土里土气,笑话不断。一个十多亿人口的大国,一个联合国的常任理事国,在世界舞台上竟是这样手足无措。

生活小事不适应还好说,关键是每天都要脑筋急转弯。出国前脑子里想的是西方正在腐朽没落,我们要拯救世界上三分之二受苦的人。但眼前看到的富足、繁荣让他们天天感叹,处处吃惊。西德一个露天煤矿,年产煤五千万吨,只有两千名职工,最大的一台挖掘机,一天就产四十万吨;而国内,年产五千万吨煤大约需要十六万名工人,相差八十倍。法国一个钢铁厂年产钢三百五十万吨,职工七千人;而武汉钢铁公司年产两百三十万吨,有六万七千人,我们与欧洲的差距大体上落后二十年。震惊之下,代表团问我使馆:

"长期以来,为什么不把实情报告国内?"回答是:"不敢讲。"

代表团6月归来,在大会堂里向最高层汇报,从下午三点半一直讲到晚上十一点,听者无不动容,大呼"石破天惊"。

1978年10月,邓小平又亲自出访当时已是"亚洲四小龙"的新加坡,而这之前我们常称人家为"美帝国主义的走狗"。邓深为对方的成就吃惊,尤其佩服其对外开放和引进外资的政策,便求教于李光耀总理。李直率地说,你要交朋友,要引资,先停止对别国反政府武装的支持,停止他们设在华南的广播电台。邓回国后断然停止"文化大革命"中奉行的"革命输出",转而大胆引进外资,改革体制,直至提出"一国两制"。邓的虚心和坚决给李光耀留下了深刻的印象,多少年后他回忆说:"我从未见过一位共产党领袖,在现实面前愿意放弃自己的一己之见。尽管邓小平当时已七十四岁。"认错是痛苦的,但这更见一个伟人的伟大。

而当时的普通百姓是怎样接触并接受外部世界的呢? 1984年,我时任中央某大报驻省记者,应该算是不很闭塞的人了。一次回京,见办公室一群人围着一件东西看,这是报社驻西柏林记者带回的一张绵纸,八寸见方,雪白柔软,上面压印着极精美的花纹。大家就考我,是什么物件。当时中国还没有纸巾这个词,也没有一次性这个概念,我无论如何答不上来。那位记者说:"这是人家公共厕所里的擦手纸。"天啊,我简直要晕了过去,老外这样的阔气,又这样的浪费呀!我把这张纸带回驻地,给很多人传看,无不惊得合不上嘴。

不久,我第一次出国到欧洲,飞机上喝水用一种硬塑杯,晶莹剔透,比玻璃杯还漂亮,喝完便扔。但我觉得实在是一件艺术品,舍不得扔掉,把玩许久,一直带回国内。喝热茶时每人一套精美的茶具,喝咖啡时又是另一套咖啡具。机上走廊很窄,空姐来回更换不厌其烦。该送咖啡了,我嫌面前小桌上的杯盘太多,也为空姐少洗一套杯具着想,便将空的茶杯递了过去。不想这位洋大姐用吃惊、鄙夷的眼光，深深地瞪了我一眼，那潜台词是："你这个中国土包子！"我一时羞愧难当，永远也忘不了那个抽了我一鞭子似的目光。

这就是当时我们与世界的差距。

当中国十年冰冻的体制、停滞的生产力受到外来信息的吹拂时，一切守旧的思想开始在春风中慢慢融化。责任制、承包、下海、商品经济等，这些新概念先是如幽灵般地在人们身边徘徊，最后聚成了一个时代大潮，而一批时代的弄潮儿也就出现了。

1980年春，当时人民公社的体制还未撤销，我到山西五台山下一个小村庄里采访一位奇人。他在"文化大革命"前即考上清华大学，却因出身不好，被退回乡里务农。他躬耕于农亩却不改科研的初心，自学两门外语，研究养猪技术。公社猪场连年亏损，改革春风稍一吹动，他便带上自己的一个小存款折，推开公社书记办公室的门，说："我愿承包公社猪场，一年翻身。如若不能，甘愿受罚。口说无凭，立个军令状，以此相押。"说罢将存折"啪"的一声，扣在桌子上。书记也豪爽，说："如若有失，你我共担。"结果这个猪场一年翻身，大大盈利。这篇稿子见报后，一个月竟收到五千多封来信。全国各地前来学习的农民络绎不绝，他就借势办起了养猪培训班。当地破格将这个农民转为国家干部，又直接任命为科委副主任，科学的春天、政治的春天一起到来了，那篇新闻稿也获得当年全国好新闻奖。

那时处在社会最底层的农民在想什么？强烈地想摆脱贫穷，要发财致富。长期穷的原因不是自然条件不好，也不是人懒，是政治上的束缚。本来经济发展就是如河水行地，利益所驱，自通有无。这一招，早在春秋时的政治家管仲治齐就大见灵验，全球资本主义发展也大得其利。而在一段时期，我们搞社会主义，却弃之不用，还避之如瘟疫，防之如猛虎。当时国家供应短缺，农民卖一点自产品却要撵、要抓、要罚，人为地制造穷困。

随着大气候的变暖，开放集市的呼声愈来愈高。报上只是试探性地登了一条四指宽的"群众来信"《是赶集还是撵集》，当日便报纸脱销，甚至有人上门要加订报纸。农民赶集时将这张报纸挂在扁担上作为护身符。冰冻十年的市场，哗啦一下，春潮澎湃。

晋南平原产芝麻，一个叫朱勤学的农民从收音机里听到城里副食店缺芝麻酱，就立即手磨一小罐到北京推销，一下拿到上百吨的订单，还带出了一个靠做芝麻酱致富的"麻酱村"。我采访时他拿出自己订的十几种报刊，大谈如何利用外部的科技信息、商品信息。这在当时是很新鲜的事。我很快在报上发了一个头条《听农民朱勤学谈信息》。

马克思说："人们能够自由地获得世界范围内的最大信息，才能得到完全的精神解放。"古今中外，历来的改革都是先睁开眼睛看世界，从对比中找差距。当俄国农奴制走进死胡同时，彼德大帝发起改革，组织庞大的出访团巡访欧洲，而他自己则化装为一个普通团员随团学习。清末，当中国封建社会已千疮百孔，感到不得不改时，也于1866年派出了第一个出国考察团，西方先进文化的信息逐渐吹入国内。然而，近代以来中国对外的大门总是时开时闭，思想也就一放一收。

历史证明，国门打开多大，改革的步子就有多大。五四运动是近代以来最大的一次打开国门，思想解放，直接导致后来新中国的成立。1978年以后中国人再次睁开眼睛看世界，是又一次思想大解放，直接导致了中国特色社会主义的出现。

《北京日报》2018年10月8日

朱镕基不修传

《朱镕基讲话实录》出版了,里面一则资料很有趣。有人要为他写传,他就给人家写信说:

我必须明确表态:请千万不要这么做。国事维艰,舆论纷杂,飞短流长,诚惶诚恐。如再授人以柄,树碑立传,罪不可逭。千祈停止撰写一切涉及我的回忆或评论材料,并代我广告亲友,不胜感激之至。

借权出书立传在各级官员中已成趋势。方式有两种:一是自己写回忆录、日记,亲自立传;二是动用权力、财力,组织他人为自己立传。或二者并举。于是书市就多了一些垃圾,历史就多了一些包袱,同时也多了一点幽默,留下了一些笑话。

凡有资格立传者,必是干过一点大事,在社会上有一定的影响,有一定的知名度的人。传者,传(chuán)也,能传给后人一点东西才有价值。既然是为后人而立,那就让后人去做,从来都应是政声人去后。你看,凡史上有价值的传记都是经过岁月的沉淀,由后人从容道来。但急于立传者不这么看,理由是"趁我在世好核实材料"。说是核实,却常是隐恶扬善,添枝加叶,自为粉饰。还有一个潜台词是"有权不用,过期作废",趁着在任,何不享受一下吹捧的泡沫?说到底是私心加虚荣。

过去帝王和权贵常在生前大修陵墓,为的是死后再延享生前的荣华尊贵。生前立传有如活人修墓,也是此意。但这实在靠不住。

陶渊明有诗："亲戚或余悲，他人亦已歌。死去何所道，托体同山阿。"陶渊明比今人还懂得唯物辩证法。连亲人也只有短时余悲，外人能念你几时？如果你没有干成一点大事，有何理由让人记住？如果你干了大事，历史又怎能忘记？

再说，既为官就是以身许国，还要这点虚名干什么？你看第一代领导人，毛、刘、周、朱等，没有一个人生前修传，周恩来连骨灰都不留。方志敏为敌所俘，敌兵搜遍全身并无分文。他当然也没有想到此生要为自己留一本传记。开国将帅，许多人身上都留下了累累弹痕，但谁也没有想到要给自己留本传记。再往上推，文天祥被俘，九死一生，在狱中写了一首《正气歌》，他没有想到去写自传；司马迁是中国传记文学的鼻祖，写了许多至今还熠熠生辉的人物列传，却没有为自己写一个小传。封建社会的皇帝也懂得这一点，在位时不给自己修传，而是听由后人根据他的行迹来评说。传者，写人不写己，传世不娱时。

朱镕基不让人为自己修传的理由有二：一是"国事维艰"，顾不上干这种事。一个高官"居庙堂之高则忧其民"，有心忧天下，无心抹脂粉。二是干这种傻事必将"授人以柄"，传为笑话。他说，我脾气不好，就以"有容乃大，无欲则刚"为座右铭。

朱的严厉是出了名的，性格直率，容易冲动，在任上骂人无数。朱说："你没有贪欲，你就刚强，什么也不怕。"其实，不贪让人刚强，更让人冷静。朱镕基在修传这件事情上就不肯上当。他说："千祈停止撰写一切涉及我的回忆或评论材料，并代我广告亲友，不胜感激之至。"你看，又求人家，又感激人家不要给他写传，真是每临大事有静气，只缘心中无私欲。其实老百姓对公务人员的要求就是少点私心，多点真话，这是底线、最低要求。但不少官员硬是连这一点也做不到，反而私随权增，利令智昏，授人笑柄。

原载于《北京日报》2011年9月29日

李瑞环的文风

我在新闻出版署工作的时候，瑞环同志分管宣传工作，当面听过他的讲话，印象很深。现在读这本新书觉得很亲切。后来我在《人民日报》值夜班，为了画版面，定版位，编辑们就给领导人分别定了头衔：正国级、副国级，在中组部系统大概没有这个词儿，后来慢慢流传开了。瑞环同志属于"正国级"的干部，因为他当过政协主席。正、副国级的干部就是国家的领袖了。在我们这个年龄的人的头脑里，领袖就是毛、刘、周、朱，很高大。以后正、副国级的领袖越来越多了，现在人大、政协正副主席、委员长动不动就几十个，既无大功亦无大名，大家记不住了。

对这些领导人（领袖）老百姓怎么看，对他们有什么希望？当然最大的是希望他们带领国家、民族富强，这是最基本的。这就说得深了，通俗一点，就是两条。第一就是干事。当然在其位总要谋其政，但是希望能主动干一点有个性的、创造性的事。我们第一代领导人有个性的创造很多。领袖就是带头，就是创造。第二个是说点新话，领袖首先是思想领导、思想创新。无论在言在实，都要领风气之先，不能领风气之旧。可惜在这两点上，前几年老百姓都不太满意。高官愈来愈多，套话愈来愈多，有个性的创造愈来愈少。毛、周当然已不能再，就是像瑞环同志这样的干部也不多了。

今天在座的有不少是瑞环同志的老部下，白头公务员，谈笑说瑞环。虽是前朝旧事，差可为鉴。在我的印象当中，瑞环同志是干了几件有个性的工作的，他在天津引滦入津，解决了老百姓的一个大的民生问题。主持宣传工作的时候比较求实、宽松。后来在政协这个务虚的部门，却干了很多实事。比如他在西北帮助老百姓改水，我到西北出差，那里的人都念他的好，也由此念共产党的好。这件事本来他可以不干。还有，官不修衙，他主持政协的时候却把政协礼堂重新修了一下，工、艺俱佳。上一个月我到那儿去开会，不由得要拍拍栏杆。他爱说实话，这在社会上已早有流传。有一次他到外地视察，别人说现在不好讲话。他说有什么不好讲，有什么说什么就好讲了。他一直是这么做的。

十八大以后新八条里有几条特别涉及文风，呼唤新风归来。文风问题实际上是党性问题、人心问题。这里有两点要特别说一下。在党、在官（我们的官大部分都在党）的人要扪心自问，是不是合党性，真的为公为民；普通干部，要问一问是不是合良心、真心。要敢说，有什么，说什么（当然还要有合适的环境）。

第一点，居庙堂之上者，在高位、担大责，只要讲党性，出以公心，心里就有底气。有底气，就用不着拉大旗，不必说空话。不用每次讲话甚至发个通知，也要讲在什么什么指导下，以什么为宗旨，一大串的穿靴戴帽。就是毛泽东说的"山间竹笋，嘴尖皮厚腹中空"。今年是毛泽东同志诞辰120周年，毛泽东所有的讲话、电报、文稿，包括很长的著作和大会报告，如《新民主主义论》《论联合政府》等，都是开门见山。那一年我去广西参观百色起义纪念馆，文物柜子里有当年起义后小平给中央写的报告，开头第一句话就是：第几军情况如何。我很激动，没见过重要文件这样开头。小平南方谈话时说，你看我们三中全会决议里面有一句有马克思的话吗？没有，但是句句符合马克思主义。那一代领导人就是这样，一心为党，为事业，心里有底气，用不着拉大旗，文风自然正。

第二点，作为普通干部、公务员，要有骨气，对得起自己。你怎么想的就怎么说，用不着讨好、媚上、跟风。这是人心问题、人格独立问题。是"五四"反封建就要解决的问题，新民主主义要解决的问题，现又封建回潮。习近平同志批评现在的文风"假、大、空"，我在刚出版的《文风四谈》中又加了一个字："媚"，心有媚则风不正，就是毛泽东在《反对党八股》里说的"墙头芦苇"。伟人的口，如来的手，总之没有逃出毛泽东的预言。官无底气，心则虚，文就空；人无骨气，性则媚，文必假。上面不带个好头，要希望社会有好文风，难矣！我们从瑞环同志所出版的三大本书里面能看出他的文风。他为官是想干事，读马列，读哲学，心里有底气，有什么说什么，不但不去跟风，还有创造、敢带头、倡新风，这才是领袖之风，宋玉《风赋》里讲的大王之风。

瑞环同志这本书没出版前，社会上已流行他的很多讲话。记得有一次我在场，听他说，我是一个木匠（他是木工出身），木匠是玩斧子的，斧子不听话我要你干吗？这是讲宣传工作，讲舆论工具。类似这样的话，这本书里还有好多。他说报纸就是一面镜子，有人对报纸批评有意见，但你有问题要改，不能砸镜子啊。他说搞城建、盖房子，肯定是大部分人不懂。不懂的人说好，懂的人说出好在哪儿，这叫真好。不懂的人说不好，懂的人说好，摇头晃脑，很神秘，不叫真好。这段话很精彩，现在被群众称为"大裤衩子"的，新落成的中央电视台大楼就是这样，让他说中了。这些话都已整理成书，读者可以仔细品读了。我又想起前年人民出版社还出了一本《朱镕基讲话实录》，也很受欢迎。假风盛行，忽有真话，让人兴奋，尤其是在高层。

过去我在新闻出版署工作，管出书，现在自己也写书，和出版社也熟。出书，特别是领导干部出书，有三种情况：一是书出了没人看，直接化纸；二是书出了，人抢着买；三是书还未正式出，人就传看、传抄，禁不住。实践是检验真理的唯一标准，读者是检验图书的唯一标准。出版不比新闻,图书不是报纸,不是易碎品。我们搞出版工作的,要站在历史的高度,以百年计或者以千年计来看问题,出一些能经得起历史检验的好书。

在"李瑞环《看法与说法》出版座谈会"上的发言
2013 年 4 月 16 日